어두운
복도
아래로

어두운 복도 아래로

Down a Dark Hall

로이스 덩컨 장편소설
Lois Dunkan

김미나 옮김

자음과모음

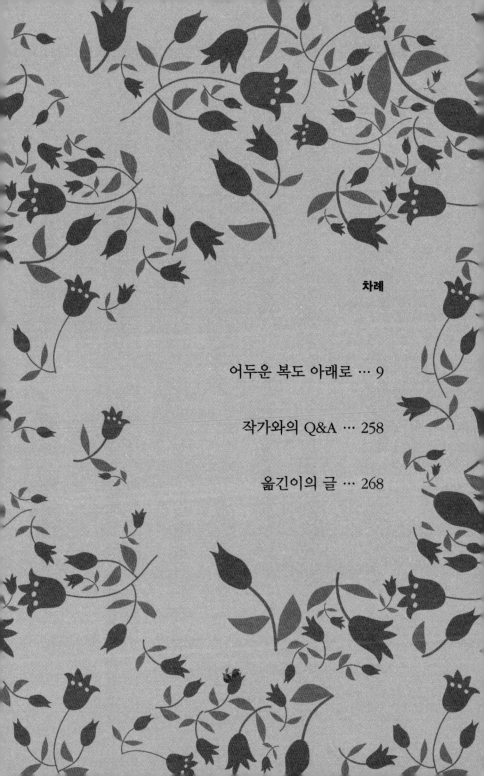

차례

댄^{Dan}과 베티 새보^{Betty Sabo}에게 이 책을 바칩니다.

1장

동틀 무렵부터 그들은 줄곧 차를 몰았다. 고속도로를 벗어나 꼬불꼬불한 길로 들어서서 구릉지대를 지나는 두 시간 동안 키트 고디는 잠에 빠져 있었다. 그러나 사실은 완전히 잠든 것은 아니었다. 마음 한편은 여전히 깨어 있는 채로 도로의 커브와 창문으로 비스듬히 들어와 머리카락을 어루만지는 9월 햇살의 희미한 온기를 느끼고 있었다. 그리고 앞좌석에서 들려오는 두 목소리, 어머니의 노래하는 듯한 가는 목소리와 댄의 차분한 저음의 목소리를 듣고 있었다.

키트는 좌석 뒤쪽에 머리를 묻은 채로 계속 두 눈을 질끈 감고 있었다. 이렇게 하면 대화에 끼지 않아도 되었다. '이 사람들이랑 말하지 않을 거야.' 그녀는 스스로에게 말했다. '할 말도 없어.'

차가 서서히 속도를 줄이며 멈추자 그녀는 그제야 눈을 떴다. 그리고 뒤로 몸을 돌려 그녀를 보고 있던 어머니와 눈이 마주쳤다.

"우리 잠꾸러기가 이제 깼나 보네." 롤랜드 부인이 말했다. "멋진 시골 풍경을 다 놓쳐버렸구나. 목장이랑 개울이랑 구불구불한 언덕들이 그림책에서 막 튀어나온 것 같았는데."

"그랬어요?" 키트는 무심한 목소리로 물었다. 그녀는 허리를 펴고 창밖을 내다보았다. "주유소에 들른 거예요?"

"기름도 넣어야 하고 길도 물어봐야 해." 댄 롤랜드가 그녀에게 말했다. "표지판을 찾지는 못했지만 지도상으로 보면 여기가 블랙우드 마을인 게 분명해. 이제 학교까지 얼마 남지 않았어. 뒤레 부인이 편지에 마을 경계선을 지나 십육 킬로미터만 가면 된다고 했거든."

주유기가 달랑 한 대뿐인 조그만 주유소였다. 열린 문틈으로 하나밖에 없는 직원이 계산대에 발을 걸치고 앉아 잡지를 읽고 있는 모습이 눈에 들어왔다. 키트는 슈퍼마켓과 약국, 철물점, 유리창 너머로 요즘 유행하는 물건들을 진열해놓은 선물 가게 같은 상점들이 줄줄이 늘어선 좁은 길을 흘깃 내려다보았다.

"정말 외진 곳이네요." 그녀가 말했다. "극장도 없어요."

"멋진 곳이야." 롤랜드 부인이 말했다. "나도 여기처럼 아주 작은 마을에서 자랐단다. 시끄러운 소음도 없고 부담스러운 눈초리도 없고 모두가 이웃사촌이라서 정말 즐거웠지. 그런 곳이 또 있을 줄은 몰랐구나."

"유럽에서 돌아오면 그런 곳을 찾아보지. 살 만한 데로 말이야."
댄이 말했다. 일요일 오후의 TV 쇼에나 나올 법한 상냥한 목소리
였다. '사기꾼.' 키트는 생각했다. 그러나 어머니는 그렇게 생각하
는 것 같지 않았다. 그녀는 고개를 기울인 채 미소를 짓고 있었다.
눈가의 잔주름과 검은 머리에 섞인 옅은 은빛 윤기에도 불구하고
거의 소녀처럼 보였다.

"그럴 수 있을까?" 그녀가 물었다. "그렇지만 댄, 당신 일이……."

"큰 도시처럼 작은 마을에도 변호사는 필요하니까. 아니면 변호
사 자격증은 때려치우고 블랙우드 마을에서 극장이나 하지 뭐."

그들은 함께 웃음을 터트렸고 키트는 고개를 돌렸다.

"이런 시골에서 어떻게 일 년씩이나 살란 말이에요! 전 못해
요." 그녀는 다시 투덜거렸다.

"걱정할 거 없다." 댄의 목소리에서 어느새 상냥함이 자취를 감
추었다. "네가 마을에 올 일이 몇 번이나 있겠니. 어차피 앞으로는
학교 안에서만 생활하게 될 텐데."

그가 경적을 울리자 깜짝 놀라 고개를 든 직원은 느닷없는 호출
에 잠시 머뭇거리다가 느릿느릿 계산대 위에 잡지를 내려놓았다.
그리고는 기지개를 켜고 늘어지게 하품을 하더니 마지못해 자리
에서 일어나 차를 향해 걸어 나왔다.

"기름 넣으시게요? 셀프로 하시고 계산은 안에서 하시면 됩니다."

"그러지요." 댄이 말했다. "그리고 길 좀 물읍시다. 블랙우드 여학교로 가려면 어느 쪽으로 가야 됩니까?"

"그런 데가 이 근처에 있어요?" 그는 당황한 표정이었다.

"뒤레 부인이 운영하는 기숙학교인데요, 등록된 주소는 블랙우드 마을로 되어 있지만 학교는 마을을 좀 벗어난 곳에 있다고 들었거든요. 이전에 브루어라는 분이 살던 저택이었다는데요."

"아, 브루어!" 그는 이제야 알겠다는 듯 고개를 끄덕였다. "거기는 제가 잘 알죠. 외국에서 온 어떤 여자분이 그 집을 샀다고 듣긴 했어요. 여름 동안 몇몇 마을 사람들을 시켜서 말끔하게 보수하고 지붕이랑 마당이랑 싹 새 단장을 했거든요. 밥 컬러의 딸인 내털리를 데려다가 부엌일을 맡겼다던가."

"그곳으로 가는 길을 좀 알려주시겠습니까?" 댄이 참을성 있게 물었다.

"눈 감고도 찾을 수 있을 겁니다. 이 길을 쭉 따라가다 보면 마을을 통과해서 반대편으로 나가게 돼요. 길을 따라 언덕들을 오르다 보면 왼쪽으로 사유지로 들어가는 도로가 보일 겁니다."

그는 몸을 돌려 안으로 들어갔다. 키트는 좌석 등받이에 머리를 기대며 한숨을 내쉬었다.

"얘야, 제발." 어머니가 몸을 돌려 그녀를 걱정스러운 눈길로 바라보았다. "학교는 조금 두고 보자꾸나. 사진으로 보니 고풍스러운 옛날식 저택과 연못, 그리고 그 주위를 둘러싼 숲이 정말 멋지던걸. 그리고 지난봄에 뒤레 부인을 직접 만나봤는데 아주 대단한 분이셨어. 처음 그 학교 얘기를 들었을 때 너도 꽤 좋아했잖니."

"그건 트레이시도 같이 갈 거라고 생각했을 때죠." 키트가 말했다. "엄마랑 댄이랑 같이 유럽으로 가면 왜 안 되는지 전 아직도 이해를 못하겠어요. 말썽 부릴 나이도 아니잖아요. 벌써 열여섯이라고요. 제 일은 제가 알아서 할 수 있어요."

"키트, 그쯤 해둬라." 댄의 날선 목소리가 끼어들었다.

"어떻게 끝난 얘기를 하고 또 하니. 가족 안에서 네 위치가 다른 평범한 여자아이들과는 달랐다는 거 잘 안다. 단둘이었으니 네 엄마가 너를 자식이라기보다는 동등한 친구처럼 대해왔을 거야. 넌 의지도 강하고 독립심도 강하고 네 앞가림도 똑 부러지게 할 줄 아는 아이지만 그래도 우리 신혼여행에 널 데려갈 수는 없다."

"그렇지만 전 아직도……." 키트가 말하려 하자 댄이 가로막았다.

"이제 그만해라. 엄마가 속상하시겠다."

그는 차에서 내려 자동차에 기름을 가득 채우더니 계산을 하기 위해 안으로 들어갔다. 키트와 어머니는 그가 돌아올 때까지 한마디도 하지 않고 가만히 앉아 있었다. 그가 차에 올라타고 시동을 걸었다. 다시 도로로 나와 가게들이 나란히 서 있는 거리를 지나치고 조그만 하얀 집들이 나란히 늘어선 두 개의 거리를 지나자 좁은 강 위를 가로지르는 다리가 나타났다. 거품이 부글거리는 잿빛 바위들 사이로 강물이 소용돌이치며 흐르고 있었다. 그들은 마을을 뒤로 하고 오르막길을 달리기 시작했다.

길옆으로 나무들이 점점 울창해지더니 삼림지대로 들어섰다. 빽빽하고 어둑어둑한 숲에서는 아직도 여름 냄새가 났다. 길을 가로질러 나뭇가지들이 뒤엉켜 있었다. '보초라도 서고 있는 것 같잖아.' 키트는 생각했다. '저 너머에 있는 무언가를 보호하려고 말이지.'

도시에서 자란 그녀는 공원의 나무들과 공립 도서관 앞의 비리비리한 작은 나무 몇 그루 말고는 나무를 제대로 볼 기회조차 없었다. 나무를 자세히 관찰하면 그 잎의 모양으로 계절을 알 수가 있다. 봄에는 투명한 녹색을 띠다가 여름이 되면 생기가 한풀 꺾이면서 쪼글쪼글해지고 가을 서리와 함께 떨어져 내린다.

그러나 지금 그들이 지나쳐 가고 있는 나무들은 사뭇 달랐다. 마치 동떨어진 그들만의 세상에 살기라도 하는 것처럼 거칠고 낯설었다. 시골의 나무들, 산중의 나무들은 원래 그런 것인가.

* * *

"가을에는 뭐니 뭐니 해도 뉴욕 북부가 제일 아름답지." 우편함에 블랙우드의 안내 책자가 도착했을 때 키트의 어머니가 말했었다. "이 학교가 좋겠구나. 작고, 학생들도 골라서 받고, 음악과 미술은 개인 교습을 해주고, 공립 고등학교에서는 받을 수 없는 고급 교육을 받을 수 있어."

"이 뒤레 여사라는 사람 경력이 굉장히 인상적이야." 인쇄된 내용을 들여다보던 댄이 덧붙였다. "런던에서 여학교를 설립하고 직접 운영까지 했다는군. 그 전에는 파리에 있었대. 예술에 조예가 상당한걸. 『뉴스위크』에서 이 여자에 관한 기사를 한번 읽은 적이 있는 것 같아. 어딘가 경매에서 산 그림들 중 하나가 베르메르의 진품으로 판명이 났다던가."

"트레이시라면 관심을 가질 거예요." 키트가 말했다. 가장 친한 친구인 트레이시 로젠블룸은 늘 자기가 예술가라고 생각했다.

"글쎄다." 어머니가 생각에 잠긴 목소리로 말했다. "과연 로젠블룸가에서 트레이시를 블랙우드에 보내려고 할까. 재산이야 부족할 게 없고 너희 둘이 자매처럼 자란 거야 다 아는 사실이지만."

"그분들이 허락하실까요?" 키트는 갑자기 열의가 솟구치는 것을 느끼며 물었다. 그녀와 트레이시는 초등학교 이후로 늘 붙어 다니던 친구였다. 트레이시가 같이 갈 수만 있다면 기숙학교도 그리 나쁘지만은 않으리라.

그래서 그 후 6주 동안 그녀는 어머니가 댄과 결혼하고 유럽으로 신혼여행 갈 계획을 세우고 블랙우드에 입학하려면 꼭 통과해야 한다는 시험까지, 무슨 일이 닥치건 그저 묵묵히 따랐다. 곧 제일 친한 친구와 함께 그 모든 것들로부터 도망칠 수 있을 거라는 확신에 차 있었다.

그리고 트레이시가 입학시험에서 떨어졌다는 통보가 날아들었다. 마치 온 세상이 발밑에서 와르르 무너져 내린 것만 같았다.

"저도 가지 않을 거예요!" 그녀가 악을 썼다. "트레이시 없이 무슨 재미로 다녀요." 그러나 그날 그녀는 태어나서 처음으로 자기만큼이나 고집스러운 사람과 마주하고 있다는 것을 깨달았다.

"당연히 가야지." 댄이 단호하게 말했다. "친구는 새로 사귀면 돼. 널 아니까 하는 말인데, 거기 도착하고 첫 주에 네가 학생회장으로 뽑힌다고 해도 난 별로 놀라지 않을 거다." 그는 미소를 지으며 말했지만 반박할 여지를 조금도 주지 않는 목소리였다.

키트는 어머니가 대신 잘 말해줄지도 모른다는 일말의 희망에 매달렸지만 오늘 차를 타고 오면서 그 기대는 점점 빛이 바래고 말았다. 그리고 여정도 이제 막바지에 이르렀다. 몇 분 후면 블랙우드에 도착할 것이다. 이제는 되돌릴 수도 없다. 피할 수 없는 운명을 받아들일 때가 왔다.

그들은 그 샛길을 그냥 지나칠 뻔했다. 비포장도로였던 탓이다. 댄이 브레이크를 밟아 차를 세운 뒤 후진을 했다.

"여기가 맞을까?" 그가 얼굴을 찌푸리며 물었다. "이름이고 뭐고 아무것도 없는데. 안으로 들어오라는 표지판이라도 있는 게 상식 아닌가."

"그냥 한번 가봐요." 키트의 어머니가 말했다. "이제까지 십육 킬로미터 남짓 왔고 그동안 다른 길이라고는 없었잖아요."

"손해 볼 건 없겠지." 댄이 차를 몰고 그 길로 들어서자 키트는 기름지고 눅눅하게 젖은 흙 위로 타이어가 살짝 빠져드는 것이 느껴졌다.

천천히 몇 미터를 나아갔을 뿐인데 길이 구부러지면서 갑자기 나무들이 그들을 에워쌌다. 아까까지 달리던 고속도로는 마치 존재한 적도 없는 것처럼 온통 서늘한 어둠의 세상이었다. 들리는 거라곤 나뭇잎이 바스락거리는 소리에 코끝에 느껴지는 땅과 숲이 내뿜는 달콤한 야생의 냄새가 전부였다.

"뭔가 이상해." 댄이 말했다.

구부러졌다 올라갔다 다시 꺾이는 길을 따라 그들은 슬금슬금 전진을 계속했다. 그러다 별안간 높다랗게 솟은 뾰족한 울타리 사이에 활짝 열린 문 안으로 들어서고 있었다. 바퀴 밑으로 자갈들이 뽀드득거리는 소리가 들렸다.

"여기예요." 키트가 깜짝 놀라서 외쳤다. "저기 표지판이 있어요. 여기가 블랙우드예요!"

잠시 그녀는 그곳에 억지로 끌려오다시피 했던 일 따위는 까맣게 잊고 있었다. 그저 자리에 앉은 채 휘둥그레진 눈으로 앞에 펼쳐진 풍경을 뚫어져라 보고 있을 뿐이었다. 이제껏 제일 기괴한 공상에 빠졌을 때조차 상상한 적이 없는 그런 집이 우뚝 서서 그들을 내려다보고 있었다.

거대한 삼층짜리 건물을 덮은 검은색 슬레이트 지붕이 어찌나 가파른지 가장자리 모서리는 경사가 졌다기보다는 거의 뚝 떨어져 내린 것 같았다. 잿빛 돌을 쌓아 올린 벽은 어느 것 하나 크기와 모양이 같지 않았지만 마치 아이들의 조각 그림 맞추기처럼 아귀 맞추어 차곡차곡 쌓아놓은 것이 묘한 질서를 이루고 있었다. 커다란 현관문 양쪽에는 돌로 만든 사자상이 서 있고 진입로로 이어지는 계단 역시 같은 돌로 만들어져 있었다. 이층 중앙에 스테인드글라스로 장식한 움푹 들어간 창문이 눈에 띄었다. 다른 창문들은 지극히 평범하게 건축되었지만 늦은 오후의 햇살이 비치자 저택 내부 전체가 마치 오렌지 빛 불길에 휩싸인 것처럼 보였다.

"맙소사!" 댄이 나지막하게 휘파람을 불며 소리쳤다. "우리랑 같이 유럽에 가지 않아도 아쉬울 게 하나도 없겠는걸, 키트. 성에서 살게 됐잖아."

"안내 책자에 나온 사진이랑 전혀 다른걸요." 키트가 말했다. "그렇지 않아요?"

그녀는 서류철 속에 들어 있던 학교 사진들을 떠올리려고 애썼지만 생각나는 것이 하나도 없었다. 학교라는 특성상 분명히 규모는 상당했지만 그것 말고는 전혀 특별한 구석이 없는 평범한 건물이었다.

"사진보다 실물이 훨씬 나은걸." 어머니가 마침내 입을 열었다. "그러고 보니 여기도 예전에는 누군가 살던 곳이었다는 거잖아!

도대체 어떤 사람들이 이런 곳에 살았는지 상상이 가지 않는구나. 제일 가까운 마을에서도 이렇게 멀리 떨어진 언덕 위에 있는데 말이야."

댄은 일단 기어로 바꾸고 진입로를 따라 계속해서 올라갔다.

그러나 어쩐지 키트는 앞으로 나아가고 있는 것 같지가 않았다. 저택은 여전히 그들을 내려다보고 있었고 입구로 들어온 이후로 조금도 가까워지지 않았다. 꼬불꼬불한 진입로의 굴곡과 진행 방향의 각도가 만들어낸 환각이라는 것을 알고 있었지만 자동차 자체가 조금도 움직이는 것 같지 않았던 것이다.

"엄마." 그녀는 작은 목소리로 불렀다가 이내 살짝 목청을 높였다. "엄마?"

"왜 그러니, 애야?" 어머니가 자리에서 몸을 돌려 그녀를 바라보았다.

"여기에 있고 싶지 않아요." 키트가 말했다.

"그만." 댄이 참을성을 잃은 목소리로 말했다. "다 끝난 얘기를 지금 와서 다시 꺼내봐야 소용없어. 우리는 널 외국으로 같이 데리고 가진 않을 거다. 그건 절대로 변하지 않아. 그러니 순순히 받아들이는 편이 좋을 거야, 키트. 네 엄마도……."

"제 말은 그게 아니에요, 댄." 키트가 흥분해서 외쳤다. "제가 어디 있든지 상관없어요. 도시로 돌아가서 엄마와 당신이 돌아올 때까지 로젠블룸 씨네와 함께 지낼게요. 아니면 다른 기숙학교로 가도 좋고요. 날 받아줄 학교야 널렸잖아요."

"뭐가 문제인 거니?" 어머니가 걱정스러운 듯 물었다. "좀 신기하게 생기긴 했다만 정말 근사한 곳이잖니. 금방 적응하게 될 거야. 너도 모르는 사이에 P.S. 37*에 있었을 때만큼이나 편안해질걸."

"여기가 익숙해지는 일은 절대 없을 거야!" 키트가 외쳤다.

"느껴지는 게 없어요, 엄마? 여기 뭔가가 있어요, 뭔가가……."

키트가 적당한 말을 찾지 못해 입을 다물고 있는 사이 저택이 점점 가까워지더니 마침내 그들 앞에 우뚝 모습을 드러냈다.

댄이 차를 세우고 내린 뒤 뒤쪽으로 돌아와 문을 열어주었다. "다 왔다." 그가 말했다. "얼른 내려라. 뒤레 부인한테 먼저 인사하고 난 뒤 내가 다시 짐을 가지러 돌아오는 게 낫겠어."

바로 그 순간 애타게 찾던 그 말이 키트의 머릿속에 문득 떠올랐다. 그것은 바로 '악마'였다.

---

* 미국의 공립학교는 P.S.(Public School의 약자) 뒤에 번호를 붙여 부르기도 한다.

2장

문을 열고 그들을 맞아준 여자는 백발이었다. 허옇게 센 밀짚 같은 머리를 하나로 묶어 단단하게 틀어 올리고 회색 쥐처럼 작고 날카로운 눈매를 하고 있었다. 그녀는 밑단이 치렁치렁한 긴 잿빛 드레스 위에 빳빳하게 풀을 먹인 하얀 앞치마를 두르고 있었다.

그녀의 눈길이 키트에서 어머니로, 그리고 다시 댄에게로 잽싸게 움직였다. 그 순간 키트는 그녀가 그들의 면전에서 문을 쾅 닫아버릴지도 모른다는 생각이 들었다.

"롤랜드입니다." 댄이 그 가능성을 가로막으며 말했다. "여기는 제 아내, 그리고 저쪽이 딸 캐스린 고디입니다. 뒤레 부인이 저희를 기다리고 계실 거예요."

"오늘은 월요일입니다." 회색 여자가 대답했다. 말투에 외국인 악센트가 너무나 강하게 섞여 있어서 제대로 알아듣기가 힘들었다. "오늘까지 학교는 쉬는 날이에요."

"알고 있습니다." 댄이 말했다. "키트 때문에 특별히 하루 일찍 도착하기로 한 거예요. 내일 아내와 함께 출국해야 해서 오늘 밤에 동부로 다시 돌아가야 해요."

"오늘은 안 됩니다." 그 여자가 반복해서 말했다. "아직 수업을 시작하지 않았어요."

"루크레티아!" 복도 너머에서 근엄한 목소리가 들려왔다. "내가 기다리던 분들이에요."

잠시 후 하녀가 옆으로 비켜서자 뒤레 부인이 환영의 미소를 지으며 현관에 모습을 드러냈다. '변한 게 없군.' 키트는 그녀를 처음 만났을 때를 떠올리며 생각했다. 그 여자가 키트와 트레이시의 입학시험을 위해 도시로 왔던 것이 지난 5월이었다. 그때에도 눈길을 끄는 당당한 외모였는데 블랙우드에서 다시 보니 전보다 훨씬 더 강렬한 인상이었다.

뒤레 부인은 키가 컸다. 백팔십 센티미터는 족히 되는 것 같았고, 올리브색 피부에 광대뼈가 높이 솟은 빼어난 미모의 여자였다. 검고 풍성한 머리채를 머리 위로 왕관처럼 높게 틀어 올려 큰 키가 더욱 커 보였고, 검은 눈썹과 날카롭게 뻗은 곧은 콧날로 얼굴이 더욱 도드라져 보였다. 그러나 그녀의 가장 큰 매력은 바로 눈이었다. 검고 깊은 우물 같은 눈동자로 어찌나 뚫어지게 보는지 그 강렬함이 피부로 느껴지는 것만 같았다.

"다시 만나 뵙게 돼서 얼마나 반가운지 모르겠어요." 그녀의 목소리는 낮고 품위가 넘쳤다. 프랑스식 악센트가 말투에 아주 살짝 섞여 있을 뿐이었다. "너그럽게 용서해주시기 바랍니다. 아이들이 쏟아져 들어오기 전에 이것저것 준비하느라 이번 주 내내 너무 정신이 없다 보니 루크레티아에게 여학생 중 하나가 일찍 도착한다고 일러준다는 걸 그만 깜빡했네요."

"불편을 끼쳐드린 게 아니었으면 좋겠네요." 롤랜드 부인이 말했다. "배가 내일 떠나서 방법이 전혀……."

"물론이죠! 그럼요! 들어오세요. 여기 찾아오시는 데 어려움은 없으셨나요?"

"괜찮았어요." 댄이 말했다. "마을에서 길을 가르쳐주더라고요."

그들은 뒤레 부인의 뒤에서 보조를 맞추며 걸어갔다. 천장이 둥글고 높은 복도를 지나 벽난로와 대형 TV, 그리고 멋진 가구들로 장식된 방 안으로 들어섰다.

"앉으세요." 뒤레 부인이 의자를 가리키며 말했다. "뭘 좀 드릴까요? 커피, 아니면 와인? 셰리주 한잔 어떠세요?"

"좋죠." 댄이 말했다. "지니?"

"좋아요." 키트의 어머니가 말했다. "감사합니다, 뒤레 부인. 여기는 정말 제 눈이 믿기지 않을 정도로 환상적인 곳이네요. 진짜로 전에 누가 살던 집이었나요?"

"그렇습니다." 뒤레 부인이 말했다. "루크레티아." 그녀는 복도에서 소리도 없이 사라졌던 조그만 회색 여자를 불렀다. "셰리주세 잔이랑 콜라 좀 가져와요. 캐스린, 탄산수 괜찮지?" "네, 괜찮아요." 키트는 소심하게 말했다.

"이 토지 전체가," 뒤레 부인은 롤랜드 가족에게로 몸을 돌리며 말을 이었다. "브루어라는 분의 소유였답니다. 십 년 전에 돌아가신 이후로 비어 있었지요. 상속자인 서부 쪽에 사는 먼 친척이 부동산 업자한테 위임을 했는데 사겠다는 사람이 나서지 않았어요. 이해가 가지 않는 것도 아닌 게 여기가 보시다시피 가족이 살 만한 평범한 집은 아니잖아요. 그렇게 그동안 내내 비어 있으면서 별의별 소문에 휩싸이기도 했죠. 종종 마을의 십대들이 데이트 하러 올라왔다가 돌아가서 이상한 이야기를 퍼트렸어요. 창문에서 새어 나오는 불빛을 봤다는 둥, 정원에 형체 없는 뭔가가 떠돌이 다닌다는 둥." 그녀가 웃음을 터트리자 롤랜드 부부도 그녀를 따라 웃었다.

"그거 참 재미있네요." 키트의 어머니가 말했다. "딸이 이곳에서 겪은 모험담을 쓴 흥미진진한 편지를 보내줄 날을 기대하고 있어야겠어요."

루크레티아가 쟁반을 들고 들어오자 대화가 잠시 끊겼다. 키트는 컵을 받아 들었다. 손에 뭐라도 쥐고 있을 수 있다는 게 반가웠다. 블랙우드를 처음 봤을 때 그녀를 덮쳐 왔던 그 불길한 기운이 약간은 누그러지는 기분이었다. 그러나 그 그림자는 여전히 남아 있었다.

"학생이 몇 명이나 될까요?" 그녀가 물었다.

"그건 누구도 모르지." 뒤레 부인이 그녀에게 말했다. "부모님과 떨어진다는 생각에 향수병에 걸려서 여기 온 첫날 자퇴하는 아이들이 꼭 있거든. 내일 오리엔테이션이 끝나 봐야 최종적으로 몇 명이 될지 알 수 있단다. 개인적으로는 집을 떠나 학교생활을 하는 게 모든 젊은 여성들이 인생에 한 번쯤은 꼭 해봐야 할 경험이라고 생각한다만."

대화는 계속 이어졌지만 키트는 콜라를 홀짝거리며 반쯤 흘려듣고 있었다. '내일,' 그녀는 생각했다. '여기에 다른 여자애들이 올 거란 말이지.' 대형 TV를 보며 깔깔대고 재잘거리는 팔팔한 목소리들이 복도 가득 울려 퍼지면 블랙우드도 뭔가 다르게 보일지 모른다. 댄이 말했던 것처럼 새로 온 아이들 중에 트레이시처럼 친근하고 다정하고 즐거운 시간을 같이 보낼 만한 친구를 발견하게 될지도 모른다.

댄이 시계를 흘깃 보았다. "서두르는 걸 좋아하지는 않지만 돌아갈 길이 멀어서요. 나가서 키트의 가방을 챙겨 와야겠어요."

"루크레티아가 어디로 갖다놓으면 되는지 알려드릴 거예요." 뒤레 부인이 자리에서 일어났다. "짐을 옮기시는 동안 롤랜드 부인은 블랙우드를 좀 돌아보시지요."

"좋지요." 키트의 어머니가 그녀에게 말했다. "정말로 훌륭한 오래된 저택이에요. 보수할 곳이 많던가요?"

"생각만큼 그렇게 많지는 않았어요." 뒤레 부인이 복도로 나가는 길을 안내하며 말했다. "원래가 워낙 잘 지어진 집이었거든요. 사실 새로 지은 건 화재가 났던 위층의 기숙사동뿐이랍니다. 석조 구조물이라 그럭저럭 버텨주기는 했지만 나무 장식판자들이랑 가구들은 새로 교체해야 했어요. 원래 있던 것들과 똑같은 스타일로 해놓으려고 최선을 다했답니다."

복도 끝을 향해 앞장서 가는 동안 그녀는 여러 출입구들을 손짓으로 가리켰다. 열려 있는 문도 있었고 닫혀 있는 문도 있었다. "아까 저희가 있던 방이 거실이에요. 개인적으로는 응접실이라고 부르는 걸 더 좋아하지요. 오른쪽이 제 사무실로 가는 문이고 그 너머에는 제가 아들 쥘과 같이 쓰는 방들이 있어요. 뒤편에 손님용 주택에서 용도 변경을 한 교직원용 아파트가 있고요. 여기가 식당이고 저쪽에 있는 것이 주방. 이쪽 문들을 열면 교실이에요."

그녀는 한 문 앞에서 잠시 발걸음을 멈추고 문을 열더니 전등을 탁 켰다. 소형 그랜드 피아노가 한쪽 구석 전체를 차지하고 있었고 다른 쪽 벽에는 일련의 악기들이 줄을 지어 늘어서 있었다. 보면대와 편안해 보이는 의자들, 기묘하게 생긴 커다란 최첨단 녹음 장비까지 완벽하게 갖추어져 있었다.

"보시다시피 여기는 음악실입니다." 뒤레 부인이 말했다. "음악에 소질이 좀 있니, 캐스린?"

"일 년 동안 피아노를 배우긴 했어요." 키트가 대답했다. "열한 살 때 얘기지만요. 재능이 있었다고는 말씀을 못 드리겠네요."

"그건 네가 참을성이 모자라서 그랬던 거지." 어머니가 말했다. "시간을 내서 연습하는 걸 싫어했잖니. 여기 블랙우드에 있는 동안 음악 교육을 제대로 받았으면 좋겠구나. 앞으로 평생 너한테 즐거움을 주는 일이 될 거야."

"저희는 예술 교육에 많은 시간과 노력을 쏟고 있지요." 뒤레 부인이 전등을 끄고 문을 닫으며 그들에게 말했다. "시간이 좀 더 있어서 도서관까지 훑어볼 수 있었으면 틀림없이 좋아하셨을 텐데 아쉽네요. 규모가 엄청나답니다. 이 집 안에 걸린 모든 그림들은 제 취미 생활이에요. 유명한 예술가들의 알려지지 않은 작품들을 수집하고 있거든요. 그렇지만 제 생각에 가장 보고 싶으신 곳은 앞으로 캐스린이 생활하게 될 곳이겠지요."

계단이 구부러지면서 위쪽으로 거대한 거울이 나타났다. 마치 위층 복도의 길이를 두 배로 늘려놓은 것처럼 보였다. 복도 끝에 스테인드글라스로 된 창문이 있었다. 진입로에서도 또렷하게 보이던 바로 그 창문이었다. 비스듬하게 비쳐 든 햇살이 복도를 온통 무지갯빛으로 물들이고 있었다.

양쪽으로 줄줄이 늘어선 방문들이 복도를 향해 열려 있었다. 뒤레 부인이 그중 한 방 앞에 멈춰 섰다. 그녀는 치마 주머니 속을 더듬어 열쇠를 꺼내더니 쇠로 된 열쇠 구멍 속으로 쑥 밀어 넣었다. 그러고는 열쇠를 한 바퀴 돌리고 다시 빼내어 키트에게 내밀었다.

"블랙우드에서는 프라이버시를 존중하지." 그녀가 말했다. "학생들 각자가 열쇠를 가지고 다니고 방을 비울 때는 늘 잠그도록 하고 있단다. 캐스린, 여기가 이제부터 네가 살 곳이다."

그녀가 방문을 활짝 열자 어머니가 충격으로 숨을 가다듬는 소리가 키트의 귀에 들려왔다. 그녀는 너무 놀라서 숨소리조차 낼 수 없었다. 그 방은 그녀가 한껏 상상의 나래를 펼쳤던 그 이상으로 아름답고 정교했다.

가장 큰 가구는 어두운 빛깔의 목재를 조각해서 만든 침대였다. 그 위로 새빨간 벨벳 캐노피가 늘어져 있었다. 침대 옆의 조그만 탁자에는 주름 장식이 달린 갓을 씌운 화려한 램프가 놓여 있었다. 창가에는 묵직해 보이는 금색 커튼이 달려 있고 반대편 벽에는 호두나무로 만든 책상이 있었다. 그리고 그 위쪽으로 테두리에 금박을 입힌 둥근 거울이 걸려 있었다. 바닥에는 페르시아 양탄자가 깔려 있고, 창문 아래쪽에는 스탠드가 놓인 뚜껑 달린 책상이 있었다.

"이게 기숙사 방이라니." 롤랜드 부인이 감탄하며 외쳤다. "학교에 이런 곳이 있으리라고 누가 상상이나 하겠어요!"

"정말 근사해요." 키트는 넋이 나간 얼굴로 자기도 모르게 맞장구를 쳤다. 그녀는 머뭇거리며 손을 뻗어 침대 머리의 장식을 어루만졌다. "이거 진짜 벨벳이에요?"

"그렇단다." 뒤레 부인이 말했다. "우리는 블랙우드가 학생들에게 그저 단순한 학교 이상의 공간이 되길 원해. 이곳을 떠난 뒤에도 아주 오랫동안 기억에 남을 경험이 되길 바라지. 아름다움은 영혼을 풍요롭게 만들어주고 젊은이들은 멋진 환경 속에서 마음을 다스리는 법을 배워야 한다는 것이 우리의 믿음이란다."

"그런데 침대가 하나밖에 없네요." 키트의 마음속에 문득 떠오른 생각이 있었다. "룸메이트가 있지 않나요?"

"블랙우드에는 없다." 뒤레 부인이 말했다. "이곳에 있는 모든 여학생들은 각자 화장실이 딸린 자기 방을 쓰지. 프라이버시가 보장될수록 학업에도 더 도움이 된다고 생각한다만. 그렇지 않니?"

"그건 그렇죠." 키트는 트레이시와 같이 방을 꾸밀 계획을 짜던 일을 떠올리며 말했다. 공부는 뒷전이고 수다를 떠느라 시간을 더 많이 보냈을 것이 분명하지만 그편이 훨씬 재미있었을 것이다.

"여어!" 계단 꼭대기에서 댄의 목소리가 들려왔다. "가방 두 개를 들고 왔는데 이 안에 벽돌이라도 채웠나 봐. 어디다 내려놓을까?"

"이쪽으로 와요, 여보." 키트의 어머니가 소리 높여 대답했다. "여기 와서 키트의 방 좀 보세요. 믿어지지가 않을걸요!"

"우아!" 양손에 여행 가방을 든 채로 댄이 문 앞에 나타났다. "이거 학교라기보다는 궁전처럼 보이는데. 사방팔방 물건을 아무렇게나 던져놓기는 글렀구나, 키트."

"저희는 학생들이 자기 방 하나 정도는 충분히 건사할 거라고 믿고 있지요." 뒤레 부인이 가볍게 말했다. "실례지만 저는 이만 아래층에 내려가서 주방 담당자와 오늘 저녁 식사에 대해 얘기를 좀 해야겠군요. 캐스린, 저녁 식사 시간에 늦는 건 절대로 안 된다. 요리를 해주는 여자애가 마을에 살아서 밤마다 차를 몰고 집으로 돌아가야 하거든. 저녁 식사는 식당에서 여섯시 삼십분이다."

"알겠어요." 키트가 말했다. "감사합니다."

"고마워요, 뒤레 부인." 키트의 어머니가 말했다. "떠나기 전에 다시 한 번 들러서 인사를 드리고 갈게요."

그들은 조용히 서서 여교장의 재빠른 발자국 소리가 복도 너머로 총총히 사라지는 것을 듣고 있었다.

"여자가 보통이 아니야." 댄이 나직한 목소리로 중얼거렸다. "생각을 해보라고. 이렇게 오래된 저택을 현대식 학교로 바꾸는 게 얼마나 큰일이었겠어."

"정말 감동받았어요." 키트의 어머니가 딸을 향해 돌아섰다. "애야." 그리고 그녀는 갑자기 딸을 와락 끌어당겨 안았다. 어머니의 목소리는 거의 애원조였다. "키트, 내 사랑하는 딸, 여기서 행복할 수 있지? 그렇지? 네가 불행하게 지내고 있을 거라고 생각하면 여행이고 뭐고 일분일초도 즐겁지 않을 거야. 크루즈 여행을 미루는 한이 있어도 다른 곳을 알아봐 줄게. 네 행복보다 더 중요한 건 없단다."

그 순간 키트는 억울했던 마음이 스르르 녹아내리는 것이 느껴졌다. 그녀가 이겼지만 그렇다고 그걸 이용할 수는 없었다. 그녀는 두 팔을 벌려 어머니를 따뜻하게 안아주었다.

"당연하죠. 전 괜찮을 거예요." 그녀는 잔뜩 잠긴 목소리로 말했다. "댄이랑 신혼여행을 멋지게 즐기세요. 엄마는 그 누구보다 그럴 만한 충분한 자격이 있어요. 그동안 짜증만 부려서 죄송해요. 여기서 행복하게 지낼게요. 약속해요."

마음 한 귀퉁이에서 스멀스멀 기어 올라오던 풀리지 않은 의문이 있었다. 그러나 키트는 그냥 넘긴 채 까맣게 잊고 말았다. 어쨌든 블랙우드의 침실 자물쇠가 안쪽이 아니라 바깥쪽에 달려 있는 게 무슨 대수란 말인가.

3장

 침대는 높고 아름다웠지만 그다지 편안하지는 않았다. 키트는 벨벳 침대보 위에 벌렁 드러누워 와인색 캐노피를 뚫어지게 쳐다보았다. 누군가(포*였던가?) 딱 이런 침대에 대한 소설을 쓴 적이 있었다. 밤이 되자 캐노피가 천천히 밑으로 내려와 하필 재수 없이 그 밑에서 자던 사람을 덮쳐 질식시키는 이야기였다. 작년에 문학 수업에서 읽은 책이었는데 여기저기서 어처구니없어하는 웃음소리가 키득키득 터져 나왔었다. 그런데 지금은 그 소설이 그다지 웃긴 것 같지 않았다.

 '난 캐노피가 싫어.' 키트는 생각했다. '그리고 이 딱딱한 매트

---

* 에드거 앨런 포

리스도 별로야. 그렇지만 난 죽어도 블랙우드가 좋아져야만 해. 엄마한테 그렇게 약속했으니까.'

어머니와 댄은 한 시간 전에 떠났지만 그녀는 아직 짐에 손가락조차 대지 않았다. 처음에는 그저 느낌이 어떤지 보려고 침대 위로 기어 올라왔지만 그렇게 침대에 자리를 잡고 나자 그 이후로 꼼짝도 하지 않고 캐노피를 올려다보며 생각에 잠겨 있었다.

그녀는 지난 몇 주간 계속 심통이 나 있었다. 그걸 인정하고 나니 부끄러움이 밀려들었다. 아버지가 돌아가신 뒤로 홀로 생계를 꾸리느라 외롭고 고된 나날을 보냈던 어머니는 마침내 찾아온 행복을 누릴 자격이 차고 넘쳤다. 비록 댄이 키트라면 사귀고 싶은 마음이 들거나 새아버지로 점찍을 만한 그런 남자는 아니었지만 어머니가 사랑하는 사람이라면 그것으로 족했다. 솔직히 말하자면 어머니가 두 번째 남편감으로 누구를 데려오더라도 키트를 완전히 만족시켜주기란 불가능했다. 키트는 아버지와 사이가 무척이나 좋았고 그 자리를 대신할 수 있는 사람은 아무도 없었다.

그의 마지막 모습을 본 것은 그녀였다. 아무도 믿어주지 않았지만 그것은 사실이었다. 당시 일곱 살이었던 그녀는 한밤중에 깨어나 침대 발치에 우두커니 서서 그녀를 내려다보고 있는 아버지를 발견했다. 방 안은 캄캄했지만 그녀는 그의 모습을 또렷하게 볼수 있었다. 고개를 숙인 채 회색빛 눈동자에는 회한이 가득 서려 있었고 날카롭고 다부지게 생긴 얼굴에는 무한한 사랑을 담고 있었다. 키트는 팔꿈치를 짚고 몸을 일으켜 그를 쳐다보았다.

"아빠?" 그녀가 말했다. "여기서 뭐하세요? 시카고로 출장 가신 거 아니었어요?"

아버지는 대답이 없었고 그녀는 몸을 떨었다. 한여름이었는데도 불구하고 방 안이 갑자기 몹시 춥게 느껴졌던 것이다. 그녀는 다시 베개에 머리를 누이고 침대보와 시트를 턱까지 끌어당겼다. 그러고는 잠시 눈을 감았다. 다시 눈을 떴을 때는 아침이었다. 창문으로 흘러든 햇살이 침실 깔개 위에 눈부신 금빛 무늬를 그려 넣고 있었다.

그녀는 자리에서 일어나 반바지와 티셔츠로 갈아입고 아래층으로 내려갔다. 집 안은 온통 사람들로 가득 차 있었다.

고모들 중 하나가 다가와 그녀를 끌어안더니 말했다. "불쌍한 아가! 가엾어서 어떡하니!"

"왜 그러세요?" 키트는 물었다. "무슨 일이에요?" 바로 앞에 모여 있는 사람들이 눈에 들어왔다. "왜 엄마가 울고 있는 거죠?"

"아빠 때문이란다, 얘야." 고모가 그녀에게 말했다. "지난밤에 사고가 났는데 네 엄마가 오늘 아침에야 전화를 받았어. 아빠가 호텔로 돌아가는 택시를 타고 있었는데 운전기사라는 자가 그만 빨간 신호등을 무시하고……."

"그럴 리가 없어요." 키트는 당황하며 그녀의 말을 가로챘다. "지난밤에 아빠는 여기 있었는걸요. 제가 봤어요. 제 방에 오셨어요."

"넌 꿈을 꾸고 있었던 거란다, 아가." 고모가 다정한 목소리로 말했다.

"아니에요." 키트가 고집을 부렸다. "전 분명 깨어 있었어요. 아빠가 여기 있었다고요. 제가 봤어요." 그녀는 방 저쪽 편에 있던 어머니를 향해 소리쳤다. "아빠는 지난밤에 집으로 돌아왔어요. 그렇죠? 엄마가 아빠를 데리러 공항에 나갔을 거 아니에요. 엄마⋯⋯."

그녀의 어머니는 지독한 슬픔으로 얼굴이 하얗게 질린 채 서둘러 달려와 키트를 품에 꼭 안아주었다.

"나도 그랬으면 좋겠구나, 아가." 그녀가 목이 멘 소리로 말했다. "그랬으면 얼마나 좋을까."

그다음 일 년간 그들의 삶에는 수많은 변화가 있었다. 한 번도 일이라고는 해본 적이 없는 어머니가 비즈니스 교육을 받고 법률 회사에서 비서 일을 시작했다. 그녀는 살던 집도 내놓았다. "유지비가 너무 많이 들어가서 감당할 수가 없어." 그녀는 말했다. "나 혼자서 마당이 있는 집은 무리야." 그러고는 시내에서 일하던 회사와 가까운 곳에 아파트를 얻었다.

키트도 얼마나 버거운 과정이었는지 잘 알고 있었다. 어머니는 아름답고 명랑한 여자였다. 딸을 너무나 사랑하긴 했지만 그녀의 삶에는 늘 어른 대 어른으로서 인생의 동반자에 대한 채워지지 않은 갈망이 공허한 구멍처럼 뚫려 있었다. 댄을 만나고 나서 그녀가 딴사람처럼 변한 걸 보면 알 수 있었다.

'엄마는 지금 행복해. 그럼 나도 행복한 거야.' 키트는 단호하게 스스로에게 말했다. 그러나 진입로에 들어섰을 때 마치 구름이 소리 없이 해를 덮어버리기라도 한 것처럼 갑자기 사악한 냉기가 흐르던 그 느낌을 도무지 지울 수가 없었다.

만약 트레이시가 함께 있었더라면 한바탕 웃고 지나쳤을 것이다. 진홍빛 캐노피에 대해서도 트레이시라면 캐노피가 밤에 공격해 올 것에 대비해서 딸랑거리는 소리에 일어날 수 있게 종을 하나 달아놓자고 농담했을 것이다. 트레이시 로젠블룸은 분별력 있고 영리하고 재미있는 친구였다. 둘 중 누구도 그녀가 블랙우드 입학을 거부당할 거라고는 생각하지 못했다. 그래서 불합격 통지서가 도착했을 때 키트는 눈을 의심할 수밖에 없었다.

"그렇지만 넌 우등생이잖아!" 그녀는 믿기지 않는다는 듯이 외쳤다. "성적도 늘 나보다 좋잖아!"

"아마도 심리 테스트였나 봐." 트레이시가 말했다. "아니면 인터뷰가 문제였던가. 내가 그 여자 마음에 안 들었을 수도 있지."

"말도 안 돼. 널 좋아하지 않는 사람이 어디 있어. 게다가 넌 그 여자의 예술품 수집 취미에 대해서도 자세하게 알고 있었고 그 여자가 찾아냈다는 그 베르메르 작품에 대해서도 얘기했잖아. 그 여자는 말끝마다 널 '셰리'*라고 불렀어. 나보다 널 더 좋아했단 말이야."

"흠, 그럼 네가 한번 이유를 찾아보든가." 트레이시는 달관한 사람처럼 어깨를 으쓱거렸다. "난 그냥 떨어진 거야. 더 이상 이러쿵저러쿵할 거 없어. 그러니까 난 얌전히 P.S. 37로 돌아가고 넌 블랙우드로 가면 돼. 그리고 너한테서 쏟아질 어마어마한 문자 메시지와 전화를 기다리고 있을게."

"당연하지." 키트는 약속했다. "날 보내지 말아달라고 엄마를 설득할 기회는 아직 있어." 아, 그 기회는 이제 날아갔고 그녀는 지금 여기 벨벳 천 위에 대자로 드러누운 채 또 다른 벨벳 천을 올려다보며 창밖으로 땅거미가 지고 방 안으로 어둠이 기어들어 오는 것을 지켜보고 있다.

그녀는 충동적으로 휴대폰을 꺼내 트레이시의 번호를 눌렀다. 스크린에 '서비스 불가 지역'이라는 메시지가 떴다. 내 운이 그렇지 뭐. 이곳은 진짜로 외진 곳이었다.

키트는 짜증이 나서 소리라도 한바탕 지르고 싶은 심정이었다. 이메일에 의지할 수밖에 없다. 학교에 인터넷쯤은 당연히 깔려 있겠지.

'짐을 꺼내야겠어.' 키트는 생각했다. '그리고 컴퓨터를 연결하는 거야.' 그러나 그녀는 꼼짝도 하지 않았다. 졸음이 몰려들면서

---

* 프랑스어로 '사랑스러운 사람'을 부르는 애칭

뭐라 설명할 수 없는 이상한 피로감이 온몸을 무겁게 짓눌렀다.

그때 누군가 문을 쾅쾅 두드리며 말했다. "캐스린 양?"

"네?" 키트는 깜짝 놀라서 정신이 번뜩 들었다. 그녀는 죄 지은 사람처럼 화들짝 놀라며 침대보에 신발이 닿지 않게 침대 가장자리 너머로 발을 홱 내밀었다. "네, 무슨 일이죠?"

"저녁 식사 시간이에요." 보지 않아도 루크레티아의 목소리라는 것을 알 수 있었다. "다른 사람들은 이미 다 내려갔어요."

"아, 고마워요. 시간 가는 줄을 모르고 있었네요." 침대 밑으로 마저 다리를 밀어 내리며 키트는 일어나 앉았다. 눈 깜짝할 사이에 창밖의 황혼이 깊은 밤을 향해 달려가는 것을 보고 그녀는 놀랐다. 방 안이 캄캄했다.

그녀는 팔을 뻗어 침대 옆 탁자 위의 램프를 찾아 더듬거리다가 밑의 스위치가 손에 닿자 그대로 눌렀다. 불이 들어오자 반대편 벽 위로 그림자들이 훌쩍 나타났다.

'바로 머리 위에 전등이 있으면 좋을 텐데.' 키트는 자리에서 일어나며 생각했다. '낡아빠진 구식의 매력이라는 것도 있으니까.'

그녀는 방을 가로질러 책상 앞으로 다가가 스탠드를 켰다. 방 안이 조금 더 밝아졌다. 긴 여정에 구깃구깃해진 옷부터 갈아입어야 한다는 걸 알고 있었지만 저녁 식사는 이미 시작되었고 더 이상 지체할 시간이 없었다. 대신 그녀는 얼굴과 손을 말끔하게 씻고 사자 갈기처럼 길고 숱이 많은 금발 머리를 빗었다.

욕실 거울 속에서 그녀를 마주 보고 있는 얼굴은 통상적인 미인은 아니었다. 입은 살짝 큰 편이고 각진 턱이 도드라졌다. 그러나 회색 눈동자는 거침이 없으면서도 다정했으며 두 뺨은 활력과 건강으로 반짝거리는 홍조를 띠고 있었다. 호감이 가는 얼굴이었지만, 키트가 진심으로 그렇게 생각하는 유일한 순간은 갈수록 아버지를 닮아간다고 느낄 때였다.

방 안의 전등을 그대로 켜둔 채 그녀는 복도로 나가 등 뒤로 문을 잡아당겼다. 방문을 닫자마자 그녀는 어둠의 터널 속에 서 있는 자신을 발견했다. 복도에 조명이라고는 계단 꼭대기에 있는 동그란 반투명 유리 덮개 안에 들어 있는 전구 하나가 전부였다. 키트는 천천히 전등을 향해 걸음을 옮기다가 계단 너머 벽에서 튀어나온 것 같은 호리호리하고 흐릿한 물체가 그녀를 향해 다가오는 것을 보고 소스라치게 놀랐다.

그녀가 발을 멈추자 그 물체도 우뚝 제자리에 섰다. 망설이며 다시 한 걸음을 내딛다가 그녀는 그것이 계단 위에 걸려 있는 거울에 비친 자신의 모습이라는 것을 문득 깨달았다.

"잘하는 짓이다, 키트." 그녀는 스스로에게 넌더리를 내며 큰 소리로 말했다. "다음번에는 뱀파이어를 볼 일만 남았네."

그녀는 비단결 같은 마호가니 난간을 잡고 계단을 내려가 아래층 복도로 들어섰다. 사방에 전등이 환하게 켜져 있고 아무도 없었지만 건너편 방에서 사람들의 목소리와 유리잔과 은그릇이 쨍

그랑거리며 부딪치는 소리가 들려왔다. 그 소리를 따라 그녀는 복도 끝에 있는 식당 문 앞에 도착해 안을 들여다보았다.

엄청나게 넓은 방이었다. 높고 둥근 천장에는 어느 시대극 세트장에서 훔쳐 오기라도 한 듯 매우 웅장한 크리스털 샹들리에가 달려 있었다. 그리고 그 아래에는 하얀 리넨 천이 깔린 커다란 둥근 식탁 위에 촛불과 자기 그릇이 놓여 있었다. 그 주위로 세 사람이 둘러앉아 있었고 네 번째 자리가 비어 있었다. 한창 대화 중이던 뒤레 부인이 얼핏 고개를 들어 문간에 서 있는 키트를 바라보았다.

"어서 들어오렴, 애야. 우리 먼저 식사를 시작해서 미안하구나. 그렇지만 블랙우드에서는 여섯시 반이면 어김없이 저녁 식사가 나온단다."

"죄송합니다." 키트가 반성하는 목소리로 말했다. "깜빡 잠이 들었나 봐요."

그녀가 안으로 들어서자 식탁에 앉아 있던 두 남자가 자리에서 일어났다. 뒤레 부인이 소개를 했다.

"캐스린 고디, 이쪽은 팔리 선생님이시고, 이쪽은 내 아들 쥘."

"만나서 반갑습니다." 키트가 말했다.

그녀의 맞은편에 있던 나이 지긋한 신사는 이마 선이 뒤로 후퇴 중이었고 뾰족하게 다듬은 짧고 하얀 턱수염이 있었다. 키트는 공손하게 그와 악수를 나누었지만 그녀의 시선은 이미 쥘 뒤레에게 가 있었다.

가는 뼈대의 날렵한 몸매에 TV 스타처럼 완벽한 얼굴과 윤기 나는 검은 머리. 그녀가 이제껏 본 사람들 중 제일 멋진 남자라는 건 의심할 여지도 없었다.

"그만 앉으렴." 뒤레 부인이 상냥한 목소리로 권했다. 그녀는 손을 내밀어 물잔 옆에 놓인 작은 은종을 집어 들었다. 종소리가 딸랑거리자 식당 뒤쪽의 여닫이문이 열리면서 파란색 유니폼을 입은 밋밋하고 소박한 얼굴의 여자가 나타났다.

"캐스린 양이 드디어 왔구나, 내털리." 뒤레 부인이 말했다. "수프를 가져오너라." 여자는 고개를 끄덕거리고는 수프를 가지러 갔다.

뒤레 부인은 키트가 식탁에 자리를 잡고 앉자 그녀를 향해 미소를 지었다. "하루 일찍 이렇게 자리를 함께하게 되어서 참으로 기쁘구나, 캐스린. 팔리 선생님은 수학과 과학을 가르치실 거야. 쥘은 영국에 있는 음악 학교에서 막 학위를 받고 왔단다. 여기서 피아노를 가르치게 될 거야."

"다른 선생님들은 아직 안 오셨나요?" 키트는 냅킨을 풀어 무릎 위에 놓으며 물었다. 내털리가 그녀 앞에 수프 접시를 가져다 놓는 동안 잠깐 이야기가 끊겼다.

"다른 선생님은 없어." 잠시 후 쥘이 입을 열었다. 그의 말투에는 그의 어머니와 똑같은 매력적인 악센트가 섞여 있었다. 거의 감지해내기 힘들 만큼 미묘하지만 그의 말에 독특한 색깔을 입혀주고 있었다.

키트가 깜짝 놀란 얼굴로 그를 바라보았다. "농담이시겠죠?"

"나도 가르칠 거란다." 뒤레 부인이 그녀에게 말했다. "언어와 문학, 그리고 관심 있는 학생이 있다면 물론 예술도 가르칠 수 있다."

"그렇지만 안내서에는 여러 가지 수업이 있다고 되어 있던데요." 키트가 외쳤다. "선생님이 달랑 세 분뿐인데 어떻게 그 많은 수업을 할 수 있다는 거죠?"

"그런 건 걱정할 필요 없다, 캐스린." 팔리 선생님이 말했다. 그의 현명하고 늙은 두 눈동자가 촛불을 받아 반짝반짝 빛나는 것처럼 보였다.

"블랙우드에서 개별적인 관심이 모자라는 일은 결코 없을 테니까. 몇 년 전 영국에 있는 뒤레 부인의 학교에서 아이들을 가르쳤는데 거기서 이분이 이루어낸 업적을 보고 아주 깊은 감명을 받았지. 그래서 내가 미국에서도 학교를 해보시라고 설득한 거란다."

"방은 마음에 드니, 셰리?" 뒤레 부인이 물었다. "필요하면 여분의 담요도 준비되어 있다. 옷장 속에 옷걸이는 충분히 걸려 있니?"

"다 괜찮아요." 키트가 대답했다. "휴대폰을 쓸 수 없다는 것만 빼면요. 아, 그리고 한 가지 더 있어요. 복도의 등이 너무 약한 것 같아요. 오후까지는 창문으로 햇빛이 들어와서 잘 몰랐는데 밤이 되니까 너무 어둡더라고요."

"낡은 집을 개조하면 그런 문제들이 따라오곤 하지." 팔리 선생님이 말했다. "위층의 전기 배선이 신통치가 않아. 이전부터 뒤레 부인이 마을에서 전기 기술자를 데려오려고 애는 쓰고 있는데 그게 말처럼 쉽지가 않구나.”

“전등의 유리 덮개를 치워버리면 어떨까요?” 뒤레 부인이 말했다. “그리고 고 와트 전구를 끼우는 거예요. 다른 전등을 설치할 때까지 일시적인 조치로 말이지요.”

“아니에요, 그러실 필요까진 없어요.” 키트는 갑자기 난처해져서 말했다. “사소한 걸 가지고 유난을 떨 생각은 아니었어요. 제가 평소에 그런 것에 신경을 쓰는 성격은 아닌데 지금은 기숙사 층이 너무 휑해서 그런가 봐요. 내일 다른 학생들이 도착하고 나면 문제도 되지 않을 거예요. 사람들로 바글바글할 텐데요, 뭐.”

잠시 침묵이 흘렀다. 뒤레 부인은 냅킨을 들어 올려 입술을 톡톡 두드렸고, 팔리 선생님은 물을 한 모금 들이켰다. 키트는 접시 위로 머리를 숙이고 있던 쥘에게로 몸을 돌렸다.

“내일이면 달라지겠죠.” 그녀가 다시 말했다. “사람들이 모두 도착하고 나면요.”

“그야 물론, 뭔가 좀 달라져 보이겠지.” 쥘이 말했다.

그는 고개를 들었지만 이상하게 꺼림칙한 표정을 지으며 애서 그녀의 시선을 피하고 있었다.

그날 밤 그녀는 캐노피가 밑으로 내려오는 꿈을 꾸었다. 그것도 두 번씩이나. 슬금슬금 공기가 그녀 위를 압박해오면서 잔뜩 부풀어 오른 와인색 벨벳 거품이 그녀의 얼굴 위로 내려앉았다.

처음에 온몸을 떨며 눈을 떴을 때 그녀는 램프를 찾아 침대 옆 탁자 위를 미친 듯이 더듬거렸다. 램프 아래 버튼을 찾아 누르는 순간 방 안이 침침하고 노란 불빛으로 가득 찼다.

키트는 일어나 앉아 주위를 두리번거렸다. 의자 위에 아무렇게나 던져둔 옷가지들만 빼면 모든 것이 완벽하게 정돈되어 있었다. 가지고 왔던 짐 두 개는 아직도 다 풀지 못한 채로 옷장 앞 바닥에 팽개쳐진 채 입을 벌리고 있었다.

캐노피는 저 높이 원래 있던 자리에 얌전히 걸려 있었다.

키트는 불을 끄고 다시 베개에 머리를 기댔다. 그리고 잠시 후 다시 잠에 빠져들었다. 똑같은 꿈을 꾸고 두 번째로 눈을 떴을 때 그녀는 전등을 켠 재 아침까지 그대로 내버려 두었다.

4장

아침이 되자 키트는 간밤에 바보 같은 짓을 한 것이 웃겨서 참을 수가 없었다. 창문으로 쏟아져 들어온 말간 햇살이 어두운 색의 카펫 위로 떨어지며 금빛 우물을 만들고 나무 창틀에 반사된 빛으로 방 안을 아름답게 밝혀주고 있었다. 캐노피는 캐노피일 뿐이다. 세계에서 제일 우아한 침대들 중 하나로 손꼽혀 마땅한 물건에 꼭 어울리는 장엄한 장식품이지 않은가.

키트는 침대 옆으로 폴짝 뛰어내려 러그 위에 맨발로 섰다. 푹신하고 호화로운 느낌이 전해져 왔다. 방을 가로질러 창가로 다가가는 동안 발가락이 러그 속에서 헤엄을 쳤다. 창가에 도착한 그녀는 어째서 어제 창밖을 내다볼 생각을 하지 못했던 것인지 의아해지지 않을 수 없었다. 눈앞에 펼쳐진 풍경이 어찌나 장관인지 그녀의 심장이 기쁨으로 두근거렸다.

　바로 밑에 있는 정원에는 아직도 늦여름 꽃들이 군데군데 활짝 피어 있었고, 그 사이로 좁은 자갈길이 갈라졌다가 구불구불 돌아서 다시 만나는 게 마치 미로 같았다. 그 너머에 있는 연못까지 널따란 잔디밭이 이어지고 있었다. 아침 햇살 속에 은빛으로 빛나는 아담한 크기의 연못은 마치 거울처럼 매끈하고 평평하고 반질반질했다. 그리고 그 맞은편에 마치 호위무사라도 되는 것처럼 둥글게 원을 그리고 선 숲은 블랙우드 전체의 경계를 에워싸고 있었다.

　그 모든 것 위에 잘 당겨진 활시위처럼 둥글게 펼쳐져 있는 하늘은 구름 한 점 없이 파랬고 공기는 신선하고 달콤했다. 저택의 이쪽에서는 진입로가 보이지 않았지만 그녀는 진입로를 가득 메운 자동차들과 허둥거리며 짐을 꺼내느라 분주한 아버지들의 모습을 상상할 수 있었다. 잠시 후면 복도로 여자애들이 쏟아져 들어올 것이다. 그리고 웃고 조잘대며 서로의 신상을 훑거나 호기심 어린 눈으로 이 방 저 방 들락날락거리며 살피고 다니겠지.

　'일찍 도착해서 다행이로군.' 키트는 옷을 입으며 생각했다. '내가 좀 유리하게 시작하는 셈이잖아.' 그녀는 침대 정돈을 마치고 난 다음 짐을 풀고 드레스와 스커트들을 옷장 안에 가지런히 걸었다. 그리고 다른 옷들은 얌전하게 접어 서랍장 안에 넣었다. 두 번째 가방에는 사진들이 있었는데 그중 한 장은 삼 년 전 트레이시의 열세 번째 생일파티 때 찍은 그녀와 트레이시의 사진이었다.

사진 속의 그들은 킥킥거리며 거대한 초콜릿 케이크 뒤에서 서로 어깨동무를 한 채 한껏 남의 눈을 의식하며 포즈를 잡고 있었다.

다른 사진은 부모님이 신혼여행 때 찍은 것이었다. 어머니는 아버지가 돌아가신 뒤 그녀를 위해 그 사진을 크게 인화해서 액자에 넣어주었다.

"그 사람을 네가 기억해줬으면 좋겠다." 그녀는 그렇게 말했었다. '내가 어떻게 잊을 수가 있겠어.' 키트는 그 사진을 찬찬히 들여다보며 생각했다. 아버지의 맑은 눈망울이 그녀를 향해 웃고 있었고, 그녀와 꼭 닮은 고집스러운 턱 선은 여전히 둥글둥글하고 소년 같은 얼굴에 강한 인상을 심어주고 있었다. 오히려 그의 팔에 매달려 있는 여자가 더 기억해내기가 힘들었다. 그녀의 어머니가 그토록 젊고 근심 걱정 없이 생의 환희로 빛나던 시절이 정말 있기는 했었나?

'행복해져야 해, 엄마.' 키트는 그녀에게 소리 없이 속삭였다. '제발, 댄과 행복해져야 해.' 두 번째 결혼에서 어머니가 그 어떤 동지애와 확신을 찾았다 한들 이 사진 속의 여자로 되돌아갈 수는 없다는 것을 키트는 마음 깊이 알고 있었다.

그녀는 부모님의 사진을 책상 위에 올려놓고 트레이시와 찍은 사진을 거울 테두리에 끼워 넣었다. 뭔가 허전한 기분이 들었다. '아이 참, 포스터나 학교에서 찍은 잘생긴 남자애들 사진을 좀 들고 왔어야 하는 건데.' 기숙사 방의 기본 장식품이 그제야 떠올랐던 것이다. 집에는 각종 파티에서 찍은 사진들이 넘쳐났다.

'그래 봤자, 그중 어느 사진을 골라낸들 쥘 뒤레 옆에서는 너무 평범해 보이겠지. 장담하건대 이제 블랙우드에선 피아노 수업에 목숨 거는 애들이 넘쳐날 거야.' 키트는 체념하며 생각했다.

어제의 침울했던 기분은 말끔히 사라지고 세상은 다시 눈부시게 빛나고 있었다. 방을 나서자 어제 오후에 보았던 것과 같은 무지갯빛이 복도 가득 넘실대고 있었다. 저 멀리 거울 속에서 다가오는 형상에 이제는 깜짝 놀라는 대신 오히려 친구처럼 느껴져서 손을 흔들며 미소를 지었다. 자신을 보며 손을 흔들고 있는 환한 표정의 말쑥한 모습에 그녀는 한껏 기분이 좋아졌다.

아래층 복도에는 아무도 없었다. 닫혀 있는 뒤레 부인의 사무실 문 너머로 웅얼거리는 목소리가 새어 나오고 있을 뿐이었다. 키트는 홱 몸을 돌려 그 앞을 지나 식당으로 들어섰다. 식당도 텅 비어 있었다. 건너편 방에서 졸졸 물 흐르는 소리가 들려왔다. 키트는 식당을 가로질러 여닫이문을 열고 주방으로 들어갔다.

어젯밤 저녁 식사를 내왔던 깡마른 소녀가 싱크대 앞에 서서 프라이팬을 닦고 있었다. 그녀는 키트가 들어서자 흘긋 보더니 얼굴을 찌푸렸다.

"아침 식사는 끝났는데요. 그렇지만 뒤레 부인이 아가씨가 원하시면 뭐라도 좀 만들어주라고 하고 가셨어요. 아침 식사는 여덟시랍니다. 벌써 열시가 넘었어요."

"늦잠을 잤어요." 키트가 변명하듯 말했다. "그러고 나서 짐 정리까지 했거든요. 제 이름은 키트 고디예요. 당신이 내털리죠?"

소녀가 고개를 끄덕였다. "내털리 컬러예요. 어떤 걸 드시고 싶으세요?"

"제 아침 식사 준비는 신경 쓰지 마세요." 키트는 말했다. "괜찮다면 제가 직접 토스트나 만들어 먹을게요."

소녀는 손짓으로 그녀를 멈춰 세웠다.

"제가 할게요. 요리는 제 담당이에요." 그녀는 포장해놓은 식빵 두 장을 꺼내 토스터기에 집어넣었다. "어차피 저도 돈을 받고 하는 일이에요."

"식사 시중도 들면서 요리까지 하는 거예요?" 키트가 외쳤다. "한 사람이 그 많은 일을 다 한다고요? 학생들이 다 도착하고 나면 누군가 도와줄 사람은 있는 거예요?"

"학생들이 그렇게 많지 않을 거예요." 내털리가 말했다. "제가 지금 열여덟 살인데 열두 살부터 이따금씩 요리를 했는걸요. 입이 좀 는다고 해서 크게 달라질 건 없어요."

"그렇지만, 맙소사! 여학생들이 바글거리는 학교 전체를 어떻게 혼자서!" 키트는 경외의 눈초리로 그녀를 바라보았다. "설마 그런 뜻은 아니겠죠……."

소녀가 그녀의 말을 가로막았다. "토스트가 다 됐네요, 아가씨. 여기 버터요. 잼은 저쪽 조리대 위에 있어요." 그녀는 잠시 말을 멈추더니 사과하는 듯한 태도로 덧붙였다. "뒤레 부인은 마을에서 온 직원이 여기 학생들이랑 얘기하는 걸 별로 좋아하지 않아요. 저희를 고용할 때 그렇게 말씀하셨어요. 원하는 게 뭔지 정도는 물어볼 수 있지만 거기까지라고요."

"아……," 키트는 어색하게 말했다. "난처하게 할 생각은 없었어요."

"알아요, 아가씨. 그렇지만 저한테는 이 일이 무척 중요해요. 블랙우드 마을 같은 데서는 제대로 된 직업을 구하는 게 쉽지가 않답니다. 그러니 아침 식사를 가지고 나가서 식당에서 드세요. 아셨죠?"

"알았어요. 그럴게요." 키트는 말했다.

그녀는 주방 문을 열고 식당으로 나왔다. 등 뒤로 여닫이문이 저절로 닫히면서 주방에서 벌어지던 일상의 세계가 정지하고 블랙우드 식당의 음산한 아름다움이 그녀를 둘러쌌다. 커다란 관목들이 바닥까지 닿는 큰 통유리를 바깥에서 가리고 있었다. 울창한 이파리 사이로 간신히 빠져나온 햇살들이 산만하게 흩어졌다. 윤을 내어 닦은 둥근 식탁은 부드럽게 반짝였고 그 위로 크리스털 샹들리에가 창백한 불빛을 내뿜으며 조용히 매달려 있었다.

방 안에는 사람의 그림자조차 보이지 않았다. 움직임은커녕 바늘 떨어지는 소리마저 들릴 것처럼 고요해서 키트는 어딘가에 앉을 마음조차 생기지 않았다. 서둘러 식당을 빠져나온 그녀는 현관

로비 쪽으로 발걸음을 옮겼다.

사무실 문이 열려 있었다. 뒤레 부인이 안에서 가냘픈 빨간 머리 소녀와 이야기를 주고받고 있었다.

그녀는 키트가 건너편 문가에 모습을 드러내자 그녀 쪽으로 몸을 돌리며 말했다. "여기 우리 학생들 중 한 명이 왔군. 캐스린, 이리로 오너라. 샌드라 메이슨을 소개해주지."

"안녕." 키트는 마침내 다른 여자아이를 만난 사실에 기뻐하며 말했다.

"안녕." 밝은 머리 색을 한 소녀가 수줍은 미소를 지으며 대답했다. 갸름하고 요정 같은 얼굴에 살짝 들린 코 위로 주근깨가 박혀 있었다.

"샌드라는 마을까지 버스를 타고 왔단다." 뒤레 부인이 설명했다. "팔리 선생님이 거기에서 이 아이를 만나 블랙우드까지 차로 데리고 왔지. 캐스린, 샌드라한테 위층을 좀 구경시켜주겠니? 이 아이의 방은 211호야. 복도 끝에 있는 구석방이란다."

"물론이죠." 키트가 말했다. 양손 가득 토스트를 들고 있는 제 모습이 갑자기 너무 우스꽝스럽게 느껴져서 내려놓을 곳을 찾아 이리저리 살폈지만 마땅한 데를 찾지 못하자 그녀는 이 상황을 최대한 모면해보기로 마음먹었다. "아침 먹을래?"

"아니, 괜찮아." 소녀는 진지한 얼굴로 대답했다. "마을에서 이미 먹고 왔거든."

잠시 후 그들은 뒤레 부인의 사무실을 나와 계단을 올라갔다. 빨간 머리가 말했다. "사실은 아니야……."

"사실은 뭐가 아닌데?" 키트가 물었다.

"델리에서 커피랑 도넛을 사긴 했는데 먹을 수가 없었어. 너무 흥분했었나 봐. 한 번도 이렇게 집을 떠나 기숙학교에 와본 적이 없거든."

"나도 마찬가지야." 키트가 그녀에게 말했다. "난 어제 여기에 도착했어. 어떤 곳일지 전혀 감도 못 잡고 있었지."

"차 안에서 진입로 끝에 있는 이 저택을 처음 딱 봤는데, 믿을 수가 없더라."

"그걸 보고 놀라기 전에 침실부터 봐야 할걸." 키트가 말했다.

211호 방은 창문 중 하니가 진입로와 마주 보고 있는 구석방이라는 것만 빼면 키트의 방과 빼다 박은 것처럼 닮았다. 빨간색 대신 녹색과 금색으로 장식되어 있을 뿐 화려하게 장식된 가구들과 두텁고 고급스러운 양탄자, 묵직한 커튼은 똑같았다.

키트는 어제의 자신과 마찬가지로 깜짝 놀란 표정을 짓고 있는 샌드라의 얼굴을 바라보았다.

"우아, 완전 별세계네!" 그녀가 소리쳤다. "안내서를 보고 눈치를 챘어야 하는 건데. 그런데 사진으로 봤을 때는 느낌이…… 딱 이렇지는 않았단 말이지."

"내 말이." 키트가 맞장구를 쳤다. "궁전에서 사는 기분이랄까.

어젯밤에는 나 혼자 이 기숙사동에서 잠을 잤는데 쉬지 않고 별의별 꿈을 다 꿨다니까. 악몽까지 침실의 붙박이 가구들처럼 딸려오는 건 아니면 좋겠는데 말이야."

"나도 그러지 않기를 빌어. 내가 잠을 깊이 자는 스타일은 아니라서." 소녀는 긴장한 표정으로 미소를 지었다. "그건 그렇고, 이제부터는 '샌디'라고 불러. 뒤레 부인 말고는 날 '샌드라'라고 부르는 사람은 아무도 없어."

"나 역시 아무도 '캐스린'이라고 부르지 않아." 키트가 말했다. "'키트'라고 부르지. 그런데 웃긴 게 뭔지 알아? 오전이 다 지나가는데 내가 본 사람이 너밖에 없다는 거야. 지금쯤이면 다른 학생들도 다 도착했어야 하는 거 아닌가?"

"누가 왔는데." 샌디가 말했다. "진입로에서 자동차 소리가 나."

그녀는 방을 가로질러 창가로 다가가 밖을 내다보았다.

"남자 한 명이랑 여자애 둘이야. 남자는 운전기사인가 봐. 유니폼을 입고 있어."

"부모님은 없고?" 키트가 그녀 옆으로 가서 나란히 섰다.

"이상하지 않아? 부모라면 딸들이 잘 도착했는지 확인하고 앞으로 애들이 생활하게 될 곳이 어떤지 둘러보고 싶을 텐데." 그녀는 뒤레 부인이 샌디가 학교까지 어떻게 왔는지 설명해준 것을 기억해내고는 문득 말을 멈췄다. 그리고 당황해서 얼굴이 벌게졌다. "미안해. 내가 생각이 없었어."

"괜찮아." 샌디가 말했다. "우리 가족은 나를 데려다주고 싶어도 운전을 못해. 할아버지 할머니랑 같이 살았는데 이번에 두 분이 실버타운으로 이사를 가시게 됐거든. 그런데 거기에서는 십대 아이를 받아주지 않는다지 뭐야. 나한테 최선의 방법은 기숙학교로 오는 거였어. 두 분은 방학 때나 뵈러 가야지."

"우리 엄마는 막 재혼하셨어." 키트가 말했다. "지금은 새아빠랑 유럽에서 신혼여행 중이시고." 그녀는 앞으로 몸을 숙여 운전기사가 짐을 내리는 모습을 지켜보며 방금 차에서 내린 두 소녀를 찬찬히 살펴보았다. "저 금발머리 애는 꽤 예쁘장한걸. 그렇지 않니? 우리 코앞에서 대놓고 쥘을 낚아채 갈 게 뻔해."

"쥘?" 샌디가 뜬금없다는 듯 말했다.

"뒤레 부인의 아들이야. 젊고 검은 머리에 엄청 잘생겼어. 우리음악 선생님이래."

"누군가 기를 쓰고 덤비게 생겼네." 샌디가 말했다. "집에서 살때 데이트는 많이 해봤니?"

"같이 놀러 다니던 무리 중에 남자애들이 좀 있긴 했지. 그렇지만 남자 친구를 묻는 거라면 두고 온 남자 같은 건 없어. 그러는 넌?"

"우리 할아버지 할머니는 완전 구식이야. 결혼할 나이가 될 때까지 여자애들은 데이트도 하면 안 된다고 생각하셔." 샌디는 한숨을 내쉬었다. "뭐, 그게 문제는 아니었지. 나한테 데이트를 신청하는 애가 아무도 없었으니까."

"앞으로 생길 거야." 키트가 위로하듯 말했다.

"그럴까." 샌디는 창문에서 몸을 돌려 복도로 난 문을 열러 갔다.

잠시 후 계단을 올라오는 달가닥거리는 발자국 소리와 한껏 들뜬 목소리가 들려왔다. 루크레티아가 무뚝뚝한 목소리로 말했다.

"왼쪽에 있는 208호와 206호예요."

"참 신기하게 생긴 복도네요. 저 끝에 달린 창문 때문에 색깔이 막 변해요!" 서둘러 앞장서 가던 금발머리 소녀의 높고 가벼운 목소리가 경쾌하게 올라갔다.

"어, 안녕!" 그녀는 키트와 샌디를 발견하고 인사를 건넸다. "우리 말고 다른 사람이 있다니 정말 다행이야! 우리는 혹시 잘못된 날짜에 온 건 아닌가 하고 슬슬 걱정하던 참이었거든!"

"우리도 널 보니 반갑다." 키트가 그녀에게 말했다. "나는 키트고. 그리고 이쪽은 샌디 메이슨이야."

"나는 린다 해너라고 해." 소녀가 말했다. "여기는 루스 크라우더. 우리 둘 다 기숙학교가 익숙하긴 한데 이런 곳은 처음이야! 진짜 굉장하다!" 도자기 인형 같은 아름다운 얼굴이 흥분으로 반짝거렸고 얼굴을 둘러싼 눈부신 머리카락은 마치 후광처럼 빛났다.

그녀의 친구는 완전히 정반대의 모습이었다. 매끈한 검은 머리에다 인중에 솜털이 보송보송한 키가 작고 체격이 좋은 여자아이였다. 콧대를 가로질러 두툼한 양 눈썹이 맞닿아 있고 두꺼운 안경알 너머로 보이는 두 눈은 날카롭고 경계심이 가득했다.

그녀는 키트의 인사에 가벼운 고갯짓으로 대답하고는 몸을 돌려 방문을 열었다.

"세상에나!" 그녀는 방 안의 인테리어가 눈에 들어오자 소리를 질렀다.

"린다! 이리 와서 이것 좀 봐!"

"와, 내 방도 봐야겠어." 금발머리 소녀가 숨을 죽이며 말했다. "거기도 똑같을지 너무 궁금해!" 그녀는 허겁지겁 복도를 지나 옆방으로 갔다.

"가자." 키트가 샌디에게 말했다. "다음에는 어떤 애가 올지 봐야지."

샌디의 방으로 돌아간 두 사람은 다시 방을 가로질러 창문으로 다가갔다. 아래 진입로에는 아무도 없었다. 린다와 루스를 데려다준 운전기사가 딸린 차도 이미 사라진 뒤였다. 곧고 반듯하게 뻗은 길옆으로 관목들이 늘어서 있고 그 끝에는 검은 철책이, 그 너머에는 나무들이 마치 정렬한 보초병처럼 무리지어 있었다. 해는 중천에 떠 있고 하늘에는 구름 한 점 없었다.

"오후에는 진짜 군중 신이 펼쳐지겠지." 샌디가 말했다. "자동차로 여기까지 올 계획이라면 서두를 이유가 없지. 그런데 오늘 아침 버스에 학생이라곤 한 명도 보이지 않았던 게 좀 의문이기는 해. 블랙우드 마을처럼 작은 지역을 통과하는 버스가 그리 자주 있지는 않을 텐데 말이야."

"그러게. 진짜 이상하지 않니." 키트가 말했다. 그녀는 진입로 너머 철책으로 시선을 돌렸다. 바로 조금 전에 창문 밖을 내다봤을 때와는 무언가가 달라져 있었다.

"샌디." 그녀는 느릿느릿 입을 열었다. "내 생각에 학생은 이게 전부인 것 같아."

"더 이상 없다고?" 새로운 친구가 믿기지 않는다는 듯 그녀를 향해 몸을 돌렸다. "농담하지 마. 이런 거대한 저택에 학생이 달랑 네 명뿐이라니. 말도 안 돼!"

"말이 되거나 말거나, 더 이상 올 사람이 없다는 건 확실해. 진입로 끝의 정문이 이미 닫혔거든." 키트가 말했다.

"그래, 사실이다. 첫 학기에는 학생을 네 명만 받기로 했단다."

식탁 건너편에 앉은 뒤레 부인이 그들을 향해 미소를 지었다. 하얀 식탁보 위로 촛불이 깜빡거렸고, 아무도 몰래 산들바람이 샹들리에를 스치고 지나간 듯 크리스털들이 서로 몸을 부딪치며 짤그랑대는 게 어렴풋한 음악 소리처럼 들려왔다. 막 수프를 먹은 참이었고 내털리는 빈 접시를 치우러 아직 나타나지 않았다.

"물론 지원자들은 많았지만 대부분의 학생들이 요구 조건에 미달했던 게 문제였지." 팔리 선생님이 끼어들었다.

"시험에 합격하지 못했단 말씀이세요?" 키트가 어리둥절한 표정으로 그에게 물었다. "전 이해가 안 가요. 시험이 그리 어렵지는 않았거든요. 전 딱히 우등생도 아닌데 합격했잖아요."

"너희 중에 루스 말고 시험에 합격한 사람은 아무도 없단다." 팔리 선생님이 검은 머리 소녀를 향해 고개를 끄덕여 보이자 그녀는 만족한 듯 엷은 미소를 지었다. "학업 성적만 가지고 너희들을 뽑은 건 아니야. 다른 고려 사항들이 있었지."

"그게 뭔데요?" 린다 해너가 물었다. "예를 들면 부모님이 누구인지 같은 것 말인가요?"

"그럴 리가 없지." 키트의 오른쪽에 있던 샌디가 자리에 앉은 채 들릴 듯 말 듯한 목소리로 말했다.

"그냥 우리가 네 명의 아주 특별한 여학생들을 발굴해냈다고 해두자." 뒤레 부인의 눈이 마치 거울처럼 촛불의 일렁이는 불빛을 반사해내고 있었다. 키트가 앞으로 몸을 숙이자 형형하게 빛나는 검은 두 개의 눈동자 속에 자신을 응시하고 있는 스스로의 모습이 비춰 보였다. "너희들은 우리가 학생들에게 바라는 특성을 갖추고 있어. 학생 수가 너무 적은 게 불만인 거냐?"

"전 좋아요." 루스가 간단명료하고도 딱 부러지는 어조로 말했다. "그러면 개별적으로 더 많은 관심을 받을 수 있고, 그만큼 성적도 더 빨리 향상되겠죠. 그래서 제가 여기에 온 것이고요. 이전에 있었던 학교는 지루해서 죽을 지경이었거든요. 그런데 방에서 이더넷* 케이블을 못 찾겠어요. 와이파이 신호도 잡히지 않고요. 컴퓨터를 연결해야 하는데 말이죠."

"여기는 케이블이 깔려 있지 않아." 팔리 선생님이 그녀에게 알려주었다. "이런 시골에서 겪게 되는 불편 중 하나지. 그렇지만 이정도 멋진 경치와 평화로운 환경이라면 충분히 보상이 되고도 남지 않겠니."

"인터넷을 쓸 수 없다는 말씀이세요?" 루스가 믿을 수 없다는 듯 그를 바라보았다. "인터넷에 연결하지 못하면 자료 검색은 어떻게 하라고요?"

"블랙우드에는 훌륭한 도서관이 있지." 뒤레 부인이 말했다. "우리는 학생들이 깊이 있는 독서를 통해 정보를 찾아내는 고전적인 학습 방법이 옳다고 믿는단다. 컴퓨터로 문서 작성은 할 수 있지만 그게 전부일 거다. 출처도 불확실한 구태의연한 인용문들을 그대로 종이 위에다 찍어다 붙일 생각은 안 하는 게 좋아. 그리고 우린 너희들이 채팅방에서 시시덕대거나 소셜 웹 사이트에 포스팅 하는 데 정신이 팔려서 공부를 게을리하는 걸 원치 않는다."

"그럼 여가 시간에는 뭘 하죠?" 린다가 충격을 받은 것이 역력한 표정으로 간신히 말을 내뱉었다. "제 말은 그러니까 수업을 듣거나 시험공부를 하는 시간 외에 말이에요. 학생이 네 명보다는 많았으면 좋겠어요. 그러면 최소한 주말에 남학교 학생들이랑 모여서 춤을 추거나 우리끼리 파티라도 할 수 있잖아요."

---

* 대표적인 근거리 통신망 방식. 인터넷을 유선으로 연결해서 쓴다.

"블랙우드에서 지루할 틈은 없을 거다. 그건 확실하게 장담하마." 뒤레 부인이 작은 은종을 집어 들고 흔들자 곧장 주방 문이 열리면서 내털리가 들어왔다.

"메인 코스를 내오렴." 뒤레 부인이 말했다.

키트는 쥘 뒤레의 바로 맞은편에 앉아 있었다. 그가 학생 선발에 어느 정도나 관여를 했는지 궁금해졌다. 흘끔거리며 은밀한 시선을 던지던 그녀는 그 역시 자신을 살피고 있다는 것을 눈치채고 얼굴을 붉혔다. 그는 눈이 마주쳤는데도 시선을 거두지 않은 채 그녀를 빤히 보고 있었다. 마치 겉으로는 보이지 않는 그녀 안의 무언가를 가늠해보는 듯한 눈초리였다.

"어머니 말씀이 맞아." 그가 느릿느릿 말했다. "여기서 지루할 틈 따윈 없을 거야."

5장

열두시 삼십분. 9월 8일 자정을 삼십분 넘긴 그때 키트는 느긋하게 침대에 몸을 파묻고 노트북 컴퓨터로 트레이시에게 편지를 쓰고 있었다. 편지를 쓰기에 늦은 시간이라는 것은 알고 있었다. 집에서 이 시간에 그녀의 방에 불이 켜져 있었다면 어머니가 문을 두드리며 "키트? 무슨 문제라도 있니, 얘야? 시간이 늦었는데 왜 아직도 안 자는 거니?"라고 걱정스러운 목소리로 물었을 것이다.

블랙우드에서는 아무도 소등 시간 규정에 대해 왈가왈부하지 않는 것이 키트는 무척이나 반가웠다. 학교에서 생활한 지 일주일이 지나면서 모든 면에서 잘 적응해 나가고 있었지만 아직도 밤에는 불안한 기분을 떨칠 수가 없었다. 복도 끝에 있는 전등은 아직도 그대로였다. "이렇게 멀리까지 전기 기술자를 부르는 건 거의 불가능하단다."라고 뒤레 부인은 변명하듯 설명했다. 키트의 방 안은 달빛으로 환했지만 닫힌 문 너머에 웅크리고 앉은 숨 막히는 어둠이 이상하게도 계속해서 신경이 쓰였다.

그녀는 블랙우드에서 좀처럼 잠을 푹 잘 수가 없었다. 꿈을 꾸기도 했다. 꿈속에서 그녀는 그것이 꿈이라는 것을 알았고, 아침에 일어나면 꿈속의 느낌이 마음 가장자리에 여전히 들러붙어 있곤 했다. 그렇지만 대부분은 어째서 그런 느낌을 갖게 된 것인지 기억해낼 수가 없었다. 불을 끄고 잠 속으로 깊이 빠져들려면 눈을 뜨고 있기 힘들 정도로 졸려야만 했기에 밤늦게 편지를 쓰고 공부를 하는 습관을 들이게 된 것이었다.

사랑하는 트레이시, 편지가 늦어져서 미안해. 엄마한테는 여기에 온 첫날 전보를 보냈어. 지금쯤이면 셰르부르에서 엄마를 기다리고 있겠지. 그러고는 학교 숙제가 몰려들어서 정신을 차릴 수가 없었어. 게다가 문자 메시지랑 이메일에 너무 익숙해져 있다 보니 손수 편지를 써서 봉투에 넣고 주소를 쓰고 우표를 붙이는 게 보통 일이 아니지 뭐야.

이곳 생활은 공립학교에 있을 때보다 더 힘들어. 학급이 정말 작거든. 학생이 네 명밖에 없다는 게 믿어지니? 이 학교 전체에 학생이 고작 네 명이라니! 그래서 이건 뭐 수업이라기보다 거의 개인 과외를 받는 거나 마찬가지야. 팰리 선생님에게서 수학과 과학을 배우고 있지. 웃기게 생긴 작은 턱수염을 기른 친절한 노인인데 정말 착해. 그리고 뒤례 부인이 문학을, 철이 피아노 수업을 맡고 있어! 여기에 느낌표를 한 다스쯤 줄줄이 붙여줘야겠다!!!!!!!! 어떻게 생긴 사람인지 네가 감을 잡게 하려면 말이야. 휴대폰에 시그널이 떠서 너한테 사진이라도 보내줄 수 있으면 참 좋을 텐데 정말 아쉬워. 내가 별안간 음악에 무지하게 관심을 갖게 됐다면 말 다한 거 아니겠니.

다른 여자애 세 명은 서로 너무 달라. 내가 제일 좋아하는 애는 샌디 메이슨인데 부끄러움을 많이 타고 말이 별로 없지만 정말 다정해. 다른 애들 침대 시트를 가지고 장난을 치면서 내가 이미 애를 좀 버려놓기 시작했지. 언젠가는 주방을 급습해서 음식을 방으로 가져다 놓고 미드나이트 파티를 할 거야. 린다 해너와 루스 크라우더는 이전부터 알던 사이인데 작년에 같은 사립학교를 다녔대. 루스의 부모가 블랙우드로 그녀를 보내기로 결정하자 린다도 엄마한테 학교를 바꾸고 싶다고 졸랐나 봐. 루스는 그다지 예쁘지는 않은데 엄청 똑똑해. 린다는 그 정반대고. 뇌만 빼고 다 예뻐. 그래서 서로 죽이 잘 맞는 거 같기도 하고.

난 아직까지도 우리가 어떻게 해서 여기에 오게 됐는지 알 수가 없어. 팔리 선생님 말로는 우리가 이곳 학생들에게 요구하는 '특별한 특성'을 가지고 있다는데 나는 그게 뭔지 도무지 감이 오지 않아. 다들 공통점이라고는 눈을 씻고 찾아봐도 없거든. 그리고 어째서 나는 선발이 되고 넌 떨어졌는지도 이해가 되지 않아. 뒤례 부인한테 물어보려고 했지만 시험 결과에 대해서 논의하는 건 금지라고만 하잖아.

여기가 마음에 든다고 말할 수 있다면 좋겠어. 어떤 면에서는 좋은 점도 있지. 모두가 나한테 정말 잘해 주고 수업도 재미있거든. 그런데 이곳엔 뭔가가 있어. 이걸 말로 어떻게 설명해야 할지 잘 모르겠지만, 설명해본들 분명 넌 날 보며 깔깔대고 웃고 말 거야. 그럴지만 뭔가가 잘못된 것 같은 그런 으스스한 기분이 느껴진단 말이지. 처음 정문으로 들어서는 순간 그런 느낌을 받았는데 진입로에서 더 강해지는 거야. 그리고 날이 갈수록 그 느낌은 점점 뚜렷해져만 가. 마치…….

그 순간 문 너머 어둠 속 어딘가에서 누군가 비명을 질렀다. 그리고 갑자기 누가 손으로 입을 틀어막기라도 한 것처럼 그 괴상한 소리는 순식간에 잠잠해졌다.

키트는 온몸에 감전이라도 된 것 같은 충격을 느꼈다. 손가락이 경련을 일으키며 말도 안 되는 글자들을 마구 눌러댔다. 긴장한 채로 침대 위에 허리를 곧게 펴고 앉은 그녀는 몸을 벌벌 떨며 귀를 기울였다. 그러나 사방은 그저 침묵에 휩싸여 있을 뿐이었다.

'분명히 들었는데.' 키트가 중얼거렸다. '들은 게 확실해.' 고요한 기숙사 어딘가에서 누군가가 날카로운 비명을 내질렀다. 고통 때문일까? 아니면, 공포? 어쩌면 그냥 악몽을 꾼 걸 거야. 그렇지만 다른 이유가 있을 수도 있잖아. 예를 들면 살려달라는 외침처럼?

'그럴 수 없어.' 키트는 생각했다. '난 못해. 저 문을 열고 밖으로 나가는 짓을 어떻게 하란 말이야.'

그렇지만 다른 여자애들 중 누가 아프기라도 한 거라면 어떻게 하지? 이유도 없이 비명을 지르는 사람은 없다. 지금 이 순간 누군가가 저 복도의 어느 방 안에 누워 두려움과 육체적인 고통에 사로잡혀 부들부들 떨면서 아무라도 그 소리를 듣고 달려와 주기를 간절히 기도하고 있으면 어쩌지?

키트는 자신의 의지와는 상관없이 그 무언가에 자석처럼 이끌린 듯 천천히 침대를 빠져나와 방을 가로지른 뒤 문을 열었다. 복도에 웅크리고 있던 칠흑 같은 어둠이 눈앞으로 달려들었다. 방에서 새어 나온 불빛이 간신히 문지방에 걸쳐져 있는 것 말고는 정적과 어둠뿐이었다.

키트는 문설주에 한 손을 얹고 서서 가만히 귀를 기울였다. 들리는 것이라고는 그녀의 심장이 쿵쿵거리며 세차게 고동치는 소리와 거칠어진 숨소리뿐이었다.

'상상력이 지나쳤던 거야.' 그녀는 생각했다. '침대 위라서 깜빡 잠이 들었던 거지. 꿈을 꿨나 봐.'

그 순간 그 소리가 들려왔다. 이번에는 비명이 아니라 낮은 신음 소리였다. 흐느끼는 소리 같기도 했고 울부짖는 소리 같기도 했다. 그 소리는 샌디의 방이 있는 복도 끝에서 들려오는 것 같았다.

'더 이상은 못 참겠어.' 키트는 체념한 듯 중얼거렸다. '가봐야겠네.'

얼음물에라도 뛰어들 준비를 하는 것처럼 키트는 크게 숨을 들이마시며 빛과 어둠의 경계에 잠시 서서 마음을 가다듬었다. 그리고 어둠을 향해 걸음을 내디뎠다.

일순간 그녀는 진짜 물속에 빠진 것 같은 기분이 들었다. 사방에 어둠이 차오르면서 눈과 코와 귀 속으로 파고들었다. 어둠에 눌려 숨조차 쉴 수가 없었다. 그 공포가 어느 정도 사그라들기 시작하자 그녀는 일부러 가슴 가득 숨을 들이마시고는 한껏 손을 앞으로 뻗어 벽을 찾아 어둠 속을 더듬거렸다. 그리고 마침내 벽에 기대어 몸을 가눌 수 있게 된 뒤 그녀는 샌디의 방을 향해 복도 너머로 조심스럽게 한 걸음씩 앞으로 나아갔다.

발을 내디딜 때마다 그녀는 바닥을 확인했다. 웃기는 짓이라는 건 알았지만 한 치 앞도 보이지 않는 어둠 속이라 마치 허공 위로 나아가는 것 같은 기분이었다. 별안간 바닥이 원래부터 없었던 것마냥 감쪽같이 사라지고 끝을 알 수 없는 공간 속으로 빨려 들어갈 것만 같았다. 아니면 설상가상으로 저 앞에 그녀가 한 번도 상상조차 해보지 못한 무언가가 그녀를 기다리고 있으면 어쩌란 말인가? 등골이 오싹해진 그녀는 고개를 돌려 열어놓은 방문으로 새어 나온 불빛을 보았다.

그녀가 바라보고 있는 사이 바닥에 고여 있던 빛의 우물이 점점 작아지는 것을 발견했다. 천천히, 야금야금, 어둠이 빛을 먹어치우고 있었다.

'이게 도대체 어떻게 된 일이지.' 키트는 혼비백산하여 생각했다. 곧 짧고도 분명하게 딸깍하고 문이 닫히는 소리가 들리더니 복도 전체가 어둠에 빠져들었다. '당황하지 말자.' 키트는 단호하게 자신을 달랬다. '바람 때문에 문이 닫힌 것뿐이야.'

그렇지만 바람이 불지 않는데 어떻게 바람에 문이 닫힐 수가 있단 말인가? 복도의 공기는 고인 물처럼 잠잠했고, 복도 끝의 스테인드글라스 유리창은 굳게 닫혀 있었다.

앞으로 계속 가야 할까? 아니면 뒤로 돌아 다시 방으로 가야 할까? 불이 환하게 켜진 그녀의 안식처가 얼마나 안심이 될지 생각만 해도 당장 거꾸로 발을 돌리고 싶은 마음이 간절했다. 그러나 그런다고 해서 비명이나 흐느끼는 신음 소리를 들은 사실이 바뀌지는 않을 것이다.

'선택의 여지는 없어.' 키트는 생각했다. '앞으로 계속 가야 해. 무슨 일인지 알아내고야 말겠어.'

위치 파악을 위해 한 손을 벽에 댄 채로 그녀는 복도 너머로 조심스럽게 한 걸음씩 앞으로 나아갔다. 발밑의 마룻바닥이 살짝 삐걱대는 소리가 정적 속에서 마치 절규처럼 들렸다. 마침내 손이 샌디의 방문 모서리에 닿았을 때 그녀는 몸을 떨며 깊은 안도의 한숨을 내쉬었다.

그녀는 문을 더듬어 손잡이를 찾아 쥐고 옆으로 돌렸다. 손잡이는 꿈쩍도 하지 않았다.

"잠겼잖아!" 믿을 수 없는 사실에 키트는 그만 소리를 버럭 지르고 말았다. 자물쇠가 밖에 달려 있는데 어떻게 샌디가 문을 잠글 수가 있단 말인가?

키트는 손잡이를 놓고 손가락 마디를 세워 똑똑 문을 두드렸다. 고요한 밤공기 속으로 노크 소리가 울려 퍼졌다.

방 안 어딘가에서 어렴풋한 신음 소리가 새어 나왔다.

"샌디!" 불안한 마음에 키트는 그녀의 이름을 크게 불렀다. 그리고 주먹을 쥐고 본격적으로 있는 힘껏 문을 치기 시작했다. 행여 그 소리에 다른 사람이 깰지도 모른다는 걱정 따위는 안중에도 없었다. "샌디! 대답해! 괜찮은 거야? 샌디?"

안에서 아무런 반응이 없자 그녀는 다시 문 손잡이를 움켜쥐고 필사적으로 비틀었다. 놀랍게도 이번에는 너무나 순순히 옆으로 돌아가더니 문이 벌컥 열렸다. 그 순간 마치 북극에서 불어온 것 같은 차갑고 축축한 바람이 혹하고 그녀를 덮쳐 왔다.

"샌디?" 키트가 외쳤다. 방으로 들어서는 순간 그녀는 어두운 방 안에 친구 혼자 있는 게 아니라는 설명할 수 없는 강한 확신이 들었다. 누군가 그녀와 함께 있었다.

뒤로 돌아서 휘청거리는 걸음으로 복도를 지나 자신의 방으로 달려가고 싶은 강렬한 욕망과 싸우며 키트는 더듬거리며 앞으로 나아갔다. 얼음장 같은 공기가 그녀를 에워쌌다. 어찌나 차가운지 온몸의 감각이 점점 없어지는 것 같았다.

"누구야?" 그녀는 부들부들 떨며 외쳤다. "여기 누가 있는 거야?"

가까운 어딘가에서 마치 먼 길이라도 달려온 사람처럼 길게 몰아쉬는 숨소리가 들려왔다. 침대가 있을 것으로 짐작되는 곳으로 다가갈수록 추위는 점점 더 심해졌다. 이 이상 일 센티미터라도 참고 전진할 수 있을지 의문이 들기 시작했을 때쯤 손을 앞으로 내밀자 침대 옆 탁자의 모서리와 그 위에 놓인 램프가 차례로 느껴졌다. 마치 얼음으로 된 벽에 손을 대고 있는 것 같았다.

램프의 몸통 부분이 손끝에 닿자 그녀는 손가락으로 더듬으며 버튼을 찾아 눌렀다. 다행히도 방 안이 금세 빛으로 가득 찼다.

갑작스럽게 환해지는 바람에 눈을 깜빡거리며 키트는 주위를 두리번거렸다. 그 낯선 존재가 진짜로 있었다면 이미 사라지고 난 뒤였다. 그녀의 방만큼이나 낯익은 방 안에 제자리를 벗어난 것은 아무것도 없었고 사람이라고는 그녀와 샌디 둘뿐이었다.

친구는 침대 위에 허리를 꼿꼿하게 펴고 앉아 그녀를 뚫어지게 보고 있었다. 눈동자는 몽유병 환자처럼 초점이 없었고 피부는 마치 추운 바깥에서 오랫동안 헤매다 온 사람처럼 푸르스름한 빛을 띠고 있었다. 키트는 망설이며 손을 내밀어 그녀의 팔을 건드려보았다.

"꽁꽁 얼었잖아!" 그녀가 말했다. "맙소사, 샌디! 담요를 좀 올려봐. 도대체 무슨 일이야?"

"키트?" 샌디가 머뭇거리는 목소리로 그녀의 이름을 불렀다. "키트, 너야?"

"물론 나지." 그녀는 친구의 어깨 위로 담요를 재빨리 잡아당겼다. "폐렴에 걸리기 전에 좀 덮고 있어. 방이 왜 이렇게 추워? 샌디, 너 잠은 깬 거야? 너…… 진짜 이상해 보여……."

"응. 응, 그러게." 샌디는 꿈이라도 떨쳐내려는 듯 머리를 흔들었다. "여기서 뭐하는 거야? 한밤중이잖아."

"한밤중은 이미 지났지." 키트가 말했다. "네가 비명을 지르는 바람에 온 거잖아. 기억 안 나?"

샌디는 멍한 표정으로 그녀를 바라보았다. "아니. 아니, 기억이 안 나. 꿈을 꾸고 있었나 봐."

"방문이 잠겨 있었어."

"그럴 리가 없어. 밖에서만 잠글 수 있다는 거 너도 알잖아." 샌디는 잠시 말을 멈추더니 키트의 말을 그대로 따라했다. "잠겨 있었다고? 내 방문이?"

"맞아. 그렇다니까. 그런데 두 번째로 손잡이를 돌렸더니 열리더라. 누군가 이 안에 있었어. 맹세코 진짜야, 샌디. 실제로 누군가를 보거나 부딪친 건 아닌데 방 안에 아무도 없는 게 아니라 뭔가가 있다는 게 느껴지는 그런 거, 너도 알지?"

"난 꿈을 꾸고 있었어." 샌디가 말했다. 겁을 집어먹은 가느다란 목소리였다. "내 생각이지만 어쨌든 난 꿈을 꾸고 있었어. 침대 옆에 어떤 여자가 서 있었는데 이십대 중반쯤 되어 보이는 젊은 여자였어. 구식의 긴 드레스를 입고 그냥 가만히 서서 나를 내려다

보고 있는 거야. 깜깜했지만 난 그녀를 볼 수 있었어."

"당연히 꿈을 꾸는 중이었지." 키트가 말했다. 다리에 힘이 풀린 그녀는 샌디의 침대 가장자리에 털썩 주저앉았다. "틀림없이 꿈이었을 거야."

"응." 샌디가 말했다. "그런데 말이지 키트, 오늘이 처음이 아니야."

"처음이 아니라고?"

"내 말은, 한 번도 본 적이 없는 그 여자랑 웃기게 생긴 그 옷을 본 건 오늘이 처음인 거 맞아. 그런데 이상한 꿈을 꾼 건 처음이 아니란 말이야. 내가 이전에 할아버지 할머니랑 같이 살았다는 얘기는 했지?"

"그랬지."

"부모님은 삼 년 전에 돌아가셨어." 샌디가 말했다. "열다섯 번째 결혼기념일에 아빠는 엄마를 위한 깜짝 선물로 여행을 계획하셨지. 두 번째 신혼여행 같은 거 말이야. 비행기를 타고 바하마로 가고 있었는데 바다 한가운데서 그만 추락하고 말았어. 결국 잔해조차 찾지 못했고."

"세상에 어떻게 그런 일이." 키트가 속삭이듯 말했다. "정말 안됐다."

"그때 난 할아버지 할머니 댁에 있었어." 샌디가 말했다. "그런데 정말로 말도 안 되는 건 말이지, 내가 그 비행기에 무슨 일이 생겼는지 알았다는 거야. 그것도 비행기가 추락하던 바로 그 순간에.

그때 난 부엌에서 할머니가 저녁 준비하시는 걸 돕고 있었는데 갑자기 번뜩하고 알게 된 거야. 그래서 내가 '할머니, 비행기 사고가 났어요.'라고 했더니 할머니가 정신 나간 애를 보듯 나를 보시면서 '무슨 비행기 말이냐?'라고 하시더라고. 그래서 '아빠와 엄마가 탄 비행기요. 그게 추락했어요.'라고 했더니 할머니는 말없이 나를 노려보시다가 '넌 무슨 그런 끔찍한 소리를 농담이라고 하니!'라고 엄청 화를 내시면서 그 후로 나한테 한마디도 하지 않으셨어. 그리고 그날 밤에 TV에서 그 사고 소식을 보게 된 거야."

"아까는 꿈을 꿨다고 했잖아." 키트가 그녀에게 상기시켰다.

"그날 밤을 말하는 게 아니야. 그날 밤 우리 중에 제대로 잠을 잔 사람은 아무도 없었어. 그다음 날 공식적으로 통보를 받고 난 뒤부터 울기 시작하니까 눈물을 멈출 수가 없는 거야. 그래서 할아버지가 집으로 의사를 불렀지. 주사를 맞으니까 잠이 오더라. 그때 꿈을 꾼 거야. 엄마와 아빠가 내 침대 옆에서 내 손을 꼭 잡고 서 계셨어. 엄마가 '샌디, 정신을 바짝 차려야 한다.'라고 해서 꿈속에서 내가 '그렇지만 엄마가 돌아가셨잖아요! 그런데 제가 어떻게 울지 않을 수가 있겠어요!'라고 대답했더니 아빠가 그러시는 거야. '네 엄마와 나는 함께 있단다. 우리는 그거면 됐어. 우리는 행복하니까 너도 꼭 행복해져야 한다.'"

키트는 너무 꽉 움켜쥐고 있는 바람에 관절 부위가 백지장처럼 하얗게 변한 자신의 손을 물끄러미 내려다보았다.

"누군가한테 그 얘기를 해봤어?" 그녀가 물었다.

"해봤지." 샌디가 말했다. "그런데 아무도 귀담아들으려고 하지 않았어. 감정적으로 혼란한 상황에서는 누구나 이상한 꿈을 꾸게 된다고만 하더라."

"내 말도 믿으려고 하지 않았어." 키트가 조용한 목소리로 말했다.

"너도?" 샌디가 그녀를 빤히 보았다.

"아빠가 사고로 돌아가신 다음이었지만 그건 절대로 꿈이 아니었어. 내 방에 계셨단 말이야. 정말이야. 내가 알아."

잠시 그들은 입을 다물고 서로를 가만히 바라보았다. 커다란 눈망울 때문에 샌디의 얼굴은 더욱 야위어 보였고, 파리한 피부 위에 깨알처럼 박힌 주근깨들이 마치 물방울무늬처럼 도드라졌다. 키트는 온몸이 떨려왔다. 이번에는 추위 때문이 아니었다.

"이게 무슨 의미인 거지?" 샌디가 마침내 입을 열었다. "우리 둘다 그런 경험을 했다는 게 우연일 수가 없잖아. 그리고 오늘 밤만 해도 그래. 잠겨 있던 문에다 내 침대 옆에 서 있던 그 여자까지……."

"나도 이게 무슨 의미인지는 모르겠어." 키트가 말했다. "그렇지만 한 가지는 분명하게 말할 수 있어. 내가 그걸 알아내고 말 거야."

6장

그들은 날이 밝을 때까지 키트의 방에 함께 있었다. 서로 한마디도 하지 않았지만 키트는 너무 긴장을 한 나머지 도무지 잠을 잘 수가 없었다. 옆에 조용히 누워 있는 샌디 역시 숨소리만으로도 깨어 있다는 걸 알 수 있었다. 창문 너머로 아침놀이 새어 들어올 즈음이 되어서야 그녀는 꾸벅꾸벅 졸기 시작했다. 그리고 다시 눈을 떴을 때는 이미 여덟시가 훨씬 지나 있었고 샌디는 방에 없었다. 그녀는 자리에서 일어나 옷을 입고 아침을 먹으러 식당으로 내려갔다. 루스와 린다가 접시에 놓인 달걀과 토스트를 거의 다 먹어가고 있었다.

"샌디는 몇 분 전에 올라갔어." 루스가 키트가 미처 하지도 않은 질문에 대답부터 해 왔다.

"배가 고프지 않다면서 커피만 좀 마시더라. 팔리 선생님이랑 아침 일찍 수업이 잡혀 있다던데. 대수학 공부를 도와주고 계신가 봐."

"어때 보였어?" 키트가 물었다.

"말도 마." 린다가 말했다.

"등에 유령이라도 하나 업고 내려온 거 같더라니까. 눈 밑에 다크서클이 쫙 깔린 게 엄청 피곤해 보였어. 그러고 보니 너도 상태가 그다지 좋지 않은걸." 그녀는 키트를 의아한 표정으로 쳐다보았다. "블랙우드에 무슨 감기 바이러스라도 돌고 있는 거니?"

"그런 거 아니야." 키트가 말했다. "그냥 우리 둘 다 간밤에 잠을 설쳐서 그래. 샌디가 꿈을 꾸다가 비명을 지르면서 깼거든. 그래서 내가 잠시 걔 방에 갔다가 둘이 같이 내 방으로 왔어. 우리 목소리 못 들었어? 걔가 고함을 지르고 내가 문 두드리는 사이에 시체라도 벌떡 일어났겠다."

그녀는 제 말에 놀라 저도 모르게 몸을 살짝 부르르 떨었다.

"난 아무것도 못 들었는데." 린다가 말했다. "루스, 너는?"

"들은 것 같기도 하고." 검은 머리 소녀가 말했다. "밤새 계속 뒤척거렸으니까 아마도 비몽사몽간에 반쯤은 깨어 있었을지도 몰라. 요즘 계속해서 이상한 꿈을 꾸고 있거든."

"그래?" 그 말을 듣는 순간 키트는 얼어붙고 말았다. "어떤 꿈인데?"

"그건 나도 몰라." 루스가 어깨를 으쓱거리며 말했다. "깨고 나면 무슨 꿈을 꿨는지 하나도 기억이 안 나거든. 그저 밤새 꿈속에서 헤맨 느낌만 남아 있는 거지."

"무슨 말인지 알겠어." 린다가 말했다. "자명종은 미친 듯이 울려대고 있는데 정말 일어나기 힘들 때가 가끔 있지."

"흠, 그래도 이 식탁에서는 그만 일어나자." 루스가 시계를 보며 말했다. "우린 몇 분 후에 뒤레 부인의 문학 수업에 들어가야 돼. 키트, 넌 오늘 아침에 무슨 수업이야?"

"음악." 키트는 그녀에게 말했다.

"쥘이랑 단둘이? 좋겠다!" 린다가 키득거리며 곱슬거리는 금발 머리를 뒤로 휙 넘겼다.

"그런 선생님이 있는 줄 알았으면 나도 피아노 수업을 신청하는 건데. 이렇게 해서는 날 바라보게 만들기가 너무 힘들잖아."

"꽤 조용한 성격인 것 같던데." 루스가 맞장구를 쳤다. "자기 할 일에만 집중하는 그런 인상이었어. 내가 딱히 관심 있는 스타일은 아니야."

"난 관심 있는데." 린다가 말했다. "어쨌든 팔리 선생님을 빼면 지금부터 크리스마스 때까지 우리가 볼 수 있는 유일한 남자인 거잖아."

주방 문이 열리면서 내털리가 커피 주전자를 들고 나타났다. 그녀는 퉁명스럽게 고개를 까딱거리는 것으로 아침 인사를 대신했지만 키트를 발견하자 표정이 한결 부드러워졌다.

"안녕하세요, 아가씨." 그녀가 말했다. "아침 식사를 만들어드릴까요?"

"아니, 괜찮아요, 내털리." 키트가 말했다. "오늘 아침은 배가 고프지 않아요."

내털리가 커피 주전자를 식탁에 내려놓았다.

"그래도 좀 드셔야 해요." 그녀가 말했다. "점점 말라가고 있잖아요."

공기 중으로 은은하게 커피향이 퍼져 나갔다. 평소 같으면 없던 식욕도 생겨날 그 냄새에 키트는 속이 요동치며 구역질이 치밀어 오르는 것을 느꼈다.

"지금은 시간이 없어요." 그녀가 말했다. "지각하기 직전이거든요. 점심때 두 배로 먹을게요." 다른 여학생들에게 고갯짓으로 작별 인사를 하고 그녀는 식당을 나섰다.

쥘 뒤레가 음악실에서 그녀를 기다리고 있었다. 윗단추를 풀어 헤친 연한 푸른색 셔츠에 몸에 꼭 맞는 진청색 청바지를 입고 창문 옆 의자에 앉아 무릎 위에 악보를 펼쳐놓고 있었지만 그걸 들여다보고 있는 것 같지는 않았다. 누군가를 한참이나 기다린 듯한 분위기였다.

그는 키트가 들어오자 고개를 들고 근엄한 표정으로 그녀를 쳐다보았다.

"지각이야." 그가 건넨 아침 인사였다. "그만 포기할까 하던 참이었다."

"죄송해요." 키트가 말했다. "간밤에 잠을 설치다가 아침에 그만 늦잠을 자고 말았어요."

이 젊고 멋진 남자가 선생님이라는 게 좀처럼 실감이 나지 않았다. 이전에 공립학교에 다닐 때 같이 몰려다니던 남자애들과 별로 나이 차이도 있어 보이지 않는 데다 가무잡잡하고 잘생긴 얼굴은 그들 중 누구와도 비교할 수 없을 정도로 매력적이었다. 그렇지만 그에게는 섣불리 말을 걸기 힘든 과묵한 면이 있었다. 평소 누구와도 편하게 지내왔던 키트도 그의 앞에만 서면 어쩐지 살짝 불편해졌다.

"그동안 연습은 좀 했니?" 쥘이 물었다. "거기 앉아라. 얼마나 실력이 늘었는지 좀 들어보자. 악보 연주에 들어가기 전에 준비운동으로 가볍게 음계부터 몇 개 시작해볼까?"

키트는 얌전히 피아노 의자에 앉아 건반 위에 손가락을 올려놓았다. 그런데 이상하게도 이미 몇 시간 동안 쉬지 않고 연주라도 한 것처럼 손가락들이 결리고 욱신거렸다.

"쥘." 그녀가 말했다.

"왜 그러니?"

"저…… 저, 오늘 아침에는 별로 연주를 하고 싶지가 않아요." 키트는 건반에서 손을 떼고 무릎 위로 내려놓았다. '피곤해.' 그녀

는 생각했다. '너무나 지치고, 무섭고, 누군가 얘기할 사람이 필요해. 친구가 필요해.'

그녀는 눈을 들어 건너편에서 자신을 뚫어져라 보고 있는 검은 눈동자를 마주 보았다. 쥘 뒤레가 친구였던가? 그는 그녀를 좋게 생각하지조차 않을지도 모른다. 그렇지만 이곳에 달리 얘기할 사람이 누가 있단 말인가? 샌디는 그녀만큼이나 혼란스러운 상태이고 린다와 루스는 아무런 도움도 되지 않는다.

그녀는 기어들어 가는 듯한 목소리로 물었다. "수업 대신에 잠시 얘기를 할 수 있을까요?"

"얘기?" 쥘의 눈이 살짝 가늘어진 것 같았다. "무슨 얘기?"

"블랙우드에 관해서요."

"블랙우드에 대한 무슨 얘기?"

"저도 모르겠어요." 키트가 말했다. "바로 그게 문제예요. 저도 모르겠다는 거요. 블랙우드는 뭔가 이상해요. 뭔가 불길해요. 우리 모두가 느끼고 있기는 한데 뭐라고 딱 꼬집어서 설명할 수가 없어요. 뭔가 벌어지고 있다고요."

"무슨 소리를 하는 거니?" 쥘이 흥미로운 듯 물었다. "음, 우선 한 가지 예를 들자면 우리 모두 계속해서 이상한 꿈에 시달리고 있어요. 간밤에 샌디가 자기 방에 누군가가 있는 꿈을 꾸었거든요. 그 애의 비명 소리를 듣고 무슨 일이 있는지 알아보려고 복도를 따라 갔더니 방문이 잠겨 있는 거예요."

"그럴 리가 없어." 쥘이 말했다. "문은 안에서 잠그지 못하게 되어 있잖니."

"왜 그런 거죠?" 키트가 물었다.

"무슨 뜻이야?"

"그거요. 왜 다른 평범한 문처럼 안에서 잠그지 못하게 되어 있는 거냐고요. 선생님 어머니는 우리의 사생활 보호 차원에서 잠금장치를 밖에다 다셨다고 했지만 방 안에 있을 때 문을 잠글 수가 없다면 어떻게 사생활을 가질 수가 있죠?"

"방에서 나갈 때 잠글 수가 있잖니." 쥘이 말했다. "그러면 네가 없는 동안 아무도 네 물건에 손을 대지 못해."

"전 그런 걱정은 하지 않아요." 키트가 말했다. "다른 여자애들도 노트북 컴퓨터 정도는 다 갖고 있는걸요. 그것 말고 제 방에서 누가 훔쳐 가고 싶을 만큼 값나가는 물건이라고는 아무것도 없어요. 그렇지만 제가 안에 있을 때 방문을 잠글 수 있으면 좋겠어요. 그리고 지난밤에 샌디의 방문은 분명 잠겨 있었어요. 손잡이를 돌려봤어요. 그러다가 갑자기 누가 열어주기라도 한 것처럼 스르륵 열렸다니까요."

"그러면 잠긴 게 아니었을 거야." 쥘이 확신에 찬 어조로 말했다. "중간에 걸려서 움직이지 않았던 거지. 자물쇠에 기름을 좀 발라야겠다. 어느 방이라고 했지?"

키트는 불만이 가득한 얼굴로 그를 쏘아보았다. "제 말은 하나도 귀담아듣지 않는 거죠? 지금 제가 샌디의 방 자물쇠에 기름칠을 해달라고 부탁하고 있는 게 아니잖아요. 여기 블랙우드에서 뭔가 이상한 일이 일어나고 있다는 얘기를 하고 있는 거라고요. 지난밤 샌디의 방에 누군가 있었어요. 여자요. 미친 소리처럼 들리겠지만 샌디는 그 여자를 직접 눈으로 봤어요!"

"꿈을 꾸고 있었던 거야." 쥘이 말했다. "너희들 모두 계속해서 꿈을 꾸고 있다고 방금 네 입으로 말했잖니. 그건 그리 걱정할 일이 아니야. 처음으로 집을 떠나서 새로운 친구들을 만나고 새로운 환경에 적응해야 하는 압박감 속에 놓인 사람들에게 흔히 일어날 수 있는 일이지."

그는 잠시 말을 멈췄다가 목소리를 낮추며 물었다. "샌디가 자기 방에 있던 그 여자에 대해…… 뭐라고 얘기했니?"

키트는 그 질문에 깜짝 놀랐다. "그런 걸 왜 물으세요?"

"음…… 그냥 이야기의 마지막이 궁금해서."

"아니요, 전혀요. 적어도 저한테 얘기한 건 없어요. 꿈이라고 그렇게 확신하시면서 그게 왜 궁금하신 건데요?"

"걔는 겁을 먹고 있었어요." 키트는 그에게 말했다. "그저 그 여자가 그곳에 있었다는 사실 하나만으로요. 분명히 혼자 있는 방 안에서 문득 눈을 떴는데 누군가 다른 사람이 침대 옆에 서서 자기를 내려다보고 있는 걸 발견했을 때 그 기분이 어떨지 상상이 안 가세요? 그리고 그 한기. 그건 제가 직접 느꼈어요. 방에 들어갔더니 엄청나게 차가운 기운이 확 덮쳐 오더라고요. 샌디는 파랗게 얼어 있었는데 손을 잡았더니 마치 얼음장 같았어요."

"있잖니, 키트." 쥘이 말했다. "샌디의 방에 낯선 사람이 그렇게 갑자기 불쑥 나타날 수는 없어. 그 여자가 어떻게 그 안에 들어갈 수가 있겠니? 블랙우드의 정문은 밤이 되면 늘 잠겨 있고 건물의 문들도 마찬가지야. 창문으로 들어오려고 수직으로 된 벽을 기어 올라올 사람은 없어. 설사 그게 가능하다고 쳐도 네가 갑자기 문으로 벌컥 들이닥쳤을 때 어떻게 그렇게 순식간에 다시 나갈 수가 있겠어? 날개라도 달고 있든?"

"그렇지만 잠겨 있던 문이랑…… 그 차가운 공기는…….""

"말했잖니. 그 문은 분명 어딘가 걸려 있었던 거라니까. 그리고 샌디의 방 안은 당연히 복도보다 추웠을 거야. 창문을 활짝 열어 놓았을 테니까."

쥘은 몸을 숙여 키트의 어깨에 손을 얹었다. 길고 가느다란 손가락과 따뜻하고 힘이 느껴지는 멋진 손이 기분 좋게 느껴졌다.

그의 목소리가 갑자기 부드러워졌다. "블랙우드는 오래된 저택이야. 웅장하긴 하지만 분위기가 좀 무겁지. 오래된 곳들이 그런 경향이 있단다. 너도 점차 이곳에 적응해야 해. 나도 여기에 오고 나서 처음 일주일 정도는 악몽에 시달렸어."

"그랬어요?" 키트가 놀라서 물었다.

"그럼. 당연한 거 아니겠어? 블랙우드 같은 곳에서 살아본 적이 없거든. 음악 학교를 졸업한 지 얼마 되지 않았고 그 전까지는 남자애들끼리 아파트에서 지냈어. 어머니가 운영하시던 여러 학교에서 방학을 보낸 적은 있지만 그것 말고는 여태까지 내 방식대로 살아왔었지. 그런데 어느 날 어머니가 미국으로 와서 새로운 학교에서 학생들을 가르쳐보지 않겠느냐고 편지를 보내왔어. 그때는 난 그게 정말로 내가 원하는 건지 확신이 없었단다. 그러자 어머니는 학교에 대해 더 자세하게 얘기해주셨지. 얼마나 특별한 곳이고 어떤 학생들을 받으실 건지 말이야. 그래서 한번 도전해보자고 마음먹게 됐어. 처음 블랙우드를 봤을 때 내 눈을 믿을 수가 없었단다. 지금도 어머니가 어떻게 이런 곳에서 학교를 시작하게 되셨는지 모르겠어. 모든 장소에는 그 나름의 독특한 분위기가 있는 법이지. 그러니까 익숙해지는 것 말고는 방법이 없어."

"그러니까 지금은 익숙해지셨다는 말씀인 거죠?" 키트가 물었다.

"난 이 분위기가 좋아. 여기에 온 뒤로 내가 좀 달라진 거 같거든. 연주도 더 잘되고 감사하는 마음도 더 커졌어."

"아직도 악몽을 꾸세요?"

"어, 가끔. 꿈은 누구나 꾸잖니."

"쥘." 키트는 미소를 지으려고 애썼다. "선생님 말씀을 듣고 있자니 호들갑을 떨 일이 하나도 없네요. 분명 절 바보라고 생각하시겠죠."

"전혀 그렇지 않아." 쥘이 조용히 말했다. "난 네가 아주 똑똑한 학생이라고 생각하는걸. 게다가 아주 예쁘고 말이지. 가끔은 다른 곳, 다른 상황에서 널 만났더라면 얼마나 좋았을까 생각하기도 해. 널 가르치는 선생으로서가 아니라. 하지만……." 그는 그녀의 손을 세게 쥐었다가 놓았다. "주어진 그대로를 받아들여야만 하겠지. 그리고 지금 이 순간 우리에게 주어진 상황은 수업의 반을 수다 떠느라 날려먹었다는 거야. 이제 연주할 준비는 됐니?"

"말씀만 하세요." 키트는 한숨을 쉬며 말했다.

"아마도 선생님이 이제까지 가르치신 학생들 중 저보다 더 재능이 없는 애는 없었을 거예요. 제가 〈행복한 잎사귀들〉이나 〈흔들리는 문을 타고〉 같은 곡을 꾸역꾸역 치고 있는 걸 듣고 있으려면 지루하지 않으세요?"

"히니도 지루하지 않아." 쥘이 말했다. 그리고 잠시 말을 멈추더니 목소리를 낮추었다. "키트, 너에겐 분명 재능이 있어. 언젠가는 너도 네가 얼마나 많은 재능을 가지고 있는지 깨닫게 될 거야. 세상에는 온갖 종류의 재능이 있지. 음악은 그중 하나일 뿐이야."

7장

"이봐, 키트! 내가 네 초상화를 그렸어!" 린다가 응접실 입구에 서서 가슴 위로 종이 한 장을 들어 보였다.

"네가?" 키트가 책에서 눈을 떼고 그녀를 쳐다보았다. "어디 봐."

소녀들은 저녁 식사가 시작되기 전에 보통 응접실에 모여 앉아 있곤 했다. 안락한 가구에다 조명이 환하게 켜져 있는 그곳은 블랙우드의 나머지 방들보다 훨씬 현대적인 느낌이었다. 보통은 수다를 떨거나 TV를 보곤 했지만 오늘 밤은 그 누구도 입을 열 기분이 아닌 듯했다. 키트와 루스는 줄곧 책에서 눈을 떼지 않았고 샌디는 구석의 카드 게임용 탁자에 앉아 혼자서 하는 카드 게임을 하고 있었다.

그러다 린다가 들어서자 모두 하던 일을 멈추고 고개를 들었다.

린다의 눈부신 아름다움에는 가는 곳마다 주위를 환하게 밝히는 무언가가 있었다. 그리고 그 순간 너무나 천진난만하게 즐거워하는 그녀의 얼굴을 보며 키트는 자기도 모르게 미소를 짓고 있었다.

"이리로 와서 보여줘. 네가 예술가인 줄은 몰랐네."

"나도 몰랐어." 종이를 건네며 린다가 말했다. "진짜로 깜짝 놀랐다니까."

키트는 장난스럽게 스케치를 앞쪽으로 들어 올렸다. 그러고는 놀라움에 숨을 죽였다. "우아! 이거 진짜 나잖아!"

"내가 너라고 했잖아." 린다가 의자의 팔걸이에 걸터앉았다. "마음에 들어?"

"마음에 들어!" 키트가 외쳤다. "이거, 이거 정말 굉장해. 진심이야. 린다, 너 대단한 애로구나."

"어디, 나도 봐야겠어." 소파에서 몸을 일으킨 루스가 그들 뒤로 다가와 섰다. 그녀는 잠시 침묵을 지키더니 말했다. "린다, 이걸 네가 그렸을 리가 없어. 틀림없이 어디서 베꼈거나 그랬을 거야."

"아니거든." 린다가 상처 받은 목소리로 말했다. "그냥 앉아서 그린 거야. 낮잠을 자다가 일어났는데 갑자기 그림이 그리고 싶더라고. 그래서 책상 앞으로 가서 종이를 꺼내고 연필을 손에 쥐고 앉은 자리에서 그냥 그렸어. 그게 다야. 그리고 이상한 건 말이지, 내가 누구를 그리고 있는지 전혀 몰랐는데 어느 순간 키트랑 비슷해 보이기 시작하더니 갑자기 이게 키트인 거야."

"그렇지만 넌 그림이라는 걸 그려본 적이 없잖아." 루스가 믿어지지 않는다는 듯이 말했다. "학교에서 미술 수업을 받은 적도 없는데 이 스케치는…… 음, 이건 전문가의 솜씨야. 이 딱 부러지는 도전적인 눈빛이 키트랑 똑같아. 그리고 이 입, 이 턱…… 모든 게 키트잖아. 이건 두말할 것도 없이 전문가가 그린 거야."

그쯤 되자 샌디까지 다가와 그림을 찬찬히 살펴보았다.

"네 말이 맞네." 그녀가 말했다. "정말 잘 그렸어. 나도 그려줄래, 린다? 할아버지 할머니한테 보내드리고 싶어. 분명 액자에 넣어서 걸어두실 거야."

"물론이지." 린다는 만족스러운 듯 말했다. "이제 어떻게 하는지 요령을 알았으니까 모두 다 그려줄게. 다음 타자로 뒤레 부인을 그려볼까 봐. 꿰뚫어 보는 것 같은 그 눈빛 말이야. 아니면 쥘을 그려볼까. 쥘 초상화를 갖고 싶은 사람 누구 없어?"

"다 그리고 나서 스캔이라도 해놔야 할걸." 키트가 깔깔거리며 말했다. "출력해서 모두한테 한 장씩 돌리려면 말이야. 그리고 팔리 선생님이 수염을 쓰다듬고 있는……."

"누가 내 이름을 말한 것 같은데?" 팔리 선생님의 굵고 낮은 목소리가 불쑥 대화에 끼어들었다. 그는 특유의 다정한 미소를 지으며 문간에 꼼짝도 하지 않고 서 있었다. "뭔가 재미있는 일이 있나 본데 나도 좀 끼워줄래? 웃음소리에 끌려서 여기까지 왔거든."

"저도 끌려왔어요." 키트가 말했다. "제 경우는 연필에 끌려온 거지만요." 그녀는 그가 볼 수 있도록 그림을 돌렸다.

"린다가 뭘 했는지 좀 보세요. 굉장하지 않아요?"

"정말 그렇구나." 천천히 방 안으로 들어온 팔리 선생님은 가만히 서서 연필로 그린 초상화를 뚫어지게 내려다보았다. "훌륭한 작품이구나, 린다. 미술 공부를 오래 했니?"

"전혀 배운 적이 없어요." 린다가 그에게 말했다. "사실 유일하게 그림을 그려본 게 파티에서 다 같이 서로를 그려서 누구를 그린 건지 맞추는 게임을 했을 땐데 그때 루스를 그렸다가 제가 꼴찌를 했다니까요!"

"흠, 그때 이후로 실력이 정말 많이 는 게로구나." 팔리 선생님이 감탄하며 말했다. "뒤레 부인에게 얘기해야겠다. 학생들이 가진 재능을 키워주는 걸 좋아하거든. 그럼 분명 연필보다 훨씬 더 근사하게 그리고 싶은 걸 그릴 수 있는 미술 도구를 마련해줄 거야."

"이건 내가 가져도 돼?" 키트가 묻자 린다는 기쁜 표정으로 고개를 끄덕였다.

"물론이지. 네가 갖고 싶을 만큼 좋다니 나도 기분 좋은걸. 그리고 샌디, 너도 그려줄게. 루스, 너도. 원한다면 말이지. 아니면, 아직도 내가 이걸 어디서 베꼈다고 생각하고 있는 거야?"

"아니." 루스가 미안한 듯 말했다. "네가 나한테 거짓말하지 않는다는 거 알아. 게다가 이런 걸 어디서 베낄 수가 있겠어? 의심해서 미안해. 너랑 나랑 알고 지낸 지가 그렇게 오래됐는데 별안간

이렇게 네가 타고난 예술가라는 걸 알게 되다니, 충격이잖아. 내가 널 전혀 모르고 있었던 것 같아서 말이야."

"넌 누구보다도 나에 대해 잘 알아." 린다는 애정이 듬뿍 담긴 목소리로 말했다. "네가 아니었으면 지난번 기숙사 학교에서 결코 무사히 지내지 못했을 거야. 내가 말한 것처럼 나도 나한테 놀라는 중이라니까."

"저녁 식사까지 오분 남았어." 키트가 시계를 들여다보며 말했다. "이 그림에 무슨 일이 생기기 전에 얼른 위층으로 올라가서 방에다 놔두고 와야겠어. 이렇게 돌려 보다가는 다 얼룩이 져서 나중에는 못 알아보게 되고 말 거야."

옅은 노을이 복도 끝에 있는 스테인드글라스 창문을 비추자 부드러운 빛으로 가득 찬 복도 전체가 마치 대성당의 중앙 통로처럼 보였다. '이런 순간이라면 소름 끼치는 그 모든 일들이 그저 나의 상상이었을 뿐이라고 믿을 수 있을 것 같아.' 키트는 복도를 따라 걸어가며 생각했다.

방 앞에 다다르자 그녀는 문을 열고 안으로 들어갔다. 그리고 공부용 스탠드를 켜고 연필 스케치를 책상 위에 올려놓았다.

그녀는 한참 동안 서서 그림을 내려다보았다. 복잡한 스케치가 아니었다. 그러나 그 순수하고 단순한 선들은 비슷한 생김새를 넘어선 무언가를 잡아내고 있었다.

쭉 뻗은 콧날과 고집스럽게 생긴 턱, 통통한 볼의 곡선. 모든 것이 그녀의 모습 그대로였지만 그 이상의 것을 담고 있는 것이 있었다. 바로 눈이었다. 루스가 말한 것처럼 거침없이 솔직한, 너무나 키트다운 눈빛. 그러나 그것이 다가 아니었다. 은근한 불안과 상처 받기 쉬운 연약함. 그 눈은 겉으로 보이는 것만큼 안으로는 확신에 차 있지 못한 소녀의 것이었다.

"나는 누구지?" 그 눈은 묻고 있었다. "나는 어디에 맞는 사람일까? 나는 예쁜가? 사람들이 날 좋아하나? 쥘은 날 좋아할까? 난 어디를 향해 가고 있는 거지? 난 앞으로 살면서 가치 있는 것을 이루게 될까? 나는 행복할 수 있을까? 난 사랑받을 자격이 있나?"

몇 개의 가느다란 선과 미묘한 명암으로 이루어진 그 눈 뒤에 무수한 질문들이 숨어서 어른거리고 있었다. 그것은 유일하게 그녀 자신과 드레이시만이 알고 있는 진짜 키트와 그 밖의 다른 사람들이 생각하는 강하고 자신감이 넘치는 캐스린 고디가 서로 다른 점이었다.

'그 애는 어떻게 알았을까?' 키트는 의아한 듯 혼잣말로 중얼거렸다. '어떻게 린다 해녀가 나를 이렇게 정확하게 꿰뚫어 본 거지? 여럿이 모였을 때 말고는 둘이서 따로 이야기를 나눠본 적도 없는데.'

그러나 그림 속의 소녀는 부정할 만한 곳이 한 군데도 없었다.

"키트?" 복도 끝 계단에서 그녀를 부르는 샌디의 목소리가 들려왔다. "뒤레 부인이 저녁 식사 종을 쳤어. 서둘러. 안 그러면 늦을 거야."

"지금 가." 키트가 큰 소리로 대답했다.

불을 끄고 방을 나서며 그녀는 등 뒤로 문을 닫았다. 그리고 잠시 망설이다가 몸을 돌려 다시 방으로 들어갔다. 그러고는 블랙우드에 도착해서 뒤레 부인에게 건네받은 뒤로 줄곧 장롱 위에 놓아두었던 열쇠를 집어 들고 다시 복도로 나왔다.

이번에는 자물쇠 구멍 안으로 열쇠를 집어넣고 돌렸다. 정확한 이유는 알 수 없었지만 이곳에 온 이후 처음으로 그녀는 방 안에 뭔가 소중한 물건이 있다는 생각이 들었다.

저녁 식사는 블랙우드에서 가장 즐거운 시간 중 하나였다. 모든 식사가 식당의 웅장한 분위기 속에서 이루어지긴 했지만 하얀 천을 씌운 식탁 위에 촛불을 켜고 리넨 냅킨과 정교하게 만든 도자기 그릇을 차려놓고 밥을 먹는 건 오직 저녁 식사뿐이었다. 순백색의 얇은 접시들은 테두리마다 정교한 금색 선이 둘러져 있었다.

"블랙우드에 원래 있던 거란다." 키트가 물어보자 뒤레 부인이 설명해주었다. "그릇과 주방용품, 가구, 피아노, 휘장과 카펫, 이 모든 것들이 이곳에 아주 오래전부터 있었지. 밖에서 새로 들여온 것이라고는 영국에 있던 학교를 닫으면서 여기로 부친 내 아파트의 세간살이와 재개조해서 팔리 선생이 아파트로 쓰고 있는 마차 차고 안의 물건들뿐이야. 물론 너희들이 쓰고 있는 방 안의 가구들도 있구나."

"그거 이상하네요." 키트가 자기 그릇들을 자세히 들여다보며 말했다. "이렇게 사랑스러운 것들을 그냥 이렇게 버리고 가다니. 주인이 소중하게 챙기고 싶었을 것 같은데 말이에요."

"이상하긴 하지." 뒤레 부인이 맞장구를 쳤다. "그렇지만 사람들은 가끔 이해할 수 없는 행동을 하거든. 그렇지 않니? 브루어 씨가 죽고 난 뒤 새로운 주인은 블랙우드를 팔아버리는 것 말고는 그 무엇에도 관심이 없었어. 진심으로 유감이지만 우리한테는 정말 잘된 일이었지."

자기 그릇은 저녁 식사의 분위기를 근사하게 만들어주었다. 몇 가지 코스 요리가 나오는 우아한 식사였고, 뒤레 부인은 그 순간 교장이라기보다 외국에서 살면서 겪은 흥미로운 이야기보따리를 풀어놓으며 손님들을 접대하는 품위 있는 안주인이 된 듯했다. 쥘이 이따금씩 끼어들었고, 프랑스의 학교에서는 없었지만 영국의 뒤레 부인의 학교에서 일했던 팔리 선생님도 이야기를 거들었다. 여자아이들까지 모두 합세하며 대화는 물 흐르듯 흘러갔고, 저녁 식사는 보통 모두가 기분이 좋아진 상태에서 거실로 자리를 옮기거나 공부를 하기 위해 방으로 올라갈 준비를 하며 끝이 나곤 했다.

그런데 오늘 밤은 달랐다. 식당 안이 전류라도 흐르는 것처럼 한껏 고조된 분위기로 술렁였다. 대화는 평소처럼 막힘이 없었지만 키트는 뭔가 작위적인 느낌을 지울 수가 없었다. 말하는 사람들은 열심히 말하고 있었지만 정작 대화에 집중하고 있지 않았다. 어느 순간 뒤레 부인과 팔리 선생님이 눈짓을 주고받는 것이 그녀의 눈에 들어왔다. 빌미가 될 만한 일이 하나도 없어 보였는데 뒤레 부인이 다시 몸을 돌렸을 때 그녀의 눈은 은밀한 흥분으로 반짝이고 있었다. 아니면 그저 검은 눈동자에 깜빡거리는 촛불이 반사된 것뿐이었는지도 모른다.

저녁 식사가 끝나고 키트가 계단을 향해 복도를 걸어가기 시작했을 때 샌디가 뒤쫓아 오더니 그녀의 팔을 붙잡았다.

"잠깐 밖으로 나가자." 그녀가 나지막한 소리로 말했다.

"밖에? 이 밤에? 왜?" 키트가 그녀에게 물었다.

"그냥 정원으로 가. 할 얘기가 있어. 응?"

"알았어." 키트가 말했다. "그러면 주방으로 몰래 빠져나가는 게 낫겠다. 뒤레 부인은 우리가 어둠 속에서 정원을 돌아다니는 걸 좋아하지 않을 거야."

그들이 주방에 들어섰을 때 마침 은식기를 정리하고 있던 내털리가 날카로운 눈빛으로 그들을 흘깃 보았다.

"어디를 가시려는 거죠?"

"밖에요." 키트가 그녀에게 말했다. "바람을 좀 쐬려고요." 내털리의 뻣뻣한 태도가 키트의 기분을 거스른 적은 한 번도 없었다. 그녀가 자신에게 호의를 가지고 있고, 이건 단지 그녀가 사람을 대하는 방식일 뿐이라는 것을 잘 알고 있기 때문이었다.

"그럴 만도 하죠." 내털리가 말했다. "여기는 숨이 막혀요. 다른 직원들이 다 그만두겠다고 했다니까요."

"농담이죠!" 키트가 소리쳤다. "왜요?"

"그냥 여기가 싫은 거예요. 특히 위층이요. 다들 복도 청소를 하는 게 무섭대요. 여자애 하나는 두통이 생겼다고 하더라고요."

"내털리도 그만둘 거예요?" 키트가 물었다.

"아니요. 전 이 일이 필요해요. 저도 저지만 아픈 아버지도 돌봐야 해서요. 게다가 전 미신 같은 것에 동조하지 않아요. 무슨 일이 있었건 그건 오래전의 일이고 지금 와서 그걸 탓할 순 없죠."

"무슨 뜻이에요?" 키트는 호기심이 동했다. "여기서 무슨 일이 있었는데요?"

"아, 음, 브루어 씨는 약간 이상한 사람이었어요." 내털리가 어깨를 으쓱거렸다. "사람들은 부풀려서 과장하길 좋아하죠. 그러고 밖에 나가면 춥지 않을까요? 제 코트와 스웨터가 청소 도구함에 있는데 원하면 입으셔도 돼요."

"고마워요." 키트가 반가워하며 말했다. "그리 오래 있지는 않을 거예요."

샌디에게 코트를 건네고 그녀는 청소 도구함 문짝 안쪽의 못에 걸려 있던 낡은 파란 스웨터를 걸쳐 입었다. 그리고 두 소녀는 밤공기 속으로 나섰다.

주방 문 밖으로 난 길을 따라가면 저택의 모퉁이를 돌아 정원으로 이어졌다. 나무 위에 떠 있는 사분의 삼쯤 찬 달이 잔디밭 위로

긴 은빛 옷자락을 드리우고 있었다. 정원의 길은 달빛으로 환했고, 여름 꽃들을 기념하듯 덤불에서는 은은하고 달콤한 장미 향기가 풍겨 왔다. 잔디밭 아래쪽에는 잔잔한 검은 수면 한가운데에 달빛이 은색 길을 낸 연못이 있었다. 차고 깨끗한 밤공기에서는 살짝 나무 냄새가 났다. 그리고 온통 은빛으로 넘실거리는 정원과 반짝거리는 연못 주위를 어두운 숲이 둘러싸고 있었다.

"밖에 나오니까 좋은데." 키트가 다정하게 말했다. "네가 나오자고 해서 다행이야. 낮보다 밤이 훨씬 더 아름다운걸."

"다른 방법이 없었어." 샌디가 말했다. "저 벽 안에 계속 박혀 있었다간 숨이 막혀 죽었을지도 몰라. 키트, 내가 미친 걸까? 나한테 도대체 무슨 일이 일어나고 있는 거야?"

"네 꿈 말이니?" 키트는 "그렇지 않아도 쥘이랑 그 얘기를 했는데 말이지, 그 사람 말이 맞는 거 같아. 네가 처음으로 집을 떠나서 새로운 것들에 적응하려다 보니……."

"그게 아니야." 샌디가 그녀의 말을 가로막았다. "정말로 그건 아니야. 확실해. 이곳이 문제야. 블랙우드 말이야. 블랙우드에는 뭔가 섬뜩한 게 있어. 그런 느낌을 받은 적이 없다는 말은 하지도 마. 너도 같은 생각인 거 다 아니까."

키트는 어머니와 댄과 함께 이곳에 도착한 첫날 눈앞에 나타난 웅장한 저택과 첫 대면을 하던 순간을 떠올렸다. 유리창에 늦은 오후의 햇빛이 튕겨 나오면서 마치 안에서 솟은 불길에 저택 전체가 화염에 휩싸인 듯한 모습이 무척이나 인상적이었다.

"느껴지는 게 없어요?" 그녀가 엄마를 향해 외쳤었다. "여기 뭔가가 있어요……."

"맞아." 그녀는 울로 된 스웨터를 입고 있음에도 불구하고 몸을 부르르 떨며 샌디에게 말했다. "그런 말을 한 적이 있지. 그리고 네가 무슨 말을 하는지도 알아. 그렇지만 그게 어떻게 이 저택 때문이겠어? 저택이 사람도 아니고."

"이곳을 처음 봤을 때 네 마음속에 맨 처음 떠오른 단어가 뭐였어?"

"기…… 기억나지 않아." 키트가 말을 더듬었다.

"넌 기억하고 있어. 다시 떠올리고 싶지 않을 뿐이지. 어떤 단어 하나가 곧장 네 마음속에 떠올랐어. '악마'라고."

"네 말이 맞아." 키트는 믿을 수가 없다는 듯 그녀를 돌아보았다. "그런데 그걸 어떻게 안 거야? 난 얘기한 적이 없는데. 그 누구한테도 얘기한 적이 없어."

"난 알아. 왜냐하면 그 말이 바로 거기에 있었거든. 나도 똑같은 걸 느꼈어. 이 저택을 보는 순간 뾰족한 지붕만큼이나 눈에 확 들어오던걸. 팔리 선생님이 마을의 버스 정류장에서 나를 태우고 여기까지 오는 동안에는 정말 아름다운 아침이었어. 나무들 사이로 햇살이 흘러내리고 하늘은 맑고 파랬지. 그런데 정문으로 들어서서 진입로를 따라오기 시작하면서 마치 검은 그림자가 앞을 가로막고 있는 것 같았어. 눈에 보이지 않는 힘 같은 거 말이야. 저택이 가까워질수록 어둠이, 느낄 수는 있지만 눈에는 보이지 않는 그런 어둠이 점점 더 짙어졌어. 그리고 차에서 내려서 현관 안으로 들어섰을 때는 거의 뒤돌아서 뛰쳐나갈 뻔했다니까.”

“그렇지만 지금은 더 이상 느껴지지 않잖아.” 키트가 말했다. “늘 그런 건 아니라고. 밤에 복도에서는 사방이 캄캄하니까 그런 느낌이 들지. 그리고 꿈에서도. 그렇지만 웃거나 공부하거나 수업을 들을 때처럼 모든 게 즐겁고 지극히 평범한 시간들도 많아…….”

“그건 지금 우리가 이곳의 일부가 되어서 그래.” 샌디가 말했다. “모르겠어, 키트? 우리가 그 어둠의 일부가 됐다고. 지난 몇 주 동안 여기서 생활하면서 적응이 되고 있는 거야. 오늘 밤 밖으로 나오고 싶었던 건 바로 이것 때문이었어. 이렇게 좀 떨어진 곳에 서서 블랙우드를 바라보면 뭔가 다른 걸 느낄 수 있지 않을까 하고.”

“밖에서 보니까 확실히 느낌이 다르긴 하네.” 키트는 수긍하지 않을 수 없었다. 달빛 아래 블랙우드가 한눈에 들어왔다. 밤하늘의 창백한 어둠을 배경으로 뾰족하게 솟은 지붕의 거대한 저택은 마치 동화책에서나 볼 법한 풍경이었다. 이층에 있는 린다의 방은 캄캄했고 루스의 방에는 불이 켜져 있었다. 이미 저녁 공부를 시작한 게 틀림없었다. 복도 끝에 있는 샌디의 구석방은 건너편 건물을 마주 보고 있었다. 그리고 그녀의 방에는…….

“불이 켜져 있네.” 그녀가 말했다.

"뭐?"

"내 방 말이야. 저기, 저 창문이 내 방 아니야?"

"맞아." 샌디가 말했다. "저녁 먹으러 내려오면서 깜빡하고 불을 켜놨나 봐."

"아니야." 키트가 말했다. "분명히 불을 끈 기억이 나는데. 그리고 문까지 잠갔는걸." 그녀는 온몸이 뻣뻣해지는 걸 느끼며 환하게 빛나는 창문에서 눈을 떼지 못했다. 그때 무언가 어두운 물체가 획 하고 창을 가로질러 갔다.

"저기 누군가 있어!" 그녀가 소리쳤다. "누군가 내 방에 있다고!"

"네가 진짜로 문을 잠갔으면 불가능한 일이잖아." 샌디 역시 창문을 뚫어지게 쳐다보고 있었다. "커튼이 바람에 날린 거겠지."

"그게 아니야! 사람이라고!" 키트는 몸을 빙그르 돌려 오솔길을 뛰어가기 시작했다. "서둘러! 저놈을 잡을 수 있어! 복도를 되돌아 나오는 거 말고는 갈 데가 없잖아. 제 시간에 계단까지 도착하기만 하면 앞지를 수 있을 거야!"

그러나 계단은 텅 비어 있었고 길고 어두운 복도에 사람의 그림자는 보이지 않았다. 문은 여전히 잠긴 채였다. 열쇠를 돌리자 문이 열렸다. 방 안은 캄캄했다. 그녀는 불을 켰다. 굳이 눈을 돌릴 필요도 없이 무슨 일이 벌어진 것인지 감이 왔다. 연필로 그린 초상화는 책상 위에서 이미 감쪽같이 사라진 뒤였다.

그날 밤 그녀는 이상한 꿈을 꾸었다. 낯설고 기이하리만치 달콤했다. 꿈속에서 그녀는 음악실 피아노 앞에 앉아 있었다. 건반 위에 올려놓은 손가락들이 아주 편안하게 느껴졌다. 앞에는 아무런 악보도 놓여 있지 않았지만 그녀는 한 번도 해본 적이 없는 방식으로 피아노를 연주하고 있었다. 멋진 멜로디였다. 정원의 달빛처럼 서늘하고, 뇌리에 박힐 만큼 강렬했으며, 연못 위를 가로지르던 빛의 길처럼 부드러웠다.

'정말 아름다워.' 그녀는 꿈속에서 중얼거렸다. '꼭 기억해둬야겠어. 그래야 다시 연주할 수 있을 테니까.' 그러나 그 곡은 이름도 없고 이전에 들어본 적도 없다는 것을 알고 있었다.

아침에 깨어났을 때 그녀는 밤새 한숨도 자지 못한 사람처럼 피곤하고 손가락들이 욱신거렸다.

8장

로비의 탁자 위에 배달된 우편물들이 놓여 있었다. 팔리 선생님의 수업을 듣고 나오는 길에 키트는 그녀 앞으로 온 편지들을 집어 들고 방으로 돌아가 읽었다.

어머니가 두 장의 엽서를 보냈다. 하나는 셰르부르에서, 그리고 다른 하나는 파리에서 부친 것이었다. 두 장 모두 항공우편으로 보낸 것이었는데 발송일 간에 일주일의 시차가 있었다.

"…… 정말 즐거워." 첫 번째 엽서를 읽어 내려갔다. "…… 너무나 멋진 여행이야…… 여기에는 흥미로운 사람들이 아주 많단다…… 갑판에 놓인 의자 위에 늘어져서 밀린 잠을 자곤 해." 두 번째 엽서에는 온통 에펠탑과 몽마르트르, 폴리베르제르*에 관한 얘기들뿐이었다.

"얘야, 편지를 보내기는 한 거니?" 엽서 말미에 급하게 쓴 추신이 붙어 있었다. "셰르부르에서 네가 보낸 전보를 받기는 했다만 그 이후로는 아무런 소식이 없구나. 우리 일정은 이미 알고 있잖니. 시간을 좀 넉넉히 계산해서 아메리칸 익스프레스**로 좀 보내주렴."

엽서 외에 트레이시로부터 온 편지도 있었다. 트레이시만큼이나 낯익은 깔끔하고 둥글둥글한 글씨체를 보는 순간 그리움이 날카로운 통증처럼 전해져 왔다.

"거긴 아주 근사한 곳인가 봐." 그녀는 단숨에 편지를 읽어 내려갔다. "편지 한 줄 쓸 시간도 없다니 말이야. 어떻게 지내는지 나한테 수시로 알려주겠다는 약속은 도대체 어떻게 된 거야? 여기는 모든 게 변함이 없어. 영어 수업은 로건 부인이 하고 있지. 야호! 그리고 가필드 씨가 라틴어를 가르쳐. 쳇! 상급 미술 수업은 정말 대단해. 뭐든지 원하는 걸 할 수 있어. 기하학 수업 시간에 귀여운 남자애가 들어오는데 이름은 케빈 웹스터야. 여든 살 아래의 싱글 남이라고는 전멸인 블랙우드에서 넌 어떻게 버티고 있니?"

'쥘이 있잖아.' 키트는 생각했다. '맨 처음 보낸 편지에 분명 쥘에 대해 썼는데 어떻게 된 거지. 중간에 편지가 사라진 건가? 그렇

---

* 파리에 있는 가장 오래된 뮤직홀
** 1850년 설립된 미국의 속달 화물 회사

지만 그 이후로 두 번이나 편지를 보냈고 그때마다 그 사람에 대한 얘기를 했는걸.'

편지지를 휙 뒤집어 다음에 이어지는 몇 개의 단락을 훑어보고 있는데 누군가 문을 가볍게 두드렸다. "들어와." 키트는 샌디일 거라고 생각하며 소리쳤다. 놀랍게도 방문객은 루스 크라우더였다.

"방해가 된 건 아닌가 모르겠네." 검은 머리의 소녀가 문 앞에 머뭇거리며 서 있었다. "공부를 하는 중이었다면…….'"

"아니야." 키트가 말했다. "그냥 편지를 좀 읽고 있었어."

"내가 뭔가 보여주고 싶은 게 있는데." 루스가 방 안으로 들어오더니 등 뒤로 문을 조심스럽게 닫았다. "이거야."

그녀는 종이 한 장을 내밀었다. 얼핏 보니 대강 그린 초상화였다. 손놀림도 불안정하고 초등학교 미술 시간에나 봄직한 유치하기 짝이 없는 스케치였다.

"뭐야?" 그녀가 물었다. "우편으로 받은 거야? 남동생이나 여동생이……."

"아니." 루스가 말했다. "내 초상화야. 린다가 그려줬어. 전에 개가 얘기했던 그 실내 게임에서 날 그린 거야."

"린다가 그린 거라고?" 키트가 외쳤다. 그녀는 손을 내밀어 종이를 받아 들고 침대 위에 펼쳐놓았다. 루스가 그녀의 옆으로 다가와 함께 그림을 찬찬히 살펴보았다. 동그랗고 어설픈 얼굴 모양. 삼각형의 코. 할로윈 호박을 닮은 입술. 검은 더벅머리.

"머리는 제대로 그렸네." 루스가 말했다. "어쨌든 검은색이잖아. 솔직히 그거 말고는 닮은 점을 하나도 못 찾겠어. 내가 미인하고는 거리가 멀어도 최소한 사팔뜨기는 아니잖아. 게다가 귀를 그리는 것도 깜빡했어."

"이해할 수가 없어." 키트가 말했다. "린다가 그림을 그릴 줄 안다는 건 우리 모두 알아. 날 그린 그 초상화는 정말 놀라웠다고."

"그러니까 이게 기겁할 일이라는 거야." 루스가 단호하게 말했다. "린다는 그림을 못 그려. 린다는 그 무엇에도 재능이 없다니까. 예쁘고 사랑스럽긴 하지만 신이 뇌를 나누어 주실 때 걘 점심을 먹으러 가고 없었어."

그런 소리를 루스의 입으로 들으니 어쩐지 무자비하다기보다는 그저 사실을 말하고 있을 뿐이라는 생각이 들었다.

"앉아봐." 키트가 천천히 말했다. "너랑 얘기를 좀 해야겠어."

루스가 고개를 끄덕였다. 그녀는 억세고 다부지게 생긴 두 손을 무릎 위로 꼭 쥔 채 침대 모서리에 걸터앉았다.

"여기서 무슨 일인가 벌어지고 있어." 그녀는 나지막한 소리로 말했다. "난 알아. 그렇지만 그게 뭔지는 모르겠어. 너도 느껴져?"

"응." 키트가 말했다. "샌디도 마찬가지야."

"린다는 모르겠대. 그런 걸 린다가 알아챌 리가 없지만. 걘 정말 어디를 봐도 어린애 같다니까."

"걔에 대해서 좀 더 얘기를 해봐." 키트가 말했다. "그리고 너에 대해서도. 너희 둘은 좋은 친구처럼 보이지만 넌 너무나 달라. 네 IQ에는 아무런 문제가 없잖아."

"150이야." 루스가 자랑스러운 듯 말했다. "학교 문턱을 넘자마자 늘 월반을 했어. 초등학교 때는 학년 두 개를 뛰어넘었고 중학교에 입학할 때쯤에는 이미 독학으로 혼자 너무 앞질러 가는 바람에 교과서에 있는 것들이 지루하기 짝이 없었어. 그리고 아이들은 날 싫어했지. 열두 살짜리들만 있는 교실에 누가 뚱뚱한 아홉 살 꼬마를 끼워주고 싶겠어? 우리 부모님은 두 분 다 박사야. 교육이 매우 중요하다고 생각하시지. 그래서 나를 LA에 있는 특수 상급학교에 보내기로 결정하셨는데 거기서 린다를 처음 만났어."

"걔는 왜 거기에 있었던 거야?" 키트가 물었다. "머리 좋은 애들만 가는 학교 아니었어?"

"음, 꼭 그렇지만은 않았어. 적어도 내가 입학한 다음에 알게 된 바로는 그래. 그냥 '엘리트'들이 가는 데야. 네가 아는지 모르는지 모르겠지만 린다의 엄마가 마거릿 스톰이거든."

"마거릿 스톰? 그 배우 말이야?" 키트가 깜짝 놀라서 물었다. "고전 영화 채널에서 본 적이 있어."

"한창 시절에는 인기가 엄청났었지." 루스가 말했다. "그렇지만 육체파 배우가 영원히 정상을 지키는 건 불가능하잖아. 린다가 그러는데 걔네 엄마가 여전히 영화에 출연하고는 있지만 이제는 배역이 그렇게 좋지 않대. 그리고 영화를 찍다가 이탈리아인 배우를 만나서 스캔들이 났다나 봐. 뭐, 어쨌든 지금은 이탈리아에서 사셔. 그래서 린다를 기숙학교로 보냈던 거고. 거기서 걘 정말 절망적이었어. 아무리 노력을 해도 공부를 따라잡을 수가 없었거든. 그리고 나는 교우 관계를 따라잡을 수가 없었고. 그렇게 서로 알게 된 이후로는 둘 다 학교생활이 그렇게 나쁘지는 않았어."

"블랙우드에는 어떻게 오게 된 거야?" 키트가 그녀에게 물었다.

"우리 부모님 때문이야. LA에 있는 그 학교가 내 수준에 너무 쉽다고 생각하셨는데 맞게 보신 거지. 블랙우드에 대한 안내 책자를 읽고 학생들 각자의 수준에 맞춰서 개인 지도를 해준다는 부분을 꽤 마음에 들어 하셨어. 봄방학 때 같이 상의한 다음 엄마가 뒤레 부인에게 편지를 보내서 입학시험을 칠 수 있게 해주셨지. 나중에 린다가 그 소식을 듣고 자기도 입학시험을 보게 해달라고 조른 거야. 자기 혼자 남고 싶진 않았을 테니까."

"그리고 걔가 합격을 했어?" 키트가 말했다. "놀라운 일이군. 안 그래?"

"나도 믿어지지가 않아." 루스가 말했다. "사람들이 점수를 혼동했을 거라고 생각했어. 그렇지만 린다가 이곳을 좋아해. 모두 걔한테 잘해 주니까. 그리고 이제 난데없이 걔는 자기가 화가인 줄 알아. 얼마나 신이 났는지 몰라. 뒤레 부인이 이젤하고 유화 물감이랑 캔버스들을 잔뜩 주셨거든. 린다의 방을 네가 한번 봐야 해! 마치 전문 화가의 화실 같다니까."

"그렇지만 걔가 미술에 아무런 재능도 없다면 내 초상화를 어떻게 그렇게 그릴 수가 있었어? 넌 '기이한 일'이라고 하지만 그것만으로는 부족해. 그처럼 전문가 솜씨로 그림을 그린 사람이 예전에 최고로 잘 그렸던 게 고작 이거라고?" 키트는 괴상한 스케치 그림을 손짓으로 가리켰다.

"그러니까 말이 안 된다는 거지." 루스가 말했다. "어쩌면 그 초상화가 처음 우리가 생각했던 것만큼 그렇게 훌륭한 작품이 아닌지도 몰라. 다시 한 번 천천히 살펴보게 꺼내봐."

"그럴 수 없어. 이제 나한테 없거든." 키트가 말했다.

"없다고?"

"누군가 가져갔어." 키트가 말했다. "분명히 문이 잠겨 있었는데 어째된 일인지 누군가 들어와서 내 책상 위에서 그림을 가져갔어."

"누군지 알아?" 루스가 그녀에게 물었다.

"나도 몰라. 그 그림을 갖고 싶어 할 만한 사람이 누가 있는지조차 떠오르지 않아. 우리 모두 각자 방 열쇠를 가지고 있지만 분명 뒤레 부인한테는 비상 열쇠들이 있을 거야. 그걸 누가 쓸 수 있느냐는 어디에 보관하느냐에 달려 있겠지."

"아니면 뒤레 부인이 가져갔을 수도 있고." 루스가 말했다.

"그분이 왜 그런 짓을 하겠어? 내 초상화가 그 사람한테 무슨 의미가 있다고? 게다가 내가 알기로 뒤레 부인은 그 그림이 있는지도 몰라. 린다가 우리한테 보여주려고 가져왔을 때 뒤레 부인은 응접실에 없었어. 거기에는 우리들뿐이었지."

"팔리 선생님이 들어왔잖아." 루스가 상기시켜주었다. "그 사람이 봤어."

"맞다, 그랬지. 그렇지만 왜 그 그림을 갖고 싶겠어? 얘기를 하면 할수록 모든 것이 점점 더 말이 안 되는 것 같아. 그림을 그릴 줄도 모르는 린다가 엄청난 작품을 그려내지를 않나, 나 말고 다른 사람이 갖고 싶어 할 이유가 전혀 없는 그림인데 누군가 잠긴 방에서 훔쳐 가질 않나, 거기에 추가로 샌디의 악몽에 나온 침대 옆의 여자까지……."

"악몽?"

"쥘의 생각이야. 샌디는 확신이 없지만. 그런데 이번이 처음이 아니었어. 특히 그중 한 번은 부모님이 돌아가시고 난 직후였대. 비행기 사고였는데 소식이 전해지기도 전에 샌디가 알았다는 거야. 뜬금없이 비행기가 추락해서 부모님이 돌아가셨다는 절대적인 확신이 들더래."

"그러니까 걔도 그걸 갖고 있단 말이지." 루스가 조용하게 말했다. 조금도 놀란 것 같지 않은 목소리였다.

"뭘 갖고 있단 거야?" 키트가 멍한 얼굴로 물었다.

"ESP 말이야." 루스는 잠시 말을 멈추고 키트의 당황한 얼굴을 바라보다가 자세한 설명을 덧붙였다. "ESP는 Extrasensory Perception, 즉 초감각적 지각 능력의 준말이야. 일종의 육감 같은 건데 그런 걸 타고나는 사람들이 있지. 다른 사람들은 보거나 듣지 못하는 것을 감지해내는 특별한 종류의 예민함이랄까."

"샌디한테 그런 게 있다고 생각하는 거야?" 키트가 외쳤다. "그런데 아까 '걔도 그걸 갖고 있다'고 했잖아. 그 말은 너도……."

"내가 기억하는 한 나한테는 늘 그런 게 있었어." 루스가 말했다. "그게 뭔지 깨닫지 못하던 때도 있었어. 다른 사람들은 느끼지 못하는 걸 느낄 수 있는 게 머리가 좋아서 그런 거라고 생각했지. 학교에서 남들보다 그렇게 빨리 앞서 나갈 수 있었던 것도 어느 정도는 그것 때문이야. 책을 펼치지 않아도 책을 볼 수가 있었거든. 굳이 읽어보지 않아도 그 안에 뭐가 있는지 다 알았어. 선생님들이 질문할 때면 공부를 전혀 하지 않았어도 답을 맞힐 수 있었지. 선생님들이 마음속으로 생각하는 정답을 느낄 수가 있었거든. 그러니까 그냥 듣고 싶어 하는 걸 말해주기만 하면 되는 거였어."

"그러면 린다는?" 키트가 떨리는 목소리로 물었다. "린다도 그런 능력을 가지고 있는 거야?"

"같은 건 아니야." 루스가 말했다. "린다가 가진 능력은 달라. 린다는 기억을 하지."

"기억을 한다고?" 키트가 멍하니 그녀의 말을 반복했다. "뭘 기억한다는 거야?"

"말도 안 되는 소리처럼 들릴 거야." 루스가 말했다. "린다가 처음 나한테 이 얘기를 해줬을 때 내가 그랬거든. 그렇지만 걔랑 친해진 후로 지금은 사실이라고 믿게 됐어. 최소한 린다는 그렇게 생각한다는 걸 믿지.”

“뭔데?”

루스는 시선을 떨구더니 여전히 무릎 위에서 꼭 맞잡고 있는 두 손을 내려다보았다.

“린다는 영국에서 태어나 빅토리아 여왕 시대에 살았던 자기의 전생을 기억해.” 그녀는 말했다.

“맙소사!” 키트의 목소리가 갈라져 나왔다. 방금 들은 이야기를 제대로 이해하기까지 한참 동안 침묵의 시간이 흘렀다. 그리고 그녀는 머리를 흔들었다. “네 말이 맞아. 이건 말도 안 돼. 그렇지만 한밤중에 깨어나서 침대 옆에 서 있는 아버지를 봤던 그날보다 더 말이 안 되는 건 아니야. 아침이 되어서야 전날 밤 아버지가 사고로 돌아가셨다는 걸 알았거든.”

“그러니까 너도 마찬가지라는 거지.” 루스가 조용히 말했다. 그녀는 한숨을 내쉬었다. “이제 적어도 우리 네 명은 서로 공통점이 있다는 걸 안 셈이군. 그리고 왜 그 모든 지원자들 중에서 하필이면 우리가 블랙우드의 첫 입학생으로 선발되었는지도 말이야.”

처음에는 또다시 꿈을 꾸고 있는 건지도 모른다는 생각이 문득 들었다. 그렇지만 그럴 리가 없다는 걸 알고 있었다. 아직 오후가 절반이나 남았고, 뒈레 부인의 문학 수업에 들어가는 길이었다. 그런데 그때 들려온 그 음악 소리……

음악실의 닫힌 문 너머에서 흘러나온 기괴하리만치 아름답고 고통스러운 낯익은 멜로디가 그녀를 사로잡았다. 이전에 그 어떤 음악을 들었을 때와는 사뭇 다른 느낌이 밀려왔다. 그녀는 손잡이를 잡고 문을 열었다. 쥘이 그녀에게 등을 보인 채 앉아 있었고 녹음기의 스테레오 스피커에서 음악이 흘러나오고 있었다.

"무슨 곡이에요?" 키트가 그에게 물었다. 아무런 대답이 없자 그녀는 그가 음악에 너무나 집중한 나머지 자신의 목소리를 전혀 듣지 못했다는 것을 알아챘다. 그녀는 목소리를 높였다. "쥘, 그 음악이 뭐냐고요?" 깜짝 놀란 쥘은 번개처럼 녹음기의 스위치를 껐다. 음악 소리가 급작스럽게 뚝 끊겼다. 뒤를 돌아보는 그의 얼굴에 분노가 서려 있었다.

"지금 무슨 소리를 하는 거야. 방해를……." 그는 말을 하려다 말고 키트의 놀란 얼굴이 눈에 들어오자 갑자기 입을 닫았다. 그리고 한결 부드러워진 목소리로 말했다. "오, 너로구나."

"음악을 끌 필요까진 없었는데." 키트가 말했다. "문 밖에서 음악 소리를 들었거든요. 너무 아름다워서 무슨 곡인지 꼭 알고 싶었어요."

"제목은 없단다." 쥘이 그녀에게 말했다.

"그럴 리가 없잖아요. 악보가 있으면 당연히 제목도 있어야죠."

"음, 그렇지. 내 말은, 나도 제목을 모른다고."

"CD에 적혀 있지 않아요?"

"판매용으로 녹음한 게 아니거든." 쥘이 말했다. "그냥 여기저기서 잡다하게 녹음해서 모아놓은 것 중 하나야. 내가 좋아하는 곡들로."

"저도 좋은데요." 키트가 말했다. "특히 마지막 곡이요. 한 번만 더 들려주시겠어요?"

"이미 끝까지 거의 다 들은걸." 쥘은 다시 음악을 틀어줄 생각조차 없어 보였다. 키트는 어리둥절한 표정으로 그를 쳐다보았다. 그녀가 지금까지 봐온 쥘 뒤레는 언제나 자기통제만큼은 완벽한 남자였다. 그런데 지금 그는 마치 이 상황에 어떻게 대처해야 할지 몰라 갈팡질팡하는 것처럼 보였다.

그녀를 똑바로 보지 못하고 이리저리 방황하는 시선이 마치 죄라도 지은 사람 같았다. '뭐가 마음에 걸리는 거지?' 키트는 짐작이 가지 않았다. 당장 수업에 들어가야 한다는 걸 알고 있었다. 이미 수업 시간이 지났고 뒤레 부인은 지각을 용납하지 않는다. 그런데도 그녀는 여전히 문 앞에 꼼짝하지 않고 서서 시시각각 표정이 변하는 쥘의 잘생긴 얼굴을 가만히 바라보고 있었다.

"선생님은 그 곡을 알고 있어요." 그녀는 확신에 차서 말했다. "음악을 전공하셨잖아요. 만일 제목이 기억나지 않으신다면 적어도 누가 만든 곡인지는 알고 계실 거예요. 작곡가가 누구죠?"

"잘 모른다." 쥘이 말했다. "듣기에는 대충…… 음, 슈베르트가 만든 게 아닌가 싶다만."

"슈베르트요? 그런데 선생님이 모르는 곡이라고요?" 키트는 믿을 수가 없었다. "그렇게 유명한 분의 작품을 어떻게 선생님이 모를 수가 있죠?"

"너도 모르잖니." 쥘이 방어하듯 말했다.

"맞아요. 하지만 전 음악을 전공한 사람이 아니잖아요. 그래도 슈베르트가 요절했다는 것쯤은 알아요. 그렇게 많은 곡을 작곡할 만한 시간은 없었을 텐데요."

"있잖니, 키트……." 이제 쥘은 그녀의 눈을 똑바로 마주 보고 있었다. 처음 뒤돌아 그녀를 보았을 때 떠올랐던 분노가 그의 눈동자 깊숙한 곳에서 이글거리며 타오르고 있었다. "네가 갑자기 무엇 때문에 이러는지는 모르겠다만 내가 이런 식으로 추궁을 당할 이유는 없다고 본다. 넌 음악에 대해 아무것도 모르잖니. 이 음악을 들어봤을 리가 없어. 이건 실제로 무명의 곡이니까."

"들어본 적이 있어요." 키트가 조용히 말했다. 들어봤을 뿐만 아니라 어디에서 들었는지도 알고 있었다.

그 테이프에 녹음된 멜로디는 분명 그녀가 꿈속에서 연주했던, 도무지 잊을 수 없었던 바로 그 곡이었다.

9장

10월이 되자 린다는 풍경화를 완성했고 샌디는 시를 썼다.

풍경화는 유화 작품이었다. 캔버스가 무척이나 컸다. 세로 칠십 센티미터에 가로가 일 미터에 달했다. 오후의 금빛 햇살이 반짝거 리며 부서지는 고요하고 평화로운 호수를 그린 그림이었다. 물가 저편으로는 숲이 짙은 그늘을 드리우고 있지만 눈에 띄는 전경에 는 밝은 햇빛과 야생화들이 넘쳐났다.

"여기가 어디야?" 키트가 물었다.

"캐츠킬이야." 린다가 말했다.

"전에 가본 적이 있는 곳이야?"

"아니. 그렇지만 어떻게 생겼는지는 알아." 린다가 자랑스러운 듯 그림을 바라보았다. "예쁘지 않니?"

키트가 고개를 끄덕였다. 정말로 아름다운 그림이었다.

"린다." 루스가 어린아이를 어르는 것처럼 상냥한 목소리로 말했다. "잠깐 생각을 좀 해보자. 왜 하필이면 이 풍경을 그리기로 마음을 먹게 됐는지 기억을 떠올려봐. 달력 사진에서 본 거야? 아니면 텔레비전에서 봤어?"

"나도 몰라." 린다가 말했다. 그녀는 얼굴을 찌푸린 채 질문을 곱씹었다. "이상하게도 난 정말 그런 생각 자체를 해본 적이 없어. 그냥 물감을 섞은 다음 붓을 쥐고 그리기 시작한 게 다야."

"물감을 섞는 법은 어떻게 알았어?"

"어렵지 않아."

"나한테 좀 가르쳐줄 수 있어?"

"아니." 린다가 말했다. "그냥 본능적으로 알아야 해. 나는 할 수 있지만 다른 사람한테 어떻게 하면 되는지 설명은 못하겠어." 그녀는 미안한 듯 미소를 지었다. 달콤하고 붙임성 좋아 보이는 그 미소는 그녀를 제 나이보다 훨씬 어리게 보이게 했다. "미안해, 루스. 그냥 타고난 화가이든지 아니든지 둘 중 하나인 거 같아."

그녀는 뒤레 부인에게 유화를 보여주었다. 그녀는 매우 감탄하며 식당 벽에 그 그림을 걸어놓았다. 그다음 일주일 동안 린다는 작은 그림 두 개를 더 그렸다. 둘 다 풍경화였다. 하나는 같은 호수를 다른 각도에서 본 것으로 모서리까지 오솔길이 쭉 이어져 내려오고 있었다. 다른 하나는 파란 하늘 밑에 드러누운 봄의 풍성한 초록 들판을 그린 것이었다. 각각의 그림 아래 오른쪽 구석에 린다가 T. C.라는 이니셜을 적어놓은 것이 보였다.

"T. C.?" 키트가 말했다. "저건 네 이니셜이 아닌데?"

"내가 작품에다 하는 사인이야." 린다가 그녀에게 말했다.

"그렇지만 어째서? 무슨 의미인데?" 키트가 어리둥절한 표정으로 물었다.

"별 뜻은 없어. 그냥 아무 생각 없이 정한 거야. 그림에다 꼭 진짜 이름을 써야 하는 건 아니잖아. 그래서 난 내 그림에 T. C.라는 이니셜을 쓰기로 했어."

샌디가 그 시를 쓴 것은 그 일이 있고 난 직후였다.

"내가 쓴 시야." 그녀는 키트의 침대 발치에 몸을 던지며 스프링노트에서 뜯어낸 것이 분명한 줄이 쳐진 종이를 느닷없이 그녀에게 내밀었다. "읽어보고 어떤지 말해줘."

늦은 오후였고 공부에 진절머리가 난 참이었던 키트는 노트를 옆으로 던지고 시를 집어 들었다. 제목은 '고별'이었다. 그녀는 시를 잽싸게 훑어본 다음 다시 찬찬히 읽기 시작했다:

난 결코 그곳이 천국일 거라고 생각하지 않았지
처음부터 험난한 길에 자비라곤 없었어
내 눈은 추한 것들을 꿰뚫어 보았고
내 마음은 늘 삶의 고통에 시달렸지

그럼에도 불구하고, 지구는 발밑에서 단단하게 나를 받쳐주었고

여름 바람은 내 머리카락을 부드럽게 쓰다듬어주었어

황혼의 한숨은 달콤했고

내가 바라본 새벽은 너무도 순수했지

잿빛 황야에 어두운 안개가 웅크리고 있고

햇살은 빛나고 밤하늘 위에 수많은 별들이 박혀 있어

완전하지는 않았어도 나는 이 세상을 정말로 사랑했지

흉터투성이였어도 이 세상은 정말로 아름다웠어

천사들은 여전히 위대한 영광을 찬미하지만

나는 의지와 상관없이 슬픔 속을 헤매고 있네

"이길 내가 썼어?" 키트가 어이가 없다는 듯 친구를 향해 몸을
돌렸다. "어떻게, 샌디, 이건…… 이건…….."

"굳이 말할 필요 없어." 샌디가 끼어들었다. "훌륭하다는 거 나
도 알아. 그리고 내가 쓴 게 아니라는 것도 알고."

"어디서 봤던 기억이 나는 거야?"

"그래야겠지." 샌디가 말했다. "이런 걸 내가 썼을 리가 없으니
까. 그런데 말이야, 한편으로는 이런 시를 읽은 기억이 전혀 나질
않아. 난 학교 숙제가 아니면 시를 읽지 않거든."

"나도 이런 시는 본 적이 없어." 키트가 말했다. "루스는 이게 뭔
지 알지도 몰라. 책을 워낙 많이 읽으니까."

자리에서 일어나려고 몸을 일으키는 그녀를 샌디가 도로 붙잡아 앉혔다.

"루스는 끼어들이지 말자."

키트는 깜짝 놀랐다. "왜?"

"그냥 난 걔가 싫어." 샌디가 말했다. "정 떨어지게 만드는 뭔가가 있어. 정확히 뭐라고 꼬집어 말은 못하겠지만, 알고 보면 굉장히 냉정한 애라서 그 애의 인생에 정말로 중요한 사람은 하나밖에 없는 거 아닌가 하는 생각이 들어. 루스 크라우더 말이야."

"엄청나게 똑똑한 애잖아." 키트가 말했다.

"그건 인정해. 걔 앞에 있으면 내가 등신이라도 된 것 같거든. 그래도……." 샌디가 깊은 한숨을 내쉬었다. "내가 왜 이렇게 바보처럼 굴고 있을까. 그래, 걔한테 보여주자. 이게 유명한 시라면 분명히 알고 있을 거야."

그러나 루스는 그 시를 알아보지 못했다.

"소네트* 같은데." 그녀가 종이를 유심히 들여다보며 말했다. "귀에 익은 구석이 있기는 한데 읽은 적은 없어." 그녀는 샌디를 흘깃 보았다. "어디서 찾은 거야?"

샌디가 입을 다물고 있자 키트가 그녀에게 말했다.

"오늘 오후에 얘가 썼대."

---

* 이탈리아 민요에서 파생된 14행시

"그러면서 왜……." 루스는 비로소 그 말의 의미가 무엇인지 알았다는 듯 말을 멈췄다. 그녀의 날카로운 검은색 눈동자가 호기심으로 번득였다. "어떻게 된 거야, 샌디? 너 시를 자주 쓰니?"

"전혀." 샌디가 무뚝뚝하게 말했다. "게다가 난 소네트가 어떻게 생겨먹은 건지 분간할 줄도 몰라. 그게 정말 미치고 팔짝 뛸 점이라니까. 점심을 먹고 방으로 올라온 다음 침대에 대자로 뻗어서 대수학 문제를 들여다보고 있었거든. 깜빡 졸았던 게 분명해. 시간이 순식간에 훌쩍 지나 있었는데 손에는 연필이 쥐어져 있고 수학 문제를 써놓은 노트의 반대편 페이지에 이 시가 쓰여 있는 거야."

"고별." 루스가 제목을 다시 한 번 읽었다. 그녀의 얼굴이 은밀한 흥분으로 벌겋게 달아올랐다. "처음엔 린다, 그리고 이제는 너. 이기 정말 믿을 수가 없는걸."

"린다가 이거랑 무슨 상관이야?" 키트가 그녀에게 물었다.

"무슨 상관이 있는지 정말로 모르겠어? 린다는 한 번도 그림이라는 걸 그려본 적이 없는 앤데 별안간 경이로운 재능이라도 가진 것처럼 미술관에서 들고 나온 것 같은 그림을 그려대고 있잖아. 그리고 샌디는 한 번도 시를 써본 적이 없는데 소네트를 쓰고 있고. 그리고 나는……."

그녀는 갑자기 입을 다물었다. 키트는 당황한 얼굴로 그녀를 바라보았다. "너는?"

"나는 꽤 골치 아픈 수학 문제를 풀고 있지." 루스가 조심스럽게 말했다. "전에는 결코 상상조차 못했던 그런 것들이야. 처음에는 그저 내가 여러 개의 숫자를 무작정 써 내려가고 있다고 생각했어. 아무런 의미도 없어 보였으니까. 그런데 이제 어렴풋하게 이해가 되기 시작했어. 마치 팔리 선생님보다 실력이 더, 아주 엄청나게 뛰어난 선생님한테 가르침을 받기라도 한 것처럼 말이야."

"지금 대체 무슨 말을 하는 거야?" 주근깨로 덮인 샌디의 얼굴이 백짓장처럼 하얘졌다. "이게 초자연적 현상 같은 거라는 거니?"

루스가 도전적인 눈빛으로 그녀를 바라보았다. "더 나은 설명이라도 있어?"

"아무 설명이라도 그거보단 낫겠어." 샌디가 떨리는 목소리로 말했다.

"그 여자가 거기에 있었지." 루스가 말했다. "키트가 네 비명 소리를 들었던 그날 밤, 네 방에 말이야. 그리고 네 부모님이 돌아가시자마자 비행기 사고에 대해 알게 되었고. 만일 그것들이 초자연적인 현상이 아니라면 네가 그걸 뭐라고 부를지 참 궁금하네."

"얘한테 그 얘기를 다 했어?" 샌디는 비난하듯 키트 쪽으로 몸을 돌렸다. "난 너를 믿고 털어놓은 거란 말이야."

"미안해." 키트가 말했다. "그게 비밀인 줄은 몰랐어. 이 모든 것들이 블랙우드의 수수께끼의 일부야. 그러니까 서로의 경험을 비교해보면 뭔가 일정한 유형을 발견하게 될지도 몰라. 루스는 우리 넷 모두 초감각적 지각 능력 같은 게 있고 그것이 우리가 이곳의 학생으로 뽑힌 이유라고 생각해."

"우리가 치른 그 입학시험," 샌디가 생각에 잠겨 말했다. "그거 진짜로 이상하긴 했어." 그녀가 잠시 말을 멈췄다. "그러니까 그게 사실이라면, 만일 우리가 그런 특별한 이유 때문에 뽑힌 거라면, 그 말은 곧 뒤레 부인이……."

그녀는 말을 어떻게 끝맺어야 할지 도무지 알 수가 없었다.

대신 루스가 나섰다. "뒤레 부인이 바로 그것 때문에 우리를 블랙우드로 데려왔다는 거지."

모두가 그 말을 곱씹는 동안 방 안은 정적에 휩싸였다. 키트는 생각했다. '이 대화가 사실일 리가 없어. 이건 우리가 꾸며낸 거야. 얘기를 지어내고 각자 그 안에서 역할을 하나씩 맡은 거지. 트레이시와 어렸을 때 하던 놀이처럼 말이야.' 그러나 그녀는 더 이상 열두 살이 아니었고, 트레이시는 여기에 없었고, 루스는 장난 따위에 관심도 없었다. 샌디 역시 야윈 얼굴이 마치 아픈 사람 같아 보이는 게 전혀 장난을 치고 있는 것 같지 않았다.

"물어보자." 샌디가 거의 소곤거리는 목소리로 말했다.

"뒤레 부인한테 물어보자고?" 루스가 머리를 내저었다. "그렇게 해서 얻을 수 있는 게 뭐가 있겠어. 우리가 뭘 물어보든지 준비된 답을 내밀 게 뻔해. 뭔가 문제가 있다는 증거가 없잖아. 린다가 그림을 그리고 샌디가 시인이 됐다는 게 뭘 증명할 수 있는데? 블랙우드가 학생들의 잠재된 재능을 이끌어내는 좋은 학교라는 거 말고 말이야."

"네 수학 실력도 마찬가지야." 키트가 말했다. "뒤레 부인은 팔리 선생님이 정말 훌륭한 교사라고 공을 돌리겠지. 여기서 아직까지 새로운 재능을 개발하지 못한 사람은 나밖에 없는 것 같네." 그녀는 애써 명랑한 목소리를 내려고 노력했다. "이거 혼자 소외된 기분인걸."

"나도 소외된 사람이라면 좋겠어." 샌디가 말했다. "무서운 일이야. 만일 뒤레 부인한테 대놓고 물어볼 수 없다면 우리가 할 수 있는 게 뭐가 있지? 루스의 생각이 맞고 우리가 예민한 감성을 갖고 있어서 무언가에 반응하고 있는 거라면 난 그게 도대체 뭔지 알고 싶어. 집에서 살 때랑 지금이랑 나는 조금도 달라진 게 없는데, 그때는 시라는 걸 써본 적도 없던 애가 여기 블랙우드에서 왜 이러고 있냔 말이야. 이곳에 뭔가가 있는 거야?"

"우리가 블랙우드에 대해 아는 게 뭐가 있지? 오래된 저택이라는 거 말고는 난 이전에 여기 살았던 가족의 이름도 몰라." 루스가 물었다.

"그건 내가 알아. 브루어야. 큰 도움은 안 되겠지만." 키트가 나섰다.

"알아보고 싶어도 마을로 내려갈 수 있는 방법이 없어." 샌디가 말했다. "여기에 온 이후로 밖에 나가본 적이 없잖아. 마을까지 족히 이십오 킬로미터는 될 텐데 그렇게 멀리까지 걸어가긴 힘들 거야."

"어차피 여기서 빠져나갈 수도 없어." 키트가 말했다. "팔리 선생님이 우편물을 가지러 차를 가지고 마을로 내려갈 때 말고는 정문이 항상 닫혀 있잖아. 여기서 일하는 마을 사람들은 어떨까?"

"무슨 사람들? 내털리 컬러만 빼고 다 그만뒀어. 그리고 그 여자는 말을 안 하잖아." 루스가 물었다.

"나하고는 가끔 얘기해. 너희들이 도착하기 전에 내가 여기 온 첫날 친구가 됐거든." 키트가 말했다.

"그래, 어차피 밑질 거 없지. 네가 그 여자한테 뭘 물어보더라도 최악의 반응은 그 여자가 그냥 입을 다물어버리는 것뿐이잖아." 루스가 수긍하며 말했다.

"내가 해볼게. 기회가 되는 대로 곧." 키트가 결심한 듯 말했다.

그날 밤에는 비가 내렸다. 쉬지 않고 지붕을 두드리는 폭우였다. 빗줄기가 창문에 부딪치고 낙수받이에서는 물이 폭포처럼 쏟아졌다. 키트는 침대 속에서 눈을 질끈 감고 도시에 내리는 비를 상상하려고 애썼다. 그녀는 자기 집의 자기 방에 있고 머리 위 지붕은 위층 아파트와 그녀 사이에 놓인 칸막이일 뿐이다. 그리고 파란색 나이트가운을 입은 어머니는 얼굴에 진흙 팩을 한 채 옆방에서 책을 읽고 있다. '곧 어머니가 책을 내려놓고 침대에서 일어나 창문을 확인하러 내 방에 들어오실 거야.' 키트는 생각했다.

그러나 침실 문이 열리고 그녀의 방으로 미끄러지듯 들어와 등 뒤로 문을 밀어 닫은 것은 어머니가 아니었다.

"키트." 부드러운 목소리가 들렸다. "깨어 있어?"

"응. 무슨 일이야? 무슨 일 있어? 잠깐만, 내가 불을 켤게." 키트가 말했다.

"아니, 하지 마. 너한테 그냥 할 얘기가 있어서 왔어. 그 여자 말이야, 그 여자 이름은 엘리스야." 샌디가 말했다.

"네 꿈속에 나왔던 그 여자 말이야? 이름을 지어준 거야?"

"키트, 그건 꿈이 아니었어. 꿈이랑은 뭔가 달라. 내 마음이 만들어낸 게 아니라고. 엘리스는 존재해. 진짜 사람이야. 확실해." 샌디가 확신하듯 말했다.

"그런 일은 불가능해." 키트가 말했다. 그녀는 손을 뻗어 침대 옆 탁자에 놓인 램프를 찾아 더듬거리기 시작했다.

"하지 말라니까." 샌디가 그녀의 움직임을 알아채고 말했다. "제발 그러지 마. 어둠 속에 있으면 그 여자가 내 마음속에 사진처럼 아주 또렷하게 떠올라. 젊은 여자야. 처음 봤을 때 생각했던 것보다는 어린 것 같아. 그렇게 아름다운 눈은 이제까지 본 적이 없어. 마치 꿈을 꾸는 것 같으면서도 오랫동안 숱한 고통에 시달려온 것처럼 슬픔으로 가득 차 있어."

"처음에는 그 여자를 무서워했잖아. 비명까지 질렀는걸." 키트가 말했다.

"지금은 아니야. 더 이상 무섭지 않아. 너한테 이 얘기를 해주고

싫었어." 마루 위로 그녀의 발자국 소리가 났다. "잘 자, 키트."

　침실 문이 열렸다가 닫혔다. 다시 혼자가 되자 키트는 몸을 떨며 어깨 위로 담요를 끌어당겼다. 방 안이 눅눅한 습기와 느리고 세찬 빗소리로 가득 찼다.

10장

내털리에게 말을 걸 기회는 쉽게 오지 않았다. 마침내 키트가 기회를 잡은 것은 며칠 후 저녁을 먹고 난 뒤였다.

그날의 식사는 평소에 하던 대화가 빠진 조용한 분위기였다. 쥘은 일찍 식사를 마치고 저녁 시간을 보내기 위해 차를 가지고 마을로 내려가고 없었다. 팔리 선생님은 뭔가 쓸 것이 있는데 방해를 받고 싶지 않다며 저녁 식사에 나타나지 않았다.

"교사가 하는 일이 늘 그렇지요. 늘 뭔가를 써내야 한답니다. 언젠가는 여러분 중 누군가가 똑같은 일을 하는 날이 오겠지요." 뒤레 부인이 가볍게 설명했다.

린다 역시 저녁 식사 자리에 없었다. 그녀는 루스를 통해 몸이 별로 좋지 않다는 말을 전해왔다. 뒤레 부인이 그녀에게 음식을 올려다 주라고 말했다.

"제가 가져갈게요." 키트는 양해를 구하고 식탁에서 일어나며 말했다.

"친절하기도 하지, 캐스린." 뒤레 부인이 말했다. 그녀는 뭔가 덧붙이려는 듯 잠시 말을 멈췄지만 이내 그만두기로 한 듯했다.

계단을 올라가면서 키트는 린다의 방에 들어가 본 지 몇 주가 지났다는 사실을 깨달았다. 지난번에 그녀는 너무나 여자애다운 그 방을 보고 깊은 인상을 받았다. 서랍장 위는 화장품들로 가득 차 있었다. 책상 위 꽃병에는 활짝 핀 조화 장미들이 꽂혀 있었고 거울 테두리에는 사진들이 잔뜩 붙어 있었다. 그녀에게 찬양의 눈길을 보내는 각양각색의 남자애들 옆에서 부끄러운 듯 미소를 짓고 있는 린다의 사진들이었다. 침대 옆 탁자에는 조각을 하고 금박을 입힌 두 개의 북엔드 사이에 린다가 좋아하는 로맨스 소설들이 가지런히 늘어서 있었고 침대에는 분홍색 고양이 모양의 베개가 비스듬히 놓여 있었다.

방 안으로 들어서던 그녀는 전에 루스가 말했던 대로 화가의 화실처럼 변해버린 방 모습에 깜짝 놀랐다. 아침 햇살이 떨어지는 창가에 이젤이 서 있고 그 위에는 부분적으로 완성된 캔버스가 놓여 있었다. 따뜻하고 부드러운 색채가 어우러진 숲을 그린 풍경화였다. 굽이치는 개울가에 무릎을 꿇고 앉은 늘씬한 소녀 위로 나무들이 거대한 녹색의 활처럼 몸을 굽히고 있었고 개울 위로 숲의 정령의 웃는 얼굴이 비치고 있었다.

그리다 만 갖가지 그림들이 벽에 기대어져 있거나 구석에 수북하게 쌓여 있었다. 그렇게 짧은 시간 동안 린다가 이 그림들을 모두 그려냈다는 사실이 도무지 믿기지 않았다.

"안녕." 키트가 말했다. "저녁 좀 가져왔어. 뒤레 부인이 네가 몸이 좋지 않다고 해서."

린다는 옷을 다 입은 채로 침대 위에 길게 드러누워 있었다. 화장기 없는 얼굴에 마치 오랫동안 씻지 않은 것처럼 기름지고 엉겨붙은 머리카락이 베개 위에 마구 헝클어져 있었다.

그녀는 쟁반을 흘깃 보더니 콧잔등에 주름을 세웠다. "고마워. 하지만 아무것도 필요 없어. 전혀 배가 고프지 않아."

"그래도 먹어야 해." 키트가 말했다. "점점 말라가고 있잖아." 그 말은 사실이었다. 린다의 예쁜 얼굴 위로 두 눈은 더 커진 것 같았고 연약한 광대뼈는 더욱 도드라져 보였다. 늘 완벽하던 피부는 이제 누르스름한 빛을 띠고 있었다.

"말했잖아. 배고프지 않다고." 린다가 짜증을 내며 말했다. "그저 피곤한 것뿐이야. 그동안 쉬지 않고 열심히 그림을 그렸거든."

"정말 그런 것 같아." 키트는 이젤 위에 놓인 그림을 향해 턱짓을 했다. "저 그림은 완성하고 나면 정말 근사하겠다."

"그래? 그렇겠지." 린다가 말했다.

"저 위에다가는 뭘 그릴 생각이야?" 키트는 아직 손을 대지 않은 전경 부분을 손으로 가리켰다.

"내가 어떻게 알겠어? 붓을 쥐면 생각이 나겠지." 린다는 얼굴을 돌리고 팔을 들어 눈을 가렸다. "그 음식은 여기서 갖고 나가 줘. 부탁이야. 더 이상 냄새를 참을 수가 없어."

키트는 걱정스러운 표정으로 그녀를 바라보았다. "내일은 기분이 좀 나아지길 바랄게."

"그럴 거야. 그래야만 해. 할 일이 정말 많거든. 그는 원하는 게 너무 많다니까. 멈출 줄을 몰라." 린다가 말했다.

"그?" 키트가 말꼬리를 잡았다. "무슨 소리야? 누가 원하는 게 많다는 거야?"

"제발 나 좀 그냥 내버려 둬. 응? 너무 피곤해. 다음에 얘기하자. 알았지?" 린다가 말했다.

"알았어." 키트는 잠시 그대로 서서 침대 위에 늘어져 있는 가녀린 몸을 지그시 내려다보았다. 이것이 환한 얼굴로 경쾌하게 웃던 린다 해너란 말인가? 불과 두 달 전만 해도 걱정거리라고는 인터넷 연결이 되지 않아서 온라인 채팅을 할 수 없는 것뿐이었던 그 소녀가 맞단 말인가? '변했어.' 키트는 생각했다. 겉모습뿐 아니라 마음속 깊은 곳까지 속속들이 변했다. '더 이상 내가 알던 그 린다가 아니야.'

"린다." 그녀는 부드러운 목소리로 말했다. "나한테 얘기 좀 해 봐. 무슨 일이 있는 거지. 말해줄 수 없어?"

침대 위에 누운 소녀는 대답이 없었다. 느리고 깊은 숨소리가 들렸다. 그녀는 이미 잠이 든 뒤였다.

키트가 쟁반을 들고 다시 주방으로 내려갔을 때 내털리는 접시를 닦고 있었다. 그녀는 손도 대지 않은 접시를 흘깃 보고는 고개를 내저었다.

"안 먹겠다 이거죠?"

"피곤하다네요." 키트가 말했다.

"이상하네요." 내털리가 말했다. "늘 먹던 대로 먹는 사람이 아무도 없다니 말이에요. 남자들이랑, 음, 뒤레 부인만 빼고요. 학생들한테 무슨 일이 있나요? 다들 한꺼번에 아프기라도 한 거예요?"

"그게 아니길 바라야죠." 조리대에 쟁반을 내려놓으며 키트가 말했다. 그녀는 잠시 말을 멈췄다. 그녀가 그토록 기다려오던 기회가 드디어 온 것이다. "내털리, 뭐 좀 물어봐도 돼요?"

"학생들이랑 얘기하면 안 된다는 거 잘 알잖아요." 내털리는 잠시 입을 다물었지만 이내 호기심에 지고 말았다. "뭘 알고 싶은데요?"

"블랙우드에 대해서요. 여기는 아주 오래된 곳이잖아요. 그렇죠? 그러니 이곳에 대해 들은 게 많을 거 아니에요?"

"오래된 곳이죠." 내털리가 말했다. "그렇지만 블랙우드라는 이름은 새로 붙인 거예요. 전에는 사람들이 올드 브루어 저택이라고 불렀어요. 이후로 아무도 살지 않아서 잡초가 얼마나 무성하게 자랐던지 울타리 너머로 삐죽하게 튀어나온 지붕 말고는 아무것도 보이지 않을 정도였죠."

"그걸 어떻게 알아요? 울타리 너머에서 안쪽을 본 적이 있어요?" 키트가 물었다.

"다들 그랬어요." 내털리가 방어조로 말했다. "내 말은, 모든 아이들이요. 이곳에 얽힌 이야기가 참 많았거든요. 십대들이 여기로 올라와서 진입로에 차를 세워두곤 했어요."

"내털리는요?"

"한두 번쯤." 내털리가 살짝 얼굴을 붉히며 말했다. "그런데 아무 일도 없었어요. 아무것도 보지 못했고요. 뭔가를 봤다는 사람들은 그저 우리를 겁주려고 그런 얘기를 꾸며냈던 거예요."

"그 사람들이 봤다는 게 뭐였어요? 아니, 뭘 본 척하던가요?" 키트는 끈질기게 물고 늘어졌다. "들은 게 있어요?"

"창문 안쪽으로 불빛이 어른거렸다거나 움직이는 형체를 봤다거나, 뭐 그런 거요. 늙은 브루어 씨도 여기 살았을 때 상당히 기이한 사람이었을 거예요. 이렇게 큰 집에 달랑 혼자 산다면 누구라도 제정신이 아닌 게 당연하잖아요."

"여기서 혼자 살았다고요? 이 거대한 저택에 혼자요?" 키트가 소리쳤다.

"뭐, 처음부터 그런 건 아니었죠." 내털리가 식기세척기에 접시들을 넣으며 말했다. "처음 이곳으로 이사 왔을 때는 근사한 가족과 함께였어요. 아름다운 아내와 아이들 서너 명이 있었죠. 하인들과 정원사들이 있어서 저택을 말끔하게 관리했고요. 뒤레 부인이 교사용 아파트로 바꾼 곳도 실제는 마차 차고였어요. 그런데 어느 날 밤 불이 난 거예요. 브루어 씨는 출장 때문에 집에 없었고, 화재가 어떻게 시작된 건지 결국 밝혀내지 못했어요. 그런데 처음 불이 난 곳이 하필이면 가족들이 자고 있는 침실이 있던 건물이었어요. 마을에서 의용소방대를 데리고 와야 했는데 시간이 오래 걸렸죠. 토요일 밤이라 많은 소방관들이 자리를 비우고 있었거든요. 소방관들이 여기에 도착해서 어느 정도 불길을 잡았을 때는 이미 늦은 뒤였어요."

"브루어 씨 가족이 다 죽었단 말이에요?" 키트가 공포에 질린 채 물었다. "부인이랑 애들 전부요?"

"연기 때문에 그렇게 된 거라고 하더라고요." 내털리가 말했다. "저택 자체는 그다지 크게 상한 데가 없었어요. 브루어 씨가 집으로 돌아와서 무슨 일이 벌어졌는지 알고는 하인들을 모두 내보내고 정문에 빗장을 질러 완전히 닫아걸었어요. 그 후로 쭉 혼자 살았죠. 일요일마다 교회에 가기 위해 마을로 내려왔는데 마치 가족이 아직도 여기 있는 것처럼, 그러니까 자기랑 살고 있는 것처럼 얘기를 했어요. 식료품점에 들러서는 '아내가 심부름시킨 물건들을 사러 왔다.'고 하고 아이들을 위해 사탕 따위랑 아기가 먹을 시리얼을 사 갔죠."

"끔찍해라!" 키트는 숨이 턱 막혀왔다. "정말 가엾은 사람이네요. 얼마나 그렇게 지냈는데요?"

"아주 오랫동안요." 내털리가 그녀에게 말했다. "그의 가족이 귀신이 되어서 그와 함께 살고 있다는 얘기가 마을에 나돌기 시작했어요. 한 번은 브루어 씨가 배관 수리 때문에 마을에서 사람을 불렀는데 그가 저택 뒤편 어딘가에서 아기 울음소리가 나는 걸 들었다고 떠들고 다닌 거예요. 그 후로 마을 사람 누구도 여기 와서 브루어 씨를 도와주려 하지 않았어요. 그가 죽고 나서도 몇 주 동안 아무도 그 사실을 몰랐어요. 일요일마다 나오던 예배에 연달아 나타나지 않자 마침내 사람들이 궁금해하기 시작했죠. 그래서 여기 올라와 보니 커다란 침대 한쪽에 그가 누워 있었던 거예요. 그런데 마치 누군가 계속 누워 있었던 것처럼 그의 침대 옆자리가 움푹 들어가 있었다고 하더리고요."

"그분이 죽고 나서 무슨 일이 있었나요?" 키트가 물었다.

"시신을 묻어줄 먼 친척들을 어렵게 찾아냈어요. 그런데 그 사람들이 이 저택을 원하지 않아서 장례식이 끝나자마자 부동산에 매물로 내놨죠. 뒤레 부인이 여기를 샀을 때는 비바람에 낡아서 몰골이 말이 아니었어요. 그래서 조경부터 지붕 수리까지 손볼 곳이 정말 많았어요. 물론 침실이 있던 건물도 싹 수리했고요. 지금 학생들이 쓰는 기숙사 말이에요."

"기숙사요." 키트가 느릿느릿 말했다. 얼음장 같은 전율이 등줄기를 타고 흘러내렸다. "그러니까 그 말은 지금 우리가 잠을 자는 데가 옛날에 화재가 일어났던 곳이라는 거예요?"

"맞아요." 내털리가 말했다. "그렇지만 뒤레 부인이 정말 근사하게 리모델링 해놓았으니 그런 일이 있었다는 걸 누가 알겠어요. 마을에서 고용한 일꾼들이 그곳을 치우는 걸 달가워하지 않긴 했지만요. 소름이 끼친다나요. 그래서 다들 그만둔 거예요."

"내털리!" 뒤쪽에서 강한 저음의 목소리가 울려 퍼졌다.

키트가 급히 몸을 돌리니 주방 입구에 뒤레 부인이 서 있었다. 그녀의 얼굴은 분노로 창백한 빛을 띠었고 검은 눈동자는 맹렬하게 타오르고 있었다.

"내털리, 학생들이랑 수다 떨면서 시간을 보내지 말라는 지시를 받았을 텐데!"

"잘못했어요, 부인." 내털리가 뉘우치는 목소리로 말했다. "이런 일이 자주 있지는 않아요."

뒤레 부인의 목소리가 얼음처럼 차가웠다. "지시에는 절대 금지라고 되어 있어."

"내털리 잘못이 아니에요. 책임은 저한테 있어요." 키트가 말했다.

뒤레 부인의 시선이 그녀에게로 옮겨 왔다. 두 개의 눈동자에서 전기 충격과도 같은 힘이 느껴졌다. 마치 두 개의 바늘이 그녀의 몸에 푹 꽂히는 것 같았다.

"캐스린, 숙제가 있지 않니?" 뒤레 부인이 말했다. 강철처럼 묵직한 목소리였다. "위층의 네 방으로 돌아가서 숙제부터 하거라. 내털리는 자신의 행동에 대해 스스로 책임질 거다. 네가 감싸줄 필요는 없어."

"그렇지만 그녀는 그저……." 막상 입을 열기는 했지만 뚫어져라 자신을 노려보는 두 개의 검은 눈동자 앞에서 말들은 그저 입술 언저리에서 맴돌다 사라질 뿐이었다. 그녀는 내털리 쪽을 보려고 했지만 눈을 움직일 수조차 없었다. 그녀는 주방 싱크대 옆에서 의지와 상관없이 자기도 모르게 발길을 옮기고 있는 자신을 발견했다.

두 다리가 저절로 움직여 주방을 가로지르더니 문을 통과해 식당으로 들어섰다.

그리고 바깥쪽 복도로 나간 다음,

계단을 올라가서,

어두운 복도를 지나 방으로 들어왔다.

그녀가 눈을 감자 음악이 시작되었다. 잠이 들기까지 그리 긴 시간이 걸리지 않았다. 잠이란 놈이 창이 닫히듯 눈이 감기는 순간을 노리며 바로 눈꺼풀 뒤에 숨어 있었던 것 같았다. 그렇게 깊은 어둠으로 들어서자마자 그곳에서 그녀를 기다리고 있던 음악이 점점 휘몰아치는 힘으로 마음의 가장자리부터 이빨을 들이대면서 중심을 향해 살금살금 집요하게 파고들었다.

'나는 꿈을 꾸고 있는 거야.' 키트는 단호한 목소리로 자신을 다

독였다. 그러나 정말로 그런지는 그녀 자신도 알 수 없었다. 뺨 밑에 닿은 베개와 어깨까지 덮은 담요의 촉감이 고스란히 전해졌다. 추위도 느껴졌다.

'지금 눈을 뜨면 모든 것이 사라지겠지.' 그녀는 생각했다.

'그렇지만 진짜로 그럴까?' 그녀의 마음속에서 알 수 없는 목소리가 속삭였다. '확실해?'

11장

사랑하는 트레이시에게,

이 편지가 좀 이상하게 느껴질지도 몰라. 네가 여기에 있어서 얼굴을 맞대고 얘기할 수 있다면 얼마나 좋을까. 넌 언제나 굉장히 이성적이니까 어떤 대답이든 찾아줄 수 있을 거라고 믿거든. 그러나 그렇게 생각하면 난 너한테 질문조차 제대로 할 수 없겠지.

뭔가 단단히 잘못됐어. 가끔 거울에 비친 내 모습을 보면 낯선 사람을 보고 있는 것 같아. 생긴 건 예나 지금이나 달라진 게 없지만 많이 야위었어. 여기 있는 우리 모두가 점점 말라가는 것 같아. 표정이 기이해졌어. 눈 밑의 다크서클 때문인지도 몰라.

그런데 몸만 그런 게 아니야. 다른 의미로도 다들 변해가고 있어. 린다를 예로 들어볼게. 그 애는 더 이상 수업에 들어오지 않아. 온종일 방에만 틀어박혀서 식사조차 자주 거르곤 하지. 뒤레 부인이 음식을 담아서 올려 보내고 있지만 돌아온 쟁반을 보면 거의 손대지 않았어. 그리고 어쩌다 한 번씩 밑으로 내려올 때면 땡그랗고 형형한 눈에 뼈하고 가죽밖에 남지 않은 게 창백한 유령이 따로 없다니까. 게다가 그 눈은 우리를 보고 있는 것 같지가 않아. 우리를 못 보거나 우리를 넘어서 우리 눈에는 보이지 않는 무언가를 보고 있는 것 같단 말이지.

린다에게 말을 걸면 완전히 얼이 나간 사람처럼 이상하고 애매모호한 방식으로 대답을 해. 그리고 가끔은 질문이랑 전혀 맞지 않는 대답을 하기도 하고. 우리가 거기 있다는 걸 전혀 눈치채지 못한 사람처럼 행동할 때도 있어. 정말 오싹하지 않니. 그래서 어제는 루스가 뒤레 부인에게 가서 린다를 의사한테 데려가야 한다고까지 얘기했어.

그런데 뒤레 부인은 전혀 문제 될 것이 없다고 했대. 린다는 화가로서의 재능에 눈을 떴을 뿐이라고 말이야. 그 애가 피곤한 것은 당연하고, 그건 무언가를 성취해내기 위해 감수해야 하는 좋은 의미에서의 피로라는 거지. 그렇게 뭔가 '좋은' 것이 사람의 겉모습과 행동을 지금의 린다처럼 저 지경으로 만들어놓는다는 게 가능한 거니?

그다음으로 샌디 역시 전 같지 않아. 꿈을 정말 많이 꾸는데 그게 항상 똑같은 꿈이라는 거야. 자기 침대 옆에 나타나는 그 여자 꿈 말이야. 처음에는 겁을 먹었는데 어찌된 일인지 더 이상 무서워하지 않는 것 같아. 그 여자의 이름이 엘리스래. 그리고 진짜 살아 있는 사람인 것처럼 그 여자에 대한 이야기를 해.

트레이시, 내가 미쳐가고 있는 걸까? 왜냐하면 나도 꿈을 꾸거든. 꿈속에서 나는 피아노를 치고 있어. 평소에 하던 형편없는 연주가 아니라 아주 훌륭한 솜씨로 말이야. 악보도 보지 않아. 처음에는 항상 부드럽고 아름다운 곡이었어. 행복한 꿈이었지. 그런데 이제는 더 이상 그렇지 않아. 음악이 엄청난 힘으로 나를 갈기갈기 찢어놔서 몸으로 그 고통이 전해져 올 정도야. 눈을 뜨면 힘이 하나도 없어. 진짜로 몇 시간이고 쉬지 않고 연주를 한 것처럼 팔과 손이 아파서 죽을 지경이야.

마침내 블랙우드에 대한 몇 가지 정보들을 알아냈는데 다 끔찍한 것들뿐이야. 트레이시, 난 더 이상 이곳에 있기 싫어. 이 모든 게 나의 상상이든 아니든 상관없어. 난 여기를 벗어나고 싶어. 엄마랑 댄이랑 집으로 돌아올 때까지 너랑 너희 가족이랑 같이 지내면 안 되겠느냐고 엄마에게 편지를 보냈어. 니희 부모님이 괜찮다고 하실까? 그러길 바라.

답장을 좀 써줘. 네 소식을 들은 지가 너무 오래됐어. 내 질문에 아무런 대답도 해주지 않고 내가 그동안 써 보낸 것들에 대해 그렇게 입을 꾹 다물고 있다니. 우편으로 보내는 게 귀찮아서 그런 거야? 아니면 너한테 보내는 내 편지들이 중간에서 사라지고 있는 건가? 아예 발송이 안 되는 건지도 몰라. 팔리 선생님이 매일 마을로 내려가시면서 우리의 편지들을 우체국에 가져다주시거든. 당연히 제대로 부치고 있는 거겠지? 안 그러면 법에 어긋나는 거 아니야? 난 정말 혼란스러워, 트레이시. 제발, 제발, 답장을 좀 보내줘.

"시를 하나 더 썼어." 샌디가 말했다.

"그래?" 키트는 친구의 눈을 쳐다보지 않았지만 불안한 예감에 명치끝이 조여오기 시작했다.

"내가 혼자 쓰는 게 아니야. 엘리스가 날 도와주고 있어. 그녀는 정말 훌륭한 작가야. 소설도 출판한 적이 있대." 샌디가 말했다.

"샌디, 좀." 키트가 지겹다는 듯 말했다. "진짜 살아 있는 사람처럼 그 여자에 대해 떠드는 거 그만 좀 했으면 좋겠어."

"들어봐. 네가 마음에 들어 하는지 보자." 샌디가 말했다.

밤의 왕국을 지배하는 바람에서 벗어나

하늘에 포로로 잡힌 외로운 별들을 바라보고 있네

평화를 찾는 나를 죽음이 지나갔는지 몰라

영원 속에서 길을 잃었네, 빛 속의 빛처럼

길을 잃어, 더 이상 아무런 흔적도 보이지 않네

황야에 드리운 달빛이 짙은 그림자 너머

무늬를 그리며 어렴풋이 빛나는 곳, 오직 평화만이 있을 것 같은,

내가 찾는 그곳에, 그러나 나를 위한 평화는 없네

꿈조차 방해하지 않는 순간의 휴식,

그것이 내가 원하는 모든 것……

"그만! 제발 그만해!" 키트는 그녀를 제지하기 위해 손을 들어

올렸다. "나머지는 듣고 싶지 않아. 소름 끼쳐. 네가 마치 죽은 사람인 것처럼 들리잖아."

"네가 좋아할 거라고 생각했는데." 샌디가 상처 받은 목소리로 말했다.

"전혀 아니야. 대체 무슨 일이 있었던 거야, 샌디? 전에는 둘이서 늘 깔깔대며 웃곤 했잖아. 우리가 늘 주고받던 농담들이랑 루스의 침대 시트에 장난을 치기로 했던 거 기억해? 날을 잡아서 밤에 파티도 하기로 했잖아. 내 방에 몰래 음식을 잔뜩 가지고 와서 한밤중에 신나게 잔치를 벌이자고 말이야."

"아직도 그런 게 하고 싶어?" 샌디가 의아하다는 듯 물었다.

"아니." 키트는 인정할 수밖에 없었다. 블랙우드에 처음 왔을 때에는 그렇게 재미있을 것 같던 계획들이 어쩌된 일인지 이제는 유치하고 터무니없는 것처럼 보이는 게 사실이었다. 샌디는 손에 쥔 시를 내려다보았다.

"엘리스도 이게 별로래. 그녀는 내가 이걸 출판사 같은 데 보내는 걸 원하지 않아. 우리가 좀 더 나은 걸 쓸 수 있을 거라고 생각하거든." 그녀가 말했다.

"또 그런다!" 짜증이 치밀어 오른 키트가 중간에 그녀의 말을 가로막았다. "또 꿈속에 나오는 사람이 마치 진짜인 것처럼 얘기하고 있잖아!"

"그 여자가 꿈이라고?" 샌디가 느릿느릿한 목소리로 물었다.

"나한테 하는 얘기들마다 얼마나 현명하고 조리 있는지 몰라. 나도 줄곧 생각해봤어. 키트, 너 루스가 우리 모두 다양한 형태의 초감각적 지각 능력을 가지고 있다고 했던 거 기억해?"

키트가 고개를 끄덕였다.

"그럼 만일 내가 이 세상 어딘가에 진짜로 살고 있는 누군가와 파장을 맞추는 능력을 발휘한 거라면? 그 사람의 마음의 주파수와 내 주파수가 딱 맞아떨어진 거라면 말이야. 이거 불가능한 거니?"

"그러니까 네 말은 어딘가에 진짜로 엘리스라는 이름의 여자가 살고 있을 거라고?" 키트가 믿기지 않는다는 듯 물었다.

"왜 안 돼? 굳이 이 근방이 아니어도 되고 이 나라에 살지 않아도 상관없어. 사실 그 여자가 이 나라 사람이 아니라는 느낌이 들어. 말하는 거 하며, 황야나 주목나무에 대한 얘기를 하는 걸 보면 말이야. 아마 잉글랜드나 스코틀랜드 같은 곳에 사는 사람인지도 몰라."

"그건 불가능해." 키트가 말했다. "사람들은 꿈으로 의사소통을 하지는 않아. 편지를 쓰거나 이메일을 쓰지. 아니면 전화를 하거나……."

"소리 좀 지르지 마." 샌디가 말했다. "너 때문에 머리가 아프잖아. 키트, 이걸 어떻게 설명해야 할지는 나도 모르겠어. 과학적인 일이라면 루스가 전문가니까. 그저 내가 말할 수 있는 건 엘리스가 진짜라는 거야. 꿈이라고는 절대 말할 수 없을 정도로 진짜 같

아. 네가 그녀의 시를 좋아하든 말든 상관없어. 내가 좋아하니까. 그리고 그녀와 그런 얘기를 나누는 사람이 나라서 행복해."

그녀의 야윈 얼굴이 분노로 붉어지는 것을 보며 키트 역시 안에서 성질이 확 치받쳐 오르는 듯했다.

"영화배우한테 홀딱 빠진 열두 살짜리 어린애 같은 소리 하고 있네! 그래도 영화배우라면 최소한 스크린에서 볼 수라도 있지."

"닥쳐." 샌디가 마침내 폭발하고 말았다. "애초에 너한테 엘리스 얘기를 털어놓는 게 아니었어."

"나한테 그런 얘기를 굳이 해줄 필요는 없었지. 네가 미친 듯이 비명을 지르는 걸 내가 들었으니까. 기억해? 그때 넌 이 대단한 시가 그렇게 훌륭하다고 생각하지도 않았어!" 아무리 애를 써도 키트는 가시 돋친 말들이 터져 나오는 것을 누를 수가 없었다. "이집이 문제야, 이 끔찍한 집이! 이 집 때문에 네가 그러는 거라고! 너도 린다만큼이나 미쳐가고 있어!"

그러나 샌디는 이미 홱 돌아서서 등 뒤로 문을 쿵 소리가 나게 닫고 나가 버렸다. 몹시 피곤해진 키트는 침대 위에 그대로 벌렁 드러누웠다. 격렬했던 말다툼으로 진이 다 빠져버렸고 살짝 겁이 나기도 했다. 샌디는 그녀의 친구였다. 그것도 울타리로 둘러싸인 낯설고 폐쇄된 세계인 블랙우드에서 가장 가까운 친구였다. 그런데 어떻게 그 애한테 제정신이 아니라고 몰아가며 그런 식으로 말할 수 있었단 말인가? 샌디의 자기 합리화가 자신이나 루스의 그것보다 존중받지 못할 이유가 무엇이란 말인가? 만일 샌디가 미쳤다면 우리 모두 마찬가지다.

샌디를 도로 불러 사과해야 한다는 걸 알고 있었지만 너무나 피곤해서 꼼짝도 할 수가 없었다. 그녀는 손을 들어 눈꺼풀 위를 지그시 힘을 주고 눌렀다. 머리가 욱신거렸다. 음악의 시작을 알리는 신호였다. '듣지 않을 거야.' 그녀는 스스로에게 다짐했다. '이번에는 내가 이기고 말 거야. 여기 이렇게 누워서 듣고 있지만은 않을 거야.'

그러나 주방에서 뒤레 부인이 그녀에게 위층으로 올라가라고 명령했던 그날 밤 이후로 그녀의 몸은 더 이상 마음의 지시를 고분고분 따르지 않았다. 그녀는 침대 위에 그대로 누워 콘서트의 청중처럼 밀려오는 음악을 느끼고 있었다. 처음에 나지막하게 시작된 음악은 갈수록 속도가 빨라지고 볼륨이 높아지더니 강하고 힘찬 소리가 되어갔다.

'샌디!' 그녀는 소리 높여 외치고 싶은 생각이 간절했다. '샌디, 돌아와! 와서 나 좀 도와줘!'

목구멍이 말을 뱉어내려고 안간힘을 쓰는 걸 느낄 수 있었지만 이내 음악에 묻혀버리고 말았다. 음악 소리가 더욱 커졌다. 그렇게 점점 커지다가 머지않아 최고조에 다다르리라는 것을 그녀는 알고 있었다.

너무나 피곤해서 더 이상은 맞서 싸울 힘도 없었다. 그녀는 저

항을 멈추고 급류 위에 뜬 나뭇잎처럼 맹렬한 침묵의 소리에 되는 대로 이리저리 떠밀려 가도록 자신을 내맡겨 버렸다. 그리고 마침내 깊은 잠에 빠져들었다. 무슨 일이 벌어졌는지 알 수 없었지만 눈을 떠보니 창문 너머로 보이는 하늘에 늦은 오후의 햇살은 이미 사라지고 없었고 방 안은 어둠에 싸여 있었다.

그리고 추위가 몰려왔다. 움직이기조차 힘든 지독한 추위가 몸 전체를 납덩이처럼 무겁게 짓눌렀다. 오래전에 샌디의 방에서 느꼈던 것과 똑같은 그런 기이한 추위였다. 자연스러운 것이라기에는 냉기가 극심했고 축축한 데다 뭔지 기억나지 않는 희미한 냄새까지 섞여 있었다.

그녀는 잠시 꼼짝하지 않고 누워 있다가 젖 먹던 힘까지 짜내어 램프를 찾아 손을 뻗었다. 불이 환하게 켜지자 눈앞에 익숙한 방 안의 풍경이 펼쳐졌다. 서랍장과 책상, 금테를 두른 거울과 침대 위에 아치 모양으로 늘어진 붉은 캐노피. 다시 무의식의 세계로 그녀를 끌고 들어가려는 무기력과 싸우면서 키트는 자리에서 일어나 옷장으로 걸어갔다. 옷걸이에서 스웨터를 빼내어 소매에 팔을 밀어 넣고 목까지 단추를 꼭꼭 채웠다. 묵직한 스웨터의 올 사이로 슬그머니 기어들어 온 추위가 땀구멍마다 스며드는 것 같았다.

몸을 부들부들 떨며 그녀는 손목시계를 들여다보았다. 6시 45분. 아래층 식당에서는 저녁 식사가 한창일 터였다. 그녀는 반짝이는 샹들리에 아래 놓인 커다란 둥근 식탁과 그 주위에 모여 앉아 있을 사람들을 상상했다. 위풍당당하고 우아한 뒤레 부인과 상냥하고 수염이 덥수룩한 팔리 선생님, 잘생겼지만 음울한 쥘. 루스도 식탁에 앉아 있을 것이다. 그리고 샌디도. '내려가 봐야겠어.' 키트는 생각했다. '샌디를 만나기 위해서라도 말이야. 내가 안 나타나면 그 애는 우리가 싸워서 그런 거라고 생각할 거야.' 샌디와의 사이는 최대한 빨리 제자리로 돌려놓을수록 좋았다.

음식을 생각하니 살짝 구역질이 났다. 그렇지만 무덤 속처럼 추운 방 안에 혼자 덩그러니 있는 것보다는 나았다.

복도로 나가면서 키트는 문을 잠갔다. 공기는 훨씬 따뜻해졌지만 몸의 떨림은 멈추지 않았다. 복도 끝에서 희미한 전구가 옅은 빛의 우물을 드리우고 있을 뿐 통로 전체가 어둠에 덮여 있었다.

키트는 계단을 향해 천천히 복도를 따라 걷기 시작했다. 복도 끝에 있는 거울 속에 두꺼운 스웨터를 입은 하얀 얼굴의 깡마른 소녀가 자신을 향해 다가오고 있는 것이 보였다.

'저게 나야?' 그녀는 소녀의 모습에 순간적으로 소스라치며 생각했다. 생기 없는 눈빛에 빗질도 하지 않은 축 늘어진 머리, 느릿느릿하고 힘없는 걸음걸이. 저것이 불과 몇 달 전에 눈을 반짝이며 빛나는 얼굴로 새로운 학교 친구들을 맞이하기 위해 이 복도를 나풀거리며 뛰어 내려가던 그 키트 고디란 말인가?

'진짜 엉망이네.' 키트는 비참한 생각이 들었다. 그리고 고개를 한쪽으로 기울이는 순간 그가 눈에 들어왔다. 그녀 뒤로 누군가가 걸어오고 있었다. 공포에 사로잡힌 그녀는 그 자리에 얼어붙고 말았다. 걸음을 떼기 위해 발을 들어 올린 채로 그녀의 두 눈은 거울 속에 비친 또 한 쌍의 눈을 뚫어져라 보고 있었다.

'그럴 리가 없어.' 그녀는 중얼거렸다. '내 뒤에 다른 누가 있을 리가 없잖아. 방에서 나왔을 때 복도는 텅 비어 있었어. 그럼 지금 저 뒤에 있는 사람은 내 방에서 나랑 같이 나왔다는 건데 그건 말이 안 돼.' 그러나 자신의 모습만큼이나 뚜렷한 형체의 남자가 그곳에 있었다. 목덜미로 그의 숨결이 느껴지지 않는 것이 의아할 정도로 등 뒤에 가까이 다가와 있었다.

그 순간에 키트가 할 수 있는 일은 한 가지뿐이었다. 그녀는 숨을 들이마신 후 눈을 질끈 감고 있는 힘껏 비명을 내질렀다.

12장

한번 비명을 지르기 시작하니 멈출 수가 없었다. 목구멍을 찢으며 튀어나온 거칠고 날카로운 비명이 끝도 없이 이어졌다. 백만 년이라도 흐른 것 같았다. 계단을 쿵쾅거리며 올라오는 발자국 소리와 그녀의 이름을 부르는 목소리가 마치 다른 세상인 듯 아득하게 들려왔다. 그리고 그녀의 어깨를 붙잡는 강한 손길이 느껴졌다.

쥘의 목소리가 들려왔다. "키트! 키트, 왜 그래? 무슨 일이야?"

"저기……," 키트가 간신히 흐느끼듯 말했다. "저기, 내 뒤에……."

"네 뒤에 아무것도 없는데."

키트는 눈을 뜨고 그를 올려다보았다. 뼈대가 가는 완벽하게 생긴 얼굴이 그녀 얼굴에 닿을 듯 숙어져 있었다. 내리뜬 눈꺼풀 사이로 보이는 검은 눈동자에는 진심 어린 걱정이 가득 담겨 있었다.

슈베르트의 테이프를 틀어놓은 음악실에 그녀가 난데없이 들이닥쳤던 그날 터져 나왔던 분노의 불길은 사라지고 없었고, 그때 이후로 둘 사이에 흐르던 서먹서먹한 기운도 말끔히 걷혔다.

'나를 걱정하고 있어.' 그녀는 생각했다. 아직 가시지 않은 공포 속에서도 그녀는 한번에 알 수 있었다. '진짜로 나를 걱정하고 있어.'

"누군가 있었어요." 그녀는 목이 메어 말했다. "남자예요. 내 뒤로 걸어오고 있었어요. 거울에 비친 모습을 제가 봤어요."

"그럴 리가 없어."

"정말이라니까요!"

"알았다, 알았어. 이젠 괜찮아." 쥘이 그녀를 끌어당겼다. 그녀가 셔츠 위로 얼굴을 묻자 그는 그녀의 머리를 가볍게 쓰다듬었다. "그림자를 본 걸 거야. 아니면 거울에 비친 네 모습을 봤거나."

"남자였다니까요!" 그녀는 큰 소리로 외치려고 했지만 그의 따뜻하고 널찍한 어깨 때문에 웅얼거리는 데 그치고 말았다. 두 사람 너머 어딘가에서 또 다른 목소리들이 들려왔다. 아래층에 있던 사람들이 죄다 이곳으로 올라오고 있었다. 그들이 이제 곧 그녀를 에워싸고 그녀가 본 것은 상상이었을 뿐이라고 한껏 이성적인 말들을 늘어놓으며 토닥거리고 위로를 해댈 것이다.

그녀는 쥘의 가슴을 손으로 밀어냈다. 비로소 그의 얼굴을 마주볼 수 있었다.

"제발 저를 좀 믿어주세요. 저를 믿으셔야 해요." 그녀는 매달리

듯 말했다.

"캐스린!" 뒤레 부인의 목소리였다. "도대체 무슨 일이 있었던 거죠?"

"왜 그래, 키트?"

"키트, 너 괜찮아?"

"우리가 들은 비명 소리가 너였어?"

이럴 거라는 걸 그녀는 알고 있었다. 팔리 선생님, 루스, 샌디, 모두가 그녀를 걱정하고 있었다. 그녀를 안심시키기 위해 말없이 팔을 잡는 샌디의 손이 느껴졌다. 그들의 우정은 아직 그대로였다. 아무도 그녀를 믿어주지 않아도 샌디만은 믿어줄 것이다.

"겁을 먹은 거야." 쥘이 설명했다. "거울 속에서 누군가를 봤다고 생각하고 있거든."

"누구요?"

"남자, 남자를 봤어요." 키트는 목소리를 가다듬으려고 애를 썼다. "그냥 봤다고 생각한 게 아니라 진짜로 봤어요. 나처럼 진짜로 여기에 있었다니까요."

"어떻게 생겼더냐?" 팔리 선생님이 그녀에게 물었다. 그의 늙고 날카로운 눈동자가 그녀를 골똘히 바라보고 있었다.

"잘…… 잘 모르겠어요." 키트가 머뭇거리며 말했다. "복도가 너무 어두워서 잘 보지 못했어요. 게다가 제 그림자가 좀 가리고 있기도 했고요. 그렇지만 분명히 저기에 있었어요. 그건 의심의 여지가 없어요."

"그럼 어디로 사라진 거지?" 뒤레 부인이 사무적인 태도로 물었다. 그녀는 키트의 방문까지 쭉 이어지는 텅 빈 복도를 가리켰다. "만일 누군가 저기에 있었다면 말이다, 애야, 아직도 거기에 있어야 하지 않겠니. 너를 지나쳐서 뛰어갔다면 계단에서 우리랑 마주쳤어야 했을 테니까 말이야."

"뒤로 갔을 수도 있잖아요." 샌디가 소심한 목소리로 말했다. 그녀는 손을 밑으로 내려 키트의 손을 가만히 잡았다. "키트의 방과 제 방은 둘 다 복도 끝 쪽에 있어요. 그 남자가 그중 한 군데로 들어갔을지도 몰라요."

"넌 방문을 잠그고 다니잖아. 아니야?" 루스가 물었다. 걱정보다는 호기심이 가득한 목소리였다. 그녀의 눈은 숨죽인 흥분으로 번쩍번쩍 빛나고 있었다.

"맞아. 그렇지만……."

키트는 루스의 얼굴에서 그녀 역시 사라진 초상화 사건을 떠올리고 있다는 것을 눈치챌 수 있었다. 잠가놓은 문도 침입자 앞에서 속수무책이었다. '저 애는 뭔가 알고 있어.' 키트는 생각했다. '어떻게 된 일인지는 몰라도 루스는 우리보다 한 발 앞서 나가고 있는 게 분명해.'

"흠, 그렇다면 사실을 확인할 방법은 하나밖에 없지." 팔리 선생님이 말했다. "둘 다 열쇠를 나한테 주렴. 줠과 내가 점검해보마.

만일 있어서는 안 될 누군가가 이 건물 안에 들어와 있을 가능성이 있다면 당연히 알아내야지."

샌디와 키트가 그에게 열쇠를 건넸다. 침묵 속에서 그들은 두 남자가 복도를 지나 첫 번째 방으로 들어갔다가 다시 그다음 방으로 들어가는 모습을 지켜보았다. 시간은 그리 오래 걸리지 않았다.

"모두 비어 있는걸." 팔리 선생님이 말했다. "옷장이랑 침대 밑도 살펴보았는데 아무도 없어. 상상이 아니었나 싶은데요, 아가씨. 그림자가 반대 방향으로 움직이는 걸 생각하면 그런 상상을 함직도 해. 거울을 마주 보며 걷다 보면 누구나 이상한 기분이 드니까."

"그렇지만 상상한 게 아니란 말이에요." 키트가 소리쳤다. 그러고는 약간은 확신이 떨어진 듯한 목소리로 말했다. "정말 진짜 같아 보였어요."

"나의 엘리스처럼?" 샌디가 넌지시 물었다.

"아니. 그거랑은 달라. 난 꿈을 꾸고 있었던 게 아니라 멀쩡하게 깨어 있었으니까." 키트가 말했다.

"확실해?"

"물론이지. 난 여기에 서 있었단 말이야."

"우리 모두 식당으로 돌아가는 게 좋겠다." 뒤레 부인이 단호하게 말했다. 상냥하지만 확고한 그녀의 목소리가 이 문제는 더 이상 고민할 필요도, 이러쿵저러쿵 떠들 필요도 없으니 그만 잊어버리라고 말하고 있었다. "팔리 선생님 말씀이 옳아. 이 복도의 불빛은 사람을 몹시 불안하게 만드는구나. 내일 그 전기공들에게 다시 연락해봐야겠다. 마을에서 사람을 구하지 못하면 미들턴 씨라도 불러와야겠어. 자, 음식이 다 식기 전에 돌아가서 저녁 식사를 하도록 하자. 이제 기분은 좀 나아졌니, 캐스린?"

"네, 부인." 키트가 떨리는 목소리로 말했다. 뭔가를 먹고 싶은 생각은 손톱만큼도 없었지만 그녀는 그들이 이끄는 대로 계단을 내려가 식당으로 들어섰다.

식탁 위에 있던 수프 그릇은 모두 치워져 있었다. 모두 자리에 앉자 뒤레 부인이 은종을 흔들었다. 그 딸랑거리는 소리에 주방 문이 열리며 회색 눈썹 사이에 잔뜩 바늘을 세운 루크레티아가 나타났다.

"루크레티아, 이제 메인 코스를 내오도록 하세요." 뒤레 부인이 그녀에게 말했다.

말 한마디 없이 그 늙은 여인은 뒤로 돌아 다시 주방 문으로 들어갔다. 키트는 당황하여 그녀의 뒷모습을 빤히 쳐다보았다.

"어째서 루크레티아가 음식을 나르고 있는 거죠? 내털리는 어디 아픈가요?" 그녀가 물었다.

"내털리는 더 이상 여기서 일하지 않는다." 뒤레 부인이 말했다. 그녀의 목소리에는 어떤 감정도 실려 있지 않았지만, 키트는 두 개의 검은 눈동자가 마치 벼락처럼 그녀에게 내리꽂히던 그날 주방에서의 일을 떠올리며 갑작스러운 의혹에 사로잡혔다.

"왜요? 해고하신 거예요?" 그녀가 물었다.

"해고? 그럴 리가 있겠니." 뒤레 부인이 냅킨을 집어 무릎 위에 펼쳤다. "요즘 내털리처럼 솜씨 좋은 요리사를 구하는 게 얼마나 어려운 일인데 해고라니. 그게 아니라 그 애가 그만두고 싶어 했어. 다음 주 토요일에 결혼을 한다는구나."

"결혼요!" 키트가 소리쳤다. 전혀 예상하지 못한 대답이었다.

"좋겠다." 루스가 말했다. "한창 신나겠네! 누구랑 결혼하는데요? 마을 사람이에요?"

"그야 그렇겠지. 그 애가 달리 누구를 만날 수 있겠니?" 뒤레 부인이 건성으로 대답했다. "어쨌든 우리에게 큰 도움을 주던 사람이 사라졌으니 유감스럽지만 우리 모두가 일을 조금씩 나누어 해야 할 것 같구나. 다들 알다시피 즐겁게 지내려면 블랙우드 같은 곳은 손 갈 데가 많아. 당장 내일부터 각자에게 돌아갈 잡일 목록을 작성해야겠다."

그때 문을 벌컥 열어젖히며 설익은 닭고기가 담긴 접시를 든 루크레티아가 들어왔다. 그리고 대화는 거기서 끝이 나고 말았다.

전화가 온 것은 그날 저녁 여덟시 삼십분쯤이었다. 응접실에 모인 소녀들이 PBS에서 하는 자연 다큐멘터리를 절반쯤 보고 있을 때 별안간 쥘이 문간에 모습을 드러냈다.

"전화가 왔다, 키트. 장거리 전화야. 어머니시라는군." 그가 말했다.

"그래요?" 그 순간 키트는 심장이 밖으로 튀어나올 것만 같았다. 그녀는 자리에서 벌떡 일어나 그에게 다가갔다. "어디서 받으면 되나요?"

"일반 전화기는 사무실에 있어." 쥘이 말했다. "서두르는 게 좋겠다. 해외 전화는 엄청나게 비싸거든."

그녀가 사무실에 들어섰을 때 책상 앞에 앉아 있는 뒤레 부인이 눈에 들어왔다. 수화기가 내려져 있는 전화기가 오른쪽에 놓여 있었다. 뒤레 부인이 수화기를 집어 키트에게 내밀었다.

"정말 운이 좋은 애로구나. 이탈리아에서 전화가 오다니! 어머니에게 안부 좀 전해드리렴."

키트가 수화기를 급하게 움켜쥐었다. 그러고는 부들부들 떨며 귀로 가져갔다.

"여보세요, 엄마?"

"오, 얘야!" 어머니의 목소리가 마치 수백만 마일은 떨어져 있는 것처럼 모깃소리만 하게 들렸다. 그러나 너무도 낯익은 그 온기와 어조, 사랑 때문에 그날 저녁에만 벌써 두 번째로 키트는 눈앞이 눈물로 부옇게 흐려졌다. "네 목소리를 들으니 정말 좋구나."

"저도 그래요." 키트가 말했다. "어떻게 지내요? 댄은요? 어디서 전화하시는 거예요? 즐거운 시간을 보내고 있는 거예요?"

"그래, 정말 즐거워." 그녀의 어머니가 말했다. "넌 상상도 못할 거다. 지금은 피렌체에 있는데 내일이면 로마로 갈 거야. 생각해보

렘. 산피에트로대성당이랑 고대 로마의 광장이랑 지하 묘지를 진짜로 간다니 말이야. 전부 책에서 늘 보던 곳이잖니!"

'목소리가 젊은 사람처럼 활기에 넘쳐.' 키트는 깜짝 놀라며 생각했다. 군데군데 백발이 섞인 머리에 양쪽 눈가에는 옅은 주름살이 거미줄처럼 퍼져 있고 온종일 타자를 쳐서 등이 욱신거린던 어머니가 마치 열정과 생기가 끓어넘치는 젊은 여자 같았다.

"넌 어떠니, 얘야? 어떻게 지내? 블랙우드가 마음에 드니?"

"엄마!" 키트는 그 질문을 듣고 정신이 멍해졌다. "그동안 제가 보낸 편지들을 읽지 않으신 거예요?"

"셰르부르에서 하나 받기는 했지." 어머니가 말했다. "그렇지만 그건 우리가 여기에 도착한 직후였고 그게 우리가 받은 편지의 전부야. 휴대폰도 꺼져 있고 말이다. 그래서 내가 이렇게 전화한 거 아니니. 댄은 그냥 네가 너무 바빠서 편지를 쓸 시간이 없고 휴대폰을 충전하는 걸 깜빡한 걸 거라고 했지만 그래도 난 혹시 네가 아픈 건 아닌지 걱정이 돼서 말이야. 그랬던 건 아니지, 그렇지?"

"네. 이 지역에서는 휴대폰이 안 돼요." 키트가 말했다. "그렇지만 편지는 매주 썼어요. 엄마한테 이미 전부 다 말씀드렸다고요. 정말로 전부 다요."

책상 앞 의자 위에서 뒤레 부인이 자세를 고쳐 앉았다. 그러자 키트는 전화기의 코드가 최대한 늘어날 수 있는 곳까지 뒤로 몇 걸음 물러섰다.

"그러면 해외 우편이라서 그런가 보구나." 키트의 어머니가 말했다. "아메리칸 익스프레스로 보내면 시간을 확실하게 계산하기가 어렵지. 우리가 가는 곳마다 네 편지를 놓친 게 틀림없어. 그래, 이제 얘기 좀 해보렴. 어떻게 지내고 있니? 공부는 열심히 하고 있는 거야? 좋은 친구들은 생겼니?"

"음, 전요……." 키트는 차마 대답할 수가 없었다. 대신 그녀는 말했다. "엄마, 얼마나 더 거기에 계실 거예요? 집에는 언제 돌아오세요?"

"크리스마스 일주일 전에 갈 거야." 그녀의 어머니가 말했다. "우리 일정을 다 알고 있잖니? 네 방학에 늦지 않을 테니 걱정하지 말거라."

"그럼 아직 몇 달이나 남은 거잖아요!" 그녀에게서 숨 가쁜 비명이 터져 나왔다. "전 그렇게 오래 여기 있을 수 없어요, 엄마. 아무튼 안 돼요! 엄마는 이해를 못한다고요!"

뒤레 부인이 의자에서 몸을 뒤척였다. 강렬한 검은 눈동자가 자신을 쏘아보고 있는 것이 느껴졌다. 그녀는 수화기를 꽉 움켜쥐고 귀에 더욱 바짝 붙였다.

"오, 얘야!" 어머니의 목소리에 가벼운 짜증이 묻어났다. "널 거기에 두고 우리끼리 유럽에 온 게 아직도 언짢은 거니? 난 네가 상황을 벌써 받아들인 줄 알았다. 네가 나한테 그랬잖니……."

"그런 게 아니라고요! 맹세해요. 그거랑은 전혀 상관없어요. 엄마한테 다 얘기해드릴게요. 제발, 제 말 좀 들어주세요……."

하고 싶은 말이 산더미였다. 편지에 쏟아냈던 그 모든 이야기를 어머니가 이미 알고 있을 거라고 믿었는데 실은 하나도 모르고 있다는 것을 이제야 깨달은 것이다. 그러나 어디서부터 말해야 하나? 더듬어 올라가자니 아득히 먼 일처럼 느껴졌고 그동안 너무나 많은 일들이 있었다. 린다와 그녀의 그림들, 샌디와 그 꿈들, 음악, 그리고 복도의 그 남자. 상상이 아니라 두 눈으로 똑똑히 봤다고 확신하지만 연기처럼 사라져버린 건 도대체 무엇으로 설명할 수 있단 말인가? 그리고 어머니는 너무나 멀리 있었다. 비싼 시간은 차곡차곡 흘러가고 있는데 대서양 횡단 케이블의 반대편 끝에서는 가늘고 희미한 목소리만 들려왔다.

무엇보다도 뒤레 부인이 그녀 옆에 떡하니 버티고 앉아 그녀가 하는 모든 말에 귀를 기울이고 있었다. 그녀의 얼굴에 고정되어 있는 그 난감한 시선으로부터 벗어날 길을 찾지 못하고 그녀는 뒤레 부인의 깊은 우물 같은 눈을 가만히 마주 보았다. 마치 두 개의 날카로운 핀으로 고정시켜놓은 벌레처럼 그녀는 그 눈동자 앞에서 꼼짝할 수가 없었다.

"엄마." 그녀는 입을 열었지만 더 이상 말이 나오지 않았다.

"캐스린, 이 대화에 네 어머니는 엄청난 거금을 지불하고 계실 거야." 뒤레 부인의 목소리는 조용했지만 명령조였다. "그만 작별 인사를 해야 하지 않겠니?"

"엄마!" 키트는 마지막으로 한 번 더 필사적으로 매달렸다. "트레이시네 집에 있고 싶어요. 그래도 되죠, 네? 편지는 제가 이미 보냈어요. 괜찮을 거예요. 제가 알아요. 블랙우드 마을에서 버스를 타면 돼요. 로젠블룸 씨가 마중 나오실 거고, 엄마랑 댄이 집으로 돌아오는 크리스마스 때까지 그곳에 있을 수 있어요."

"어쩜, 키트, 꼭 그래야겠니!" 어머니의 목소리에서 경쾌한 젊음의 빛이 사라지고 대신 실망과 걱정, 피곤한 기색이 뒤섞였다. "트레이시는 어차피 크리스마스 때 만나게 될 거잖니. 네가 뭐라 하든 그때까지 시간은 금방 갈 테니까 지금은 다른 친구들이랑 즐겁게 지내거라. 블랙우드에서 사귄 친구들 말이야. 지난 편지에 샌디라는 여자애에 대해 썼던데 그 애가 마음에 든 것 같더구나. 지금은 그렇지 않니?"

"네, 그럼요. 물론 샌디를 좋아하죠." '어떻게 해야 하지?' 키트는 정신없이 스스로에게 물었다. '내가 뭘 할 수 있지?' 그녀는 뒤레 부인의 얼굴을 바라보았다. 그러자 더 이상 아무 말도 떠오르지 않았다.

"편지를 쓰렴, 애야." 어머니가 말을 이어갔다. "그리고 일찌감치 부치는 거야. 우리 일정표를 가지고 있으니까 도착할 때까지 며칠 넉넉하게 여유를 두어야 해. 댄이 사랑한다고 전해달래. 좋은 사람이야, 키트. 착하고 친절한 사람이지. 난 그걸 매일 새롭게 깨닫고 있단다. 난 정말 운이 좋아."

"네, 알아요." 키트는 체념한 듯 말했다.

"사랑한다, 얘야."

"저도 사랑해요." 시간이 다 됐다. 이제는 아무런 방법이 없다. 어떻게도 할 수 없다. "댄에게 인사 좀 전해주세요. 행복한 신혼여행이 되길 바라요."

"그럴게. 너도 행복하게 지내렴. 안녕."

"네. 끊을게요." 어렴풋이 딸깍 하는 소리가 들리더니 이내 긴 침묵이 이어졌다.

키트는 귀에서 수화기를 떼고 조심스럽게 전화기 위에 올려놓았다. 그녀는 눈을 감아버렸다. 만족스러운 표정을 짓고 있을 뒤레 부인의 얼굴을 보고 싶지 않았다. 그렇지만 그렇게 눈을 질끈 감고 서서 오래 버틸 수는 없었다.

"잘했다, 얘야." 뒤레 부인이 말했다. "어머니가 선물이라도 사 들고 오실 만큼의 돈은 남겨드리는 게 너한테도 좋잖니. 여행은 즐겁다고 하시니?"

"네, 아주 멋진 시간을 보내고 계시대요." 키트가 심드렁하게 말했다.

"아주 좋으신 분들 같더구나. 두 분 다 말이다. 걱정을 끼쳐서 여행을 망쳐드리고 싶지는 않겠지. 모든 학생들이 종종 향수병에 걸리곤 하지만 이겨내야 해."

"그러게요." 키트가 말했다.

비참한 기분으로 돌아선 그녀는 방을 가로지르며 문으로 향했다. 그러나 맞은편 벽의 서류 캐비닛 위에 걸린 그림이 눈에 들어온 순간 그녀는 갑자기 발을 멈추었다. 하늘빛이 반사된 산의 호수와 녹색의 숲, 먼 산들이 그려져 있었다. 그 낯익은 구도가 마치 익숙한 울음소리처럼 그녀를 덮쳐 왔다.

"저게 뭐죠?" 그녀가 물었다.

"저 캐비닛 말이냐? 이전 학생들에 대한 기록을 보관해두는 곳이지."

"캐비닛 말고요, 저 그림요. 누가 그린 거죠?" 키트가 말했다.

"저 그림이 마음에 드니? 내가 제일 좋아하는 그림이란다." 마치 둘 사이에 아무 일도 없었던 것만 같았다. "토머스 콜이 그린 풍경화야. 물론 복제품이지만."

"저 호수를 본 적이 있어요." 키트가 말했다.

"그랬을 거야. 캐츠킬에서 그린 그림이니까."

"아니, 제 말은 저 호수를 그린 그림을 본 적이 있다고요. 다른 각도에서요." 키트는 계속해서 그 풍경화를 뚫어지게 바라보았다. "저기 호숫가를 따라서 오솔길이 하나 나 있는데 이 각도에서는 보이지가 않네요."

그 순간 머릿속에 번득 떠오르는 것이 있었다.

"저건 린다의 그림에서 봤던 거랑 똑같은 호수예요."

"이런, 그럴 리가 없단다, 얘야." 뒤레 부인이 말했다. "린다는 캘

리포니아에서 왔어. 그런 애가 뉴욕의 풍경을 어떻게 그리겠니."

"맞다니까요." 키트가 고집스럽게 말했다. "그건 그렇고, 토머스 콜이 누구예요? 이 근처에 사나요?"

"한때는 그랬지." 뒤레 부인이 그녀에게 말했다. "물론 아주 오래전 일이지만. 19세기 중반쯤에 죽었거든."

13장

"사실이야." 루스가 말했다. "토머스 콜은 정말로 유명한 화가야. 네가 들어본 적이 없다니 놀라운걸. 풍경화가들이 모여서 만든 허드슨 리버 화파의 창시자였어."

다음 날 늦은 오후, 그들은 연못 건너편 주위를 산책하기 위해 저택을 빠져나왔다. 지난번의 환한 가을 날씨와는 딴판으로 밖은 온통 잿빛이었고 겨울처럼 쌀쌀했다. 키트는 이 풍경이 마치 자신의 영혼의 반향처럼 느껴졌다. 그녀는 청바지 주머니에 손을 깊숙이 찔러 넣고 정원에 남은 유일한 여름의 흔적인 말라비틀어진 갈색 풀줄기들을 바라보았다.

"그리고 죽은 사람이라고?" 그녀가 물었다.

"아, 응. 아주 오래전 일이지. 비교적 젊은 나이였어. 사십대밖에

안 됐으니까. 이전 학교에서 들었던 심화 수업 중에 유일하게 등장한 미국 화가였거든."

"거기서 그에 대해 배웠다고?" 키트는 안심한 듯 한숨을 내쉬었다. "그리고 린다도?"

"아니, 린다는 아니야. 그 애는 심화 수업을 듣지 않았어. 어째서 갑자기 토머스 콜에 대해 그렇게 궁금한 게 많은 거야?" 루스가 말했다.

키트는 머리가 아파왔다. 요즘 들어 둔한 통증과 함께 머리가 늘 지끈거렸다. 때로는 그 음악 때문이었다. 아무한테도 들리지 않는 소리가 끊임없이 울려대고 굉음을 내며 그녀의 귓속을 가득 채웠다.

어떤 때는 지금처럼 압박감만으로도 생겨났다. 혼란과 피로에 기인한 통증인 듯했다.

"난 정말 뭐가 뭔지 모르겠어. 어디서부터 시작해야 할지 전혀 감이 오지 않아. 말이 되는 게 하나도 없어." 그녀가 말했다.

"무슨 일인데? 여기까지 얘기하러 나오자고 했으면 뭔가 중요한 일일 거 아니야." 루스가 물었다.

"어젯밤에 말이야, 뒤레 부인의 사무실에서 엄마랑 전화 통화를 했거든. 서류 캐비닛 위 벽에 호수를 그린 그림의 복제품이 걸려 있는 거야. 뒤레 부인이 토머스 콜의 작품이라고 하더라고." 키트가 말했다.

"그래서?"

"린다가 그린 그림 속의 호수랑 같은 곳이었어. 아니, 그보다도 린다의 그림 속에 나오는 풍경 중 하나랑 완전히 똑같은 거야. 빛의 각도나 색깔, 그리고 하늘…… 모든 것이 말이야. 사실은 린다가 그린 건지도 몰라."

"그래서 나한테 그 애가 토머스 콜에 대해 공부한 적이 있느냐고 물었던 거야?"

"만일 그랬다면 최소한 어느 정도는 설명이 되니까. 그 사람의 작품을 따라 그려보려고 했을 수도 있잖아. 안 그래? 무의식적으로 자기가 뭘 하고 있는지 미처 자각하지 못하면서 말이야. 그렇지만 그 애가 너랑 같이 그 수업을 들은 게 아니라니 그건 이제 가능성이 없는 얘기네. 뭔가 다른 답이 있을 거야."

"T. C." 루스가 조용히 말했다.

"뭐?"

"그 이니셜 말이야, T. C. 린다가 그림에다 그렇게 사인하잖아."

"그게 토머스 콜의 T. C.란 말이야?" 키트가 그녀를 돌아보며 믿을 수 없다는 듯한 표정을 지었다. "그럼 그 애는 그 사람에 대해 알고 있었던 거야. 그래, 그런 거야! TV나 이런 데서 그의 작품을 보고 존경하게 된 거지. 그래서 그를 따라하려고 엄청나게 노력하면서 그의 이니셜까지 쓰게 된 거고. 음, 일종의 행운을 부르는 부적처럼 말이야."

"아니." 루스가 말했다. "믿지 못하겠어. 미안. 나도 그게 사실이었으면 좋겠지만 말도 안 되는 얘기야."

산들바람이 연못 위를 스쳐 지나가며 잔물결이 일었다. 수면에
비친 나무들이 일렁이는 물결 속에서 마치 살아 있는 생물처럼 몸
을 뒤척였다. 연못 너머로 블랙우드의 지붕이 무거운 구름으로 뒤
덮인 하늘을 배경으로 뾰족하게 솟아 있었다. 창문들이 영혼 없는
눈동자처럼 그들을 노려보고 있었다.

별안간 주방 문이 벌컥 열리더니 루크레티아가 소각로에 집어
넣을 쓰레기봉투를 들고 나왔다. 온통 회색빛인 그녀의 모습은 잔
뜩 흐린 날씨에 딱 들어맞는 조각 같았다.

"적어도 저 여자가 여길 그만둘 일은 없을 거야." 루스가 말했
다. "뒤레 부인한테 저 여자에 대해 물어본 적이 있어. 뒤레 부인이
어렸을 때 그 부모님을 위해 일했었대. 똑똑하지는 않아도 집안에
내려오는 충복 같은 건가 봐."

"내털리는 자기가 그만둔 게 아니야. 해고당한 거지." 키트가 말
했다.

"뒤레 부인이 그만둔 거라고 했잖아."

"나도 알아. 하지만 난 믿지 않아. 내털리는 이 일이 필요했고 남
자친구 얘기는 한 번도 입에 올린 적이 없어. 결혼까지 생각할 만
큼 진지한 사이였다면 분명히 뭐라고 한마디라도 했을 거야."

"그렇지만 뒤레 부인이 왜 내털리를 해고하겠어?" 루스가 물었
다. "루크레티아는 요리도 못하잖아. 지난밤 그 닭고기는 어찌나

기름범벅이던지 목구멍으로 넘길 수가 없을 지경이었어. 하루 중에 내털리가 만들어준 음식을 먹을 때가 제일 좋았는데."

"내털리가 말해줬거든." 키트가 말했다. "내가 그녀에게 블랙우드에 얽힌 이야기를 물어보겠다고 했던 거 기억해? 나한테 그 이야기를 한창 해주고 있었는데 뒤레 부인이 우연히 주방으로 들어오는 바람에 딱 걸렸지 뭐야. 불같이 화를 내더라. 그래서 내털리를 해고해버린 게 분명해."

"그러면 그녀한테 진짜로 얘기를 들은 거야?" 루스는 내털리의 운명보다 그 사실에 더 흥미를 보였다. "그래서 뭘 알아냈는데?"

"지독하게 끔찍한 일이야. 브루어 씨의 가족 전체가 화재 사고로 죽고 그 일로 브루어 씨도 머리가 이상해지고 말았대. 가족이 죽었다는 사실을 받아들이지 못한 거지. 가족에 대한 이야기를 하고 아이들을 위한 장난감을 사면서 마치 그들이 여전히 살아 있는 것처럼 이곳에서 남은 생을 살았다는 거야."

"브루어 씨도 이 저택에서 죽은 거야?"

"응." 키트가 말했다. "꽤 오랜 세월이 흐른 다음이긴 하지만 말이야. 그런데 그건 왜 묻는 건데? 루스……." 그녀는 친구의 표정을 보는 순간 입을 다물고 말았다.

얼굴 위로 깨달음의 불꽃 같은 것이 반짝거리고 있었다.

"루스, 왜 그래? 내가 모르는 뭔가를 알고 있는 거야?"

"내가 아는 건 아무것도 없어. 방금 생각해낸 건 다 그저 추측일 뿐이야." 루스가 말했다.

"그렇지만 뭔가 떠오른 게 있는 거지?"

"진짜로 기이한 얘기야. 너무 터무니없어서 너도 믿지 못할 거야. 나 자신조차 이걸 믿어야 할지 모르겠으니까."

"그게 뭔데?"

"지금은 얘기하고 싶지 않아." 루스가 말했다. "그 전에 먼저 생각을 좀 정리하고 싶어. 샌디의 꿈에 나온다는 그 여자 이름이 엘리스라고 그랬지? 그리고 그 여자가 영국에서 왔고?"

"샌디의 생각이야. 거기 아니면 스코틀랜드처럼 황야 지대가 있는 곳이라고 했어."

"그 여자의 성이 뭔지는 말했었니?"

"아니."

"도서관에서 확인을 좀 해봐야겠어." 루스가 말했다. "만일 내 추측이 맞다는 결론이 나오면 너한테 얘기해줄게. 그렇지만 마음의 준비는 미리 단단히 하고 있는 게 좋을 거야. 만일 내가 그 답을 찾아낸 거라면 넌 일생일대의 충격을 받게 될 테니까."

그날 밤에도 여지없이 음악이 찾아왔다. 이번에는 아기 자장가처럼, 베개 위에 드리운 달빛처럼 부드러웠다. 창밖의 나뭇가지들이 미세한 저녁 바람에 바스락거리고 있었다. 잔디밭에는 반딧불이가 날아다니고 현관 계단에 삼삼오오 앉아 있는 사람들 사이에서 가벼운 웃음소리가 들려왔다.

'난 잠을 자는 중이야.' 키트가 자신에게 속삭였다. '캐노피가 드리워진 침대에 누워 자고 있고 방 안은 어둡고 조용해. 그리고 이 음악은 진짜가 아니야. 이건 꿈이야. 그저 꿈일 뿐이야. 잠에서 깨면 아침이겠지. 아래층 식당에는 아침 식사가 준비되어 있을 것이고 난 수업을 들으러 가야 해. 그리고 음악은 언제 그랬냐는 듯 다시 사라지고 없을 거야.'

부드러운 목소리가 음악을 뚫고 들려왔다. 남자 목소리였다. 걸걸하면서도 이상하리만치 다정했다.

"사라지겠지. 잠깐 동안은 말이야. 그렇지만 진짜로 사라진 건 아니야. 절대로."

꿈이란 걸 알기에 키트는 화들짝 놀라지 않았다.

"누구세요?" 그녀가 물었다. 그리고 곧 그를 알아보았다. 그녀의 심장이 요동쳤다. "복도에서 제 뒤에 서 있던 사람이 당신이었군요. 거울 속에서 제가 봤던 그 사람요."

"물론이지." 꿈속의 남자가 말했다. 그녀의 뜻밖이라는 반응이 그는 오히려 의외인 듯했다.

"왜 절 쫓아왔던 거죠?" 키트가 물었다. "지금은 왜 나타난 건가요? 원하는 게 뭐예요?"

"너에게 주기 위해 왔단다."

"그건 답이 아니에요."

"그것만이 유일한 답이란다." 그 남자가 참을성 있게 말했다. "너는 받을 수 있는 능력을 타고난 운이 좋은 이들 중 하나지."

"뭘 받는다는 거죠?" 키트가 물었다. 그러자 대답이 그녀에게로 전해져 왔고 이해가 되기 시작했다. "음악요? 엘리스가 샌디에게 시를 보내고 있는 것처럼 이 음악을 제게 보내고 있는 사람이 당신인가요? 만일 그게 당신이라면 제게서 이 음악을 거두어 가세요. 전 원치 않으니까요."

그녀 안의 소리가 점점 커지면서 강도가 높아졌다. 리듬과 속도가 바뀌면서 요동치기 시작하더니 요즘 들어 부쩍 터질 것처럼 그녀의 뇌를 압박해오던 바로 그 음악으로 변해갔다. '이건 꿈이야. 꿈일 뿐이라고.' 그녀는 스스로에게 상기시키려고 안간힘을 썼다.

"물론 꿈이지." 그 남자가 말하며 그녀의 손을 향해 팔을 뻗었다. 손가락들이 그녀의 손목을 휘감았다. 그의 손에 이끌려 침대에서 일어나며 그녀가 할 수 있는 일이라고는 얼음처럼 차가운 그 감촉 때문에 터져 나오려는 비명을 억지로 눌러 참는 것이 전부였다. 맨발에 카펫이 닿는 것이 느껴졌고 문손잡이를 잡으려는 그가 보였다.

"나를 어디로 데려가는 거죠?"

"이제 그만 내보내야 해." 그 남자가 말했다.

"뭘 내보내라는 거죠? 무슨 뜻이에요?"

그들은 이제 복도에 서 있었다. 그는 마치 어디로 갈지 정확히 알고 있는 사람처럼 확신에 찬 걸음으로 어둠을 뚫고 복도 끝으로 그녀를 이끌었다. 그사이 음악 소리는 점점 더 커져서 그녀의 머리통을 부서져라 마구 두드려대고 있었다.

"내보내야 해. 그러지 않으면 네 머리가 터져버리고 말 거야! 이제 그만 내보내라고!"

"어떻게요?" 키트가 흐느끼며 말했다. "어떻게 하면 되는데요?" 그녀는 이제 더 이상 어디로 가고 있는지 알 수가 없었다. 계단 위라는 건 알 수 있었다. 발바닥 밑으로 차가운 마룻바닥의 감촉이 전해져 왔다. 그리고 문들이 열렸다가 닫혔다. 다른 목소리도 들려왔다. 숨을 죽인 나직한 목소리들이었는데 모두 음악 소리에 묻혀버리고 말았다.

"그녀가 왔어요." 꿈속의 남자가 말했다. "제가 이리로 데리고 왔어요."

"이제 내 차례군." 누군가 말했다. "난 아직 이 아이를 써본 적이 없거든."

"아니에요, 내 차례예요! 그녀는 나를 위해 연주해야 한단 말이에요!"

"오늘 밤 그녀는 내 거야! 지난번에는 네가 독차지했잖아. 그 협주곡을 연주했단 말이지."

"잊었나 보군요. 그녀를 여기까지 데리고 온 건 나예요."

키트는 손가락 밑으로 피아노 건반이 닿는 것이 느껴졌다. "나

더러 뭘 연주하라는 거예요!"

울부짖듯이 그 말을 내뱉고 있는 와중에도 그녀는 연주를 하고 있었다. 그녀의 손가락들이 상아색 건반 위를 질주하며 우레와 같은 화음들을 쏟아내는, 아주 오래된 꿈이었다.

'나는 꿈을 꾸고 있는 거야.' 키트는 마지막으로 자신에게 속삭였다. '그러니 이제 그만 눈을 떠야 해! 나를 깨워야만 해!'

"안 돼." 꿈속의 남자가 소리쳤다. "넌 그렇게 못해. 하지 마!"

"이 꿈에서 깨어나고 말 거야!" 그녀는 마지막 한 방울까지 남은 힘을 쥐어짜 냈다. 그리고 캐스린 고디 표의 성질머리와 악착같은 고집을 모두 끌어모아 그에게 맞섰다. "난 하고 말 거야!"

음악이 사라졌다.

그녀는 피아노 앞에 놓인 의자에 앉아 있었다. 추위에 딱딱하게 굳은 몸이 저릿저릿 아파왔다. 눈을 깜빡거리며 그녀는 주위를 둘러보았다. 그곳은 블랙우드의 음악실이었다. 그리고 그녀는 혼자가 아니었다.

그녀의 맞은편 음향 장치 옆에 쥘이 앉아 있었다. 기계에 불이 깜빡거리고 있었다. 그녀는 놀랍게도 그가 녹음을 하는 중이었다는 것을 알아차렸다.

"쥘?" 그녀가 날카로운 목소리로 그의 이름을 불렀다. 소스라치게 놀란 그가 손을 뻗어 음향 장치의 스위치를 잽싸게 껐다.

"쥘." 키트가 떨리는 목소리로 말했다. "제가 여기서 뭘 하고 있는 거죠?”

“넌…… 자면서 여기로 온 거야.” 쥘이 머뭇거리며 말했다.

“그리고 당신은 제 연주를 녹음하려고 온 거고요? 녹음을 하던 중이었잖아요. 그렇죠? 그 CD에 담겨 있는 게 제 연주가 맞죠?”

쥘이 말없이 고개를 끄덕였다. 낯빛이 핼쑥했다. 질문에 어떻게 반응해야 할지 모르겠다는 듯한 얼굴이었다.

“전에도 이런 적이 있었어요. 맞죠?” 키트가 물었다. “전날 밤에도…… 전 여기로 내려와서 당신을 위해 연주했어요. 당신이 틀어놓았다가 제가 우연히 듣게 된 음악이 바로 그거였죠. 제 연주를 녹음해놓았던 거였어요.”

“맞아.” 쥘이 말했다. “있잖니, 키트, 이 상황이 상당히 이상해 보일 거라는 건 잘 안다만 부디 나를 믿어줘. 이건 절대로 화를 낼 일이 아니야. 나쁜 일은 전혀 없었어. 넌 언제나 네 방으로 안전하게 돌아갔고 유일한 결과라고는 우리가 가진 테이프가 전부야.”

“‘우리’요? 그 ‘우리’가 누군가요?”

“우리, 우리 모두. 이 학교 말이다.”

“당신 어머니요? 팔리 선생님요?”

“그런 식으로 몰아붙이지 마라, 키트. 아무도 널 다치게 하는 짓은 하지 않았으니까. 전부 좋은 일들만 있었어. 우리는 이 세상에 아름다운 음악을 전해주고 있는 거야.”

“그건 제 음악이 아니에요.” 키트가 말했다. “전 작곡가도 뭣도 아니거든요. 그 음악은 어디에서 온 거죠? 누구 작품이에요?" 그녀는 그에게 바짝 다가가 얼굴을 빤히 바라보았다. 그가 대답을 생각해내기 위해 안간힘을 쓰고 있다는 것을 알 수 있었다.

"말을 지어낼 생각일랑 하지도 말아요. 난 진실을 알고 싶으니까요. 나한테 진 빚이 있잖아요, 쥘. 자, 말해봐요. 그동안 전 누구의 음악을 연주하고 있었던 거죠?"

"나도 몰라." 쥘이 말을 더듬거렸다. "오늘 곡은…… 말해줄 수가 없구나."

"그러면 다른 때는요?"

"한동안은 프란츠 슈베르트였어. 거의 확실해."

"슈베르트라고요!" 키트가 소리쳤다. "그렇지만 그 사람은 죽은 지 백 년도 넘었잖아요!"

"정확히 1828년에 죽었지." 쥘이 말했다. "그때 그는 서른한 살이었어. 많은 곡들이 미완성으로 남았지. 키트, 수많은 훌륭한 음악 작품들이 세상 빛을 볼 기회를 잃은 거야. 그의 죽음은 재능의 비극적인 낭비라고 할 수 있지."

"그리고 제가 그의 음악을 연주하고 있었다고요? 제가요? 전〈춤추는 잎사귀들〉조차 실수 없이 끝까지 한 번에 치지 못해요." 키트의 목소리가 흔들리고 있었다. "거기다가 샌디와 시, 린다와……." 퍼즐 조각들이 제자리를 찾아 움직이기 시작했다. 그리고 마침내 그녀의 마음속에 드러난 그림은 도무지 믿기 어려운 것이었다.

"그렇게 된 거였군요." 그녀가 조용한 목소리로 말했다. "이제 모든 걸 알겠어요. 샌디와 린다와 루스, 선생님, 그리고 당신의 어머니. 모두 지금 당장 여기로 모이라고 해주세요. 지금까지 블랙우드에서 무슨 일이 벌어지고 있었는지 정확하게 알아야겠어요. 전부 다요!"

"저기, 키트, 잠깐만." 쥘이 간절한 목소리로 말했다. "넌 지금 화가 나 있어. 그럴 만도 해. 그렇지만 지금은 모여서 얘기를 할 만한 시간이 아니야. 벌써 새벽 두시라고. 다들 한참 자고 있을 텐데 당장 이리로 내려오라고 하고 싶지는 않겠지."

키트는 의자 위에 허리를 꼿꼿하게 펴고 앉아서 그를 노려보았다. 두려움이 물러간 자리에 분노가 밀려들었다. "쥘, 만일 당신이 가지 않겠다면 제가 가서 데려오겠어요. 고함을 질러서라도 이 저택 전체를 깨울 거예요. 블랙우드의 비밀에 대한 답을 알고 싶어요. 내일 아침까지 기다릴 생각은 손톱만큼도 없어요."

14장

"새벽 두시에 단체 회의를 여는 게 가당키나 한 일이냐." 뒈레부인의 목소리가 뻣뻣하고 차가웠다. "쥘, 판단력이 정말이지 형편없구나."

"어쩔 수가 없었어요." 쥘이 말했다. "피아노 앞에서 키트가 깨어나 버렸거든요. 그리고 질문하기 시작하잖아요."

"그렇다고 사람들을 전부 깨워서 이리로 모이게 해!" 진홍빛 가운을 두른 뒈레 부인은 늘 동그랗게 말아 올리고 있던 머리를 풀어내려 등 뒤로 길고 검은 머리채가 마치 웅장한 폭포처럼 늘어져있었고, 화장기가 말끔히 지워진 얼굴은 등불 밑에서 거의 해골처럼 보였다.

"제가 요구한 거예요." 키트가 말했다. "여기서 벌어지고 있는 일이 무엇이든 우리 모두 관련이 있어요. 지금이 밤 몇 시이든 전 상관없다고요."

완강한 어조에 그녀 자신도 깜짝 놀랐다. 뒤레 부인의 눈에도 썩 내키지 않는 존중의 기색이 스쳤다.

"그러면 너희들은?" 뒤레 부인이 몸짓으로 실내복과 슬리퍼 차림으로 응접실에 모인 세 명의 소녀들을 끌어들였다. 팔리 선생님은 잠옷 위에 외투를 걸친 채 창문 옆 안락의자에 앉아 있었다. "너희들도 이걸 원하는 거냐?"

루스가 재빨리 고개를 끄덕였다. 그녀의 얼굴이 흥분으로 붉게 물들었다. 샌디는 눈을 동그랗게 뜬 채 겁을 먹고 머뭇거렸다. 그리고 역시 고개를 끄덕거렸다.

린다가 밍한 눈빛으로 루스를 흘깃 보았다.

"뒤레 부인이 무슨 얘기를 하고 있는 거야? 우리가 왜 다 여기에 내려와 있는 거지?" 그녀가 물었다.

루스가 뒤레 부인을 향해 다시 몸을 돌렸다. "린다도 이 얘기를 들어야 해요. 이해하지 못할지도 모르지만 얘한테도 말을 해주세요. 당연히 그래야 하잖아요."

"좋아." 뒤레 부인이 말했다. "이전 학교의 여학생들에게 그랬던 것처럼 적당한 때를 봐서 모든 것을 밝히려고 했었다. 조금만 더 시간을 끌기를 바랐었지. 너희들은 아직 시작 단계에 와 있을 뿐이거든. 연결이 확고해지려면 여전히 갈 길이 멀어."

"무슨 연결요?" 키트가 물었다.

뒤레 부인은 즉시 대답하지 않았다. 대신 그녀는 그들로부터 시선을 돌려 유리창 너머 어둠 속을 바라보았다.

마침내 입을 열었을 때 그녀는 마치 가장 완벽하게 들어맞는 말을 찾아내기 위해 공을 들이는 사람처럼 천천히 이야기하기 시작했다.

"대부분의 세상 사람들은 아이와 같아. 그들의 삶은 오직 하나의 단계, 현재 존재하는 육신에 의해서만 이루어지지. 그들을 둘러싼 물질적인 것들을 바라보고 그 너머에는 아무것도 없다고 믿으며 하루하루를 살아가는 거야. 그렇지만 그 생각은 틀렸어. 현실에는 두 번째 단계라는 게 있지. 육신만큼이나 현실적인 영혼의 세계 말이야. 그것은 첫 번째 단계를 초월해서 그 너머에 존재하는 거란다. 소수의 특별한 사람들은 그런 영혼의 세계를 지각하는 아주 탁월한 감수성을 갖고 태어났지. 그래서 그 두 현실 사이의 공간을 이어주는 정신적인 가교의 역할을 할 수가 있어." 그녀의 목소리에 슬며시 자부심이 실렸다. "나 역시 그런 사람들 중 하나란다."

키트가 그녀를 빤히 바라보았다. "그러니까 당신이 '영매'란 말인가요?"

"그 말은 별로 듣기 좋지 않구나." 뒤레 부인이 딱딱하게 말했다. "가짜니 눈속임이니 하는 말들이 흥밋거리로 늘 따라다니긴 하지만 그렇다고 손수 시범을 보이거나 하지는 않는다. 나는 내가 타고난 재능이 그런 식으로 남용되어서는 안 될 만큼 귀한 것이라고 믿거든. 이건 오로지 인류에게 도움이 되는 일에 써야만 해."

"뭘 어떻게 말인가요?" 키트가 물었다.

뒤레 부인은 마치 아무런 질문도 듣지 못한 것처럼 말을 이어갔다.

"오늘날 평균수명은 일흔 살이 넘어. 많은 훌륭한 업적을 이루기에 충분한 시간이지. 그러나 이런 발전은 금세기에 들어서 이루어진 것이야. 예전에는 사람들이 오늘날보다 훨씬 젊었을 때 죽곤 했지. 그리고 그런 사람들 중에는 이 세상에 무궁무진한 기여를 할 수 있는 총명하고 훌륭한 재능을 가진 사람들이 아주 많았어. 내가 불러내는 사람들이 바로 그런 사람들이야. 다시 돌아올 수 있는 기회를 주는 거지."

"다시 돌아온다고요!" 그것은 샌디였다. 충격을 받은 나머지 그녀의 목소리에는 아무런 감정도 실려 있지 않았다. "그렇지만 사람은 한번 죽으면 절대로 되돌아오지 못해요!"

"육신은 그렇지." 뒤레 부인이 말했다. "하지만 영혼은 자리를 마련해주기만 하면 가능해. 그렇기 때문에 젊고 정신이 맑고 아직 어지러운 속세에 물들지 않은 데다 감수성이 예민해서 민감하게 반응할 수 있는 수신자가 꼭 필요한 거야. 그런 마음을 가진 이가 드물기는 하지만 세상 어딘가에는 분명히 있다. 찾아내기만 하면 돼."

"그리고 우리를 찾아낸 거죠." 루스가 사무적인 태도로 딱 잘라 말했다. 조금도 놀란 것 같지 않은 표정과 말투였다. "그 입학시험을 통해서 말이에요."

뒤레 부인이 고개를 끄덕였다. "그 시험을 개발하기까지 오랜 시간이 걸렸다. 믿을 만하지. 그리고 이곳 블랙우드에서 이렇게 완벽한 장소까지 찾아냈으니 운이 좋았어. 여기에는 이전에도 영혼들이 살고 있었거든. 브루어 씨도 나름대로 일종의 영매였어. 그래서 죽은 가족의 영혼을 불러내어 그들과 함께 지낼 수 있었지. 그들의 진동은 저택의 일부가 된 채 아직도 이곳에 남아 있다. 저 너머의 세계에서 블랙우드까지의 여행은 그리 어렵지 않아. 이미 닳도록 드나든 길을 그저 따라오기만 하면 되니까."

퍼즐의 나머지 조각들이 이제 모두 제자리를 찾았다. 그러나 키트는 여전히 그 사실을 믿을 수가 없었다.

'토할 것 같아.' 그녀는 생각했다. '바로 여기 이 응접실 바닥에다 말이야.'

그러나 그녀는 토하는 대신 그저 가만히 앉아 점점 커져가는 두려움과 함께 큰 키에 붉은 가운을 걸쳐 입은 여자를 빤히 쳐다보고만 있었다.

"내가 말했지. 너는 받아들이지 못할 거라고." 루스가 말했다.

키트는 놀란 얼굴로 그녀를 돌아보았다. "넌 이미 알고 있었어?"

"그냥 추측한 거야." 루스가 말했다. "아까 연못 옆을 산책하고 있었을 때 내가 뭔가 확인하고 싶다고 했던 거 기억해?"

"응."

"그래서 해봤어." 루스가 말했다. "저녁을 먹은 뒤 도서관에 가서 몇몇 사람들에 대한 기록을 찾아봤거든. 그중 하나가 에밀리 브론테라는 여자야. 엘리스 벨이라는 이름으로 글을 썼지."

"누구?" 샌디가 물었다.

"에밀리 브론테……『폭풍의 언덕』이라는 작품을 썼고 19세기에 잉글랜드에 살았어. 그 시대에는 사람들이 여자 작가들을 별로 진지하게 받아들이지 않아서 그녀는 두 여동생과 함께 필명으로 글을 쓰기로 결심했던 거야."

"엘리스, 나의 엘리스가 에밀리 브론테라고?" 샌디가 고개를 내저었다. "그건 불가능해. 에밀리 브론테는 땅속에 묻힌 지 오래야."

"1848년에 죽었어. 폐결핵으로 말이야." 루스가 말했다.

"믿을 수 없어!" 샌디의 목소리가 신경질적으로 높아졌다. "엘리스는 나와 똑같이 살아 있는 사람이야. 그녀는 시를 쓰고……."

"아니지, 그녀가 시를 불러주는 거지." 루스가 그녀의 말을 바로잡았다. "그리고 네가 그녀를 위해 그걸 받아쓰는 거고. 그 시들은 네 머릿속에서 나온 게 아니라고 네가 이미 시인했잖아. 그 여자가 너를 이용하고 있는 거야, 샌디. 자기가 살아 있는 동안에 미처 쓸 시간이 없었던 글을 종이에 옮기기 위해서 말이야." 그녀는 뒤레 부인을 향해 몸을 돌렸다. "제 말이 맞지 않나요?"

뒤레 부인이 고개를 끄덕였다. "진정하거라, 샌드라. 그렇게 화를 낼 일이 뭐가 있다고 그러니."

"화를 낼 일이 없다고요!" 샌디가 소리쳤다. "죽은 사람들이 내 머릿속을 휘젓고 다니고 있는데요!"

"그렇다고 네가 다친 적은 없지 않니, 애야." 구석의 의자에서 팔리 선생님이 처음으로 입을 열었다. "넌 특별한 실험의 일부였던 거야. 부당하게 이용당한 게 아니라 영광이라고 생각해야지."

"제가 키트에게 설명하려고 했던 게 바로 그 부분이에요." 쥘이 말했다.

"영광이라고요!" 키트가 폭발했다. "내 마음이 수신기로 이용당하고 있었던 게요?" 그녀는 팔리 선생님을 향해 비난하듯 시선을 돌렸다. "선생님도, 선생님도 다 알고 있었군요?"

"물론이지." 팔리 선생님이 말했다. 그의 친절한 주름진 얼굴에는 일말의 죄책감도 보이지 않았다. "런던에서 심령현상에 대한 논문을 조사하던 중에 뒤레 부인을 알게 되었단다. 파리에 있는 그녀의 학교에 대해 들었을 때 깊은 감명을 받았지. 그래서 잉글랜드에도 비슷한 시설을 하나 더 열라고 그녀를 설득했고 나중에는 블랙우드를 설립하는 것을 돕기 위해 그녀와 함께 미국으로 온 거야."

"제 생각에 이렇게 끔찍한 얘기는 지금까지 들어본 적도 없어요." 키트가 말했다.

"뭐가 그렇게 끔찍하다는 거니?" 쥘이 그녀에게 물었다. "넌 자랑스러워해야 해."

"뭐가 자랑스러운데요? 제가 도구로 이용당한 거요?" 키트가 믿을 수 없다는 듯 외쳤다. 꿈속에서 들었던 목소리들이 떠오르자 온몸이 걷잡을 수 없이 떨려왔다.

"'그녀는 나를 위해 연주해야 해!', '오늘 밤 그녀는 내 거야!', '난 아직 그녀를 써본 적이 없어.' 이건 물건을 두고 하는 얘기지 사람을 두고 하는 얘기가 아니잖아요!"

린다가 멍한 눈빛으로 말하고 있는 사람들을 번갈아 쳐다보고 있었다.

"이게 다 무슨 소리야?" 그녀는 어리둥절해하며 물었다. "누가 물건이라는 거야?"

"바로 너!" 키트가 울부짖었다. "우리 모두 마찬가지야! 무슨 말인지 전혀 이해가 안 되니, 린다? 우리를 감탄하게 만든 그 멋진 그림들을 그리고 있는 건 네가 아니라고! 백 년 전에 죽은 유명한 풍경화가가 그린 거란 말이야. 그러니 그렇게 훌륭한 게 당연하지!"

"그건 사실이 아니야." 린다가 말했다. "난 오늘도 하루 종일 그림을 그렸어. 봐. 내가 증명할 수 있어." 그녀는 초록색 물감이 잔뜩 묻은 얇고 가냘픈 손을 내밀었다. "풀밭을 그리느라고 이런 거야. 새로 그리는 그림에 풀밭이 아주 많거든."

"누가 그 풀밭을 그리고 싶어 한 거지? 그 그림을 구상한 게 누구냐고? 붓질을 인도한 사람이 대체 누구야?"

"무슨 소리를 하는 건지 모르겠어."

"그날 밤 네 방에서," 키트가 분노에 차서 말했다. "너에게 주려고 쟁반을 들고 갔을 때 네가 그랬잖아. '할 일이 정말 많아. 그는 원하는 게 너무 많다니까.'라고 말이야. 그때 누구에 대한 얘기를 했던 거였어, 린다? '그'가 누구냐고?"

"나는 그런 말을 한 적이 없어." 린다가 목이 멘 소리로 말했다. "너희들 모두 왜 이렇게 나한테 못되게 구는 거야. 처음에는 루스가 내가 남의 그림을 베끼고 있는 거라고 하더니 이젠 네 차례인 거니? 다른 사람이 내 그림을 대신 그리고 있는 거라고? 너 지금 질투하는 거잖아! 지금까지 살면서 처음으로 내가 잘하는 걸 찾았는데 너희들은 죽어도 나를 인정해주기 싫은 거야."

"그냥 내버려 둬, 키트." 루스가 말했다. "쟤는 받아들이지 못할 거야. 그렇다고 쟤를 탓할 수 있어? 어차피 믿기 힘든 소리잖아. 우리 모두 익숙해지려면 시간이 걸릴 거야."

"그래, 원한다면 익숙해질 수도 있겠지. 그렇지만 난 개인적으로 절대 그럴 생각이 없어!" 키트가 뒤레 부인을 향해 눈을 돌렸다. "난 집에 갈 거니까!"

"그럴 수는 없다. 부모님이 멀리 계시잖니."

"친구네 집에 있으면 돼요. 오늘 밤 트레이시에게 전화하면 걔네 부모님이 아침에 여기로 데리러 와주실 거예요."

"그리고 마을의 버스 정류장에 나를 내려주실 수 있으시겠지." 샌디가 키트의 옆으로 와서 나란히 섰다. "단 일분도 이곳에서 더 꾸물거리고 싶지 않아요. 우리 할아버지가 이 얘기를 들으면 어떻게 나오실지 지켜보세요. 뚜껑이 확 열리실걸요!"

"말도 안 되는 소리들을 하고 있구나." 뒤레 부인의 목소리에 차갑게 날이 서 있었다. "여기까지 와서 그냥 물러설 수는 없다. 연결이 안정되는 과정이 아직 진행 중이야."

"그거 잘됐네요." 키트가 말했다. "안정되기 전에 중단시켜야죠. 제 뇌가 아직 주인의 말을 듣는 동안 전 여기서 나갈 거예요. 제가 이대로 여기 주저앉아서 방황하는 영혼들이 절 마음대로 주무르도록 내버려 둘 거라고 생각한다면 정신이 나간 거죠!"

"그만하면 됐다, 캐스린." 뒤레 부인이 싸늘하게 말했다. "젊은 숙녀로서 그에 맞는 예의를 지켜야 한다는 걸 명심해라. 개인적으로 고함 소리를 듣고 앉아 있는 걸 별로 좋아하지 않아서 말이다. 특히 이런 한밤중이라면 너 말할 필요도 없지. 설명을 요구한 건 너였고, 이제 원하는 걸 들었을 테니 나로서는 더 이상 할 얘기가 없구나. 다들 각자의 침실로 돌아가렴. 오전 수업에 집중하려면 좀 쉬어야지."

"전 수업에 들어가지 않을 거예요." 키트는 잔뜩 화가 난 목소리로 그녀에게 말했다. "내일이면 저는 로젠블룸 씨 가족과 함께 도시로 돌아가고 있을 테니까요!"

그리고 그 순간 그녀는 문득 떠오른 생각에 그만 입을 다물고 말았다. 그녀에게는 휴대폰이 없었고 블랙우드에 전화라곤 뒤레 부인의 개인 사무실에 놓인 것 하나뿐이었다.

15장

　그다음 며칠이 어떻게 흘러갔는지 알 수 없었다. '악몽 같은 날들'이라고 키트는 생각했다. 10월 달력의 마지막 장이 11월로 바뀌고, 연못을 둘러싼 나무들이 마지막 잎사귀를 떨구며 구름이 잔뜩 낀 무거운 잿빛 하늘을 배경으로 황량하고 벌거벗은 알몸을 드러냈다.

　눅눅하고 차가운 바깥 공기가 바짝 다가온 겨울을 알리고 있었고, 블랙우드 안에는 다른 종류의 냉기가 팽팽하게 차 있었다. 낮 동안에도 저택은 그림자로 어두컴컴했고, 밤이 되면 소녀들은 환한 TV 화면 속의 생기 넘치는 현실을 보러 응접실로 모여들었다. 그리고 그 진부한 프로그램들이 여전히 변함없는 것에 모종의 안도감을 느꼈다.

"저게 진짜 현실인 것 같아." 샌디가 TV를 가리키며 가느다란 목소리로 말했다. 화면 속에서는 얼굴 표정을 자유자재로 바꾸는 코미디언이 과시하듯 머리를 넘기며 유명한 팝스타의 흉내를 내고 있었다. "그리고 우린 환상의 세계에 살고 있고 말이야. 가끔 난 내가 진짜인지 아닌지도 잘 모르겠어."

"그런 소린 관둬. 넌 진짜야." 키트가 그녀에게 말했다. "우리 모두 다 진짜야. 그렇지만 얼마나 오래 그럴 수 있을까? 가능한 한 빨리 이곳을 빠져나가야 해."

"어떻게?" 샌디가 절망적으로 물었다. "전화기에는 손가락도 못 대잖아. 뒤레 부인이 사무실을 늘 잠가놓는걸. 진입로 끝에 있는 정문에는 큰 자물쇠가 걸려 있고 울타리를 뛰어넘을 방법도 없어. 내가 직접 확인하러 가봐서 알아. 담장 위의 못들은 장식용이 아니야. 진짜라고."

"넌 고민이 지나친 것 같아." 루스가 끼어들며 수월한 대화를 위해 손을 뻗어 TV의 볼륨을 줄였다. "어차피 크리스마스에는 모두 집으로 돌아가잖아. 얼마 남지도 않았어. 그동안 우리 또래 중에 이런 독창적인 실험에 깊숙이 관여할 수 있는 사람이 얼마나 되겠니?"

"루스, 솔직히 말이야," 샌디가 깜짝 놀라며 말했다. "넌 이 상황을 즐기고 있는 것 같아. 전혀 화가 난 것 같지 않아."

"처음엔 나도 그랬어." 루스가 말했다. "그러다가 무슨 일이 벌어지고 있는 건지 이해하게 됐지. 지금은…… 음, 그 어느 때보다

신이 나. 이렇게 놀라운 일에 동참할 수 있는 기회가 나한테 왔다는 걸 상상해봐! 과학에 새로운 지평을 열 돌파구잖아. 그리고 내가 얻은 통찰력이란 게 정말 입이 다물어지지 않을 정도야. 전에는 절대로 알 수 없을 거라고 생각했던 수학적 개념이 머리에 쏙쏙 들어온단 말이지."

"그렇지만 그것들을 이해하는 건 네가 아니잖아." 키트가 딴죽을 걸고 나섰다. "다른 사람이 네 머리로 일하고 있는 거지."

"꼭 그런 것만은 아니야." 루스가 말했다. "그게 우리의 상황이 서로 다른 점이지. 넌 네가 하나의 수단으로 이용당하고 있다고 생각해. 네 머릿속에서 들려오는 그 음악을 넌 하나도 이해하지 못하고 그냥 기계적으로 음악이 너를 통해 흘러나오게 할 뿐이야. 샌디가 시를 쓰는 것과 똑같은 방식으로 말이야. 그렇지만 난 내 머릿속으로 흘러드는 지식의 의미를 간신히 파악해낼 수 있게 됐어. 수학과 과학은 언제나 내가 제일 잘하는 것들이었는데 이제는 그동안 내가 상자 속에 갇힌 개구리였던 것처럼 느껴져. 그런데 어느 날 갑자기 누군가가 그 뚜껑을 벌컥 열고 나에게 하늘의 별을 보게 해준 거지."

"그럼 실제로 네 의식 속으로 들어온 사람은 없다는 거야? 샌디나 나처럼?" 키트가 그녀에게 물었다.

"내가 알기론 없는데." 루스가 그녀에게 말했다. "내가 수신하고 있는 건 여러 다른 뇌로부터 나온 지식이 아닐까 싶어. 축적해

둔 생각과 이론을 내 머릿속에 쏟아붓고 있는 수학자와 과학자가 수백 명이 넘을지도 몰라. 만일 내가 그 모든 것을 받아들이고 처리하고 마침내 이해할 수 있게 된다면 언젠가는 온전히 나의 지식이 되는 순간이 오겠지."

"린다가 자기가 그린 그림을 자기 거라고 우기는 것처럼 말이니?" 샌디가 씁쓸하게 말했다. "그 애는 이제 더 이상 우리랑 같은 세계에 살고 있지 않아."

"음, 린다는 좀 다르지." 루스가 인정했다. "미쳐버린 것 같아."

"단단히 홀렸어." 샌디가 말했다.

"우린 여기서 도망쳐야 해." 키트가 단호한 목소리로 말했다. "분명 방법이 있을……."

그녀는 복도에서 들려오는 목소리에 얼른 입을 다물었다. 팔리 선생님이 문 앞에 나타났다. 그의 쪼글쪼글한 늙은 얼굴은 변함없이 다정했고, 하얀 머리카락과 조그맣고 뾰족한 턱수염 때문에 체중 미달의 산타클로스처럼 보이기도 했다.

"아홉시 반이다." 그가 상냥하게 말했다. "이제 그만 젊은 숙녀 분들은 계단을 올라가서 예쁜 얼굴을 위해 숙면을 취할 시간이야."

키트는 자리에서 벌떡 일어나 그를 노려보았다.

"잠 따위는 필요 없어요. 제게 필요한 건 오로지 여기에서 나가 집으로 가는 것뿐이죠. 제 새아버지가 변호사라는 거, 아시나요? 제 의지와는 전혀 상관없이 여기에 잡혀 있었다는 걸 알게 되면 어떻게 나오실지 한번 보세요. 당신을 감옥에 처넣으실걸요."

"이것 봐라, 키트." 팔리 선생님이 말했다. "그런 얘기는 해봐야 소용없어. 너희 부모님이 이번 학기 동안 우리를 믿고 너를 맡기셨는데 어디로 튈지 모르는 널 뛰쳐나가게 내버려 둔다면 우리가 일을 너무 허술하게 하는 셈이 되잖니. 넌 우리의 책임이야. 법적으로나 도덕적으로나."

"도덕적이라고요?" 키트가 으르렁거렸다. "그게 무슨 뜻인지 알기나 하시나요. 우리가 친구와 가족에게 쓴 편지들은 어쩌고요? 선생님이 대신 마을에서 부쳐주신다고 해서 복도의 탁자에 올려놓았던 그 편지들 말이에요. 당신이 훔쳤잖아요! 그게 '도덕적'인 건가요? 그건 잘못된 일일 뿐만 아니라 불법이에요."

"아무도 훔치지 않았다." 팔리 선생님이 차분한 목소리로 말했다. "네가 쓴 편지들은 파일 속에 곱게 넣어서 뒤레 부인의 사무실에 보관하고 있어. 원하면 언제든지 돌려받을 수 있을 거야. 그리고 그중 일부는 진짜로 부치기도 했어. '이상한 꿈'이라거나 '이해할 수 없는 일들이 벌어지고 있다'거나 하는 심란한 말이 들어가 있지 않은 처음 쓴 편지들 말이야. 부모님도 그 편지를 받고 분명히 기뻐하셨을 거다."

"그동안 계속 궁금했던 게 한 가지 있어요." 루스가 말했다. "다른 학교들은 어떻게 됐죠? 유럽에 있는 학교들 말이에요. 뒤레 부인은 두 군데에 학교를 가지고 있었잖아요. 왜 문을 닫게 된 거죠?"

"여러 가지 이유가 있었단다." 팔리 선생님이 그녀에게 말했다. "그렇지만 그 무엇도 블랙우드와는 관련이 없어."

"그 학교에 다니던 여학생들은요?" 샌디가 물었다. "그 애들은 어떤 재능을 가지고 있었어요? 음악을 작곡하거나 시를 썼나요?"

"그래, 그랬었지." 팔리 선생님이 말했다. "뒤레 부인의 이전 학생들은 세계 문화에 훌륭한 기여를 많이 했어. 그중 몇몇은 감히 걸작이라고 말할 수 있을 정도야."

"지금은 어디에 있는데요?" 키트가 그에게 물었다. "그 후 어떻게 됐어요? 어째서 그런 게 있다는 걸 우린 들어본 적도 없는 걸까요?" 그녀는 문득 떠오른 생각에 잠시 말을 멈췄다. "그 베르메르의 작품, 뒤레 부인이 경매에서 발견했다던 거 말이에요! 그건 경매에서 산 게 아니에요! 그녀가 운영하던 다른 학교의 학생이 그린 거였죠! 뒤레 부인이 그걸로 큰돈을 번 거예요. 원작이라고 하고 팔았던 거죠!"

"그건 원작이었어." 팔리 선생님이 말했다. "붓을 쥔 게 누구의 손이었든 간에 베르메르가 그린 건 맞지."

"그렇지만 전문가들이 그림의 연대를 추정해낼 수 있잖아요?" 루스가 어리둥절한 듯 물었다. "물감도 캔버스도 다를 텐데요."

"잊고 있나 보구나." 팔리 선생님이 말했다. "뒤레 부인은 예술에 조예가 아주 깊은 분이야. 학생들에게 원래 칠해놓은 젯소*만 남기고 모두 벗겨낸 제대로 된 옛날 캔버스를 쓰도록 했지. 그리고 청금석**과 코치닐***이 들어간 물감도 제공했어. 완성된 그림을 오래돼 보이도록 만드는 건 일도 아니야. 백 도가 넘는 오븐에서 두 시간 동안 구운 다음 표면에 잔금들이 생기도록 둘둘 말아놓으면 되거든. 그러고 나면 그 그림이 진품인지 의심할 수 있는 사람은 아무도 없지."

그들은 치밀하게 모든 것을 생각해놓고 있었던 것이다.

'난 잠들지 않을 거야.' 키트는 생각했다. '밤새 이러고 앉아 있는 한이 있더라도 눈을 감지 않을 거야.' 그것이 얼마나 헛된 맹세인지 그녀는 알고 있었다. 잠이란 놈은 마치 무엇이든 삼키는 안개처럼 문 뒤에 웅크리고 앉아 그녀를 기다리고 있었다. 그러다 졸음에 겨워 방 안으로 발을 딛는 순간 그녀를 덮쳐 왔고, 마치 수면유도제를 먹은 사람처럼 침대까지 가기도 전에 눈꺼풀이 닫히고 말았다.

오늘 밤 그녀는 창가로 향하며 잠과 사투를 벌이고 있었다. 차가운 유리에 이마를 갖다 대고 밤 풍경에 시선을 고정시켰다. 처음에 보이는 거라고는 오직 칠흑 같은 어둠뿐이었다.

그리고 눈이 어둠에 슬슬 익숙해지기 시작하자 하늘을 배경으

---

* 석고를 칠한 바탕
** 청색 물감의 원료
*** 선인장에 기생하는 곤충에서 추출한 적색 염료

로 나무의 검은 그림자들이 서서히 모습을 드러내기 시작했다. 저택에서는 보이지 않는 저 높은 어딘가에서 달이 환하게 빛나고 있는 것이 틀림없었다. '여기가 기숙사 건물이지.' 그녀는 생각했다. '브루어 씨네 가족의 침실이 있던 곳 말이야. 브루어 씨의 아이들도 여기서 태어났겠지. 아기 방도, 부모가 쓰던 커다란 부부용 침실도 여기 있었을 거야.'

그때 갑자기 그녀의 마음속에 어떤 여자의 생생한 모습이 떠올랐다. 어머니보다 약간 젊은 그녀는 지금의 키트와 똑같이 이 창가에 서 있었다.

통통한 몸에 졸린 듯한 눈매의 그녀는 자신의 집을 사랑했고, 창가에서 여름의 정원과 반짝거리는 연못까지 이어지는 매끄러운 녹색의 잔디밭을 내다보는 것을 좋아했다.

세상이 돌아가며 키트의 눈을 가리고 있던 밤의 장막이 걷히는가 싶더니 그 여자가 보고 있던 바로 그 풍경이 눈앞에 펼쳐졌다. 정원에는 활짝 피어난 꽃들이 우거져 있고 햇볕이 내리쬐는 잔디밭에서는 어린 남자아이 셋이 뛰어놀고 있었다. 그리고 떡갈나무 그늘 아래 놓인 유모차 옆에서 유니폼을 입고 차양모를 쓴 간호사가 몸을 굽힌 채 앙증맞은 유모차의 주인에게 무언가를 속삭이고 있었다.

'정말 사랑스러워.' 브루어 부인은 생각했다. '나보다 행복한 사람이 또 있을까! 이 얼마나 아름다운 삶인지!' 키트는 그 여자의 행복감이 마치 자신의 것인 양 온몸을 휩쓸고 지나가는 것이 느껴졌다. 그리고 그 환영은 갑자기 나타난 것처럼 홀쩍 사라져버리고 말았다. 그녀는 다시 키트 고디로 돌아왔다. 11월이었고, 밖에는 갈색의 잔디밭 위로 어두운 밤이 진을 치고 있었다.

뒤로 돌아선 키트는 침대로 다가가 모서리에 걸터앉았다. 뒤레 부인의 말이 떠올랐다. '그들의 진동은 저택의 일부가 된 채 아직도 이곳에 남아 있어.' 어떻게 했는지는 몰라도 브루어 씨는 가족을 잃은 극심한 슬픔 속에서 다정하고 귀여운 얼굴의 아내와 즐겁게 뛰노는 아이들을 다시 불러내는 데 가까스로 성공했던 것이다. 그리고 바깥세상으로 향한 모든 문을 닫아걸고 가족의 영혼들과 함께 그들이 살아 있을 때 그랬던 것처럼 계속해서 같이 살았던 것이다.

생각할 게 너무 많았다.

그러나 지금은 잠이 그녀를 내리누르고 있었다. 눈꺼풀 위로 잠의 무게가 느껴졌다. '항복하지 않을 거야.' 그녀는 격렬하게 스스로에게 다짐했다. '절대 지지 않아!'

그녀의 마음 한 귀퉁이에서 부드러운 음악이 흘러나왔다. 멀고 희미한 소리였지만 점점 더 가까이 다가와 그녀의 의식이 조금이라도 희미해지면 당장 그녀를 덮칠 만반의 준비를 하고 있었다.

'저리 가.' 키트는 소리 없이 울부짖었다. '네가 누구든 가버리라고! 이승에서의 네 삶은 끝났어! 이건 내 시간이야! 내 거라고!'

부드럽고 유혹적인 침대가 그녀를 뒤로 끌어당겼다. 머리가 베개에 닿자마자 깃털 같은 폭신함에 속수무책으로 깊이 파묻혀 들어갔다. 그녀의 위로 와인색 캐노피가 최면이라도 거는 듯 천천히 어지럽게 흔들렸고 귓가에서 음악 소리가 점점 커져갔다. 이번에는 피아노뿐만 아니라 높고 달콤한 음색의 바이올린과 웅장한 비올라, 잔잔하게 퍼져 나가는 듣기 좋은 하프 소리까지 현악기도 섞여 있었다. 그리고 새의 지저귐 같은 날카로운 플루트 소리도 들려왔다.

"안 돼." 그녀는 흐느꼈다. "안 돼!"

그러나 그녀의 저항은 오래가지 못했다. 음악이 그녀에게로 다가왔다. 그녀는 소리의 파도에 휩쓸려 함께 밀려가고 밀려오며 음악의 일부가 되었다.

"넌 이걸 받아 적어야 해." 꿈속의 남자가 그녀에게 말했다. 이제 그는 마치 그녀의 마음의 경계 안에 원래 살고 있던 사람처럼 너무나 쉽게 그녀 앞에 나타났다. "이 음악을 악보에 옮겨야 해. 그냥 흘려보내기는 아까워."

"난 못해요. 악보 적는 법을 몰라요." 키트가 대답했다.

"내가 가르쳐줄게. 침대에서 그만 일어나서 여기, 내 손을 잡아. 책상 앞까지 데려다주마. 이제 연필을 집어 들어."

"전 오선지도 없어요. 그 정도는 아시지 않나요."

"저기 있잖니!"

그의 말이 맞았다. 책상 위에 옅은 파란색 오선이 그려진 오선지가 얌전하게 그녀를 기다리고 있었다. 그녀가 응접실에 내려가 있는 동안 누군가가 그녀의 방에 가져다 놓은 것이다. 뒤레 부인? 쥘? 아니면 지난번에 잠긴 방 안으로 들어와 린다의 첫 번째 초상화를 훔쳐 갔던 그때 그 사람? 한때는 그토록 중요하게 느껴졌던 의문이 이제는 아무래도 상관없었다.

이 사람이든 저 사람이든 그들은 모두 똑같았다.

"난 하고 싶지 않아요." 키트가 말했다. "아무것도 적고 싶지 않아요. 제가 원하지 않는데 억지로 강요할 순 없어요."

그러나 그 말을 하는 바로 그 순간 그녀의 손이 연필을 향해 움직이고 있었다. 손가락들이 연필을 그러쥐고 그녀 앞으로 악보를 끌어당겨 놓았다.

"키트!" 쿵쾅거리는 음악 소리를 뚫고 그녀의 이름을 부르는 익숙한 목소리가 들려왔다. "뭐야? 누구야?" 단호하게 몸을 비틀자 마침내 그녀는 두 세계 사이의 경계를 뚫고 빠져나올 수 있었다.

문간에 서 있는 건 다름 아닌 샌디였다. 잠옷 차림에 베개에 눌린 머리가 잔뜩 헝클어져 있었고 하얀 피부 위로 검은 주근깨가 놀라울 정도로 생생하게 도드라졌다.

"여기는 왜 이렇게 추운 거니." 샌디가 두 팔로 자신의 몸을 감싸며 말했다. "창문을 열어놓은 거야? 방 안이 이렇게 냉장고 같은데 이런 데서 그렇게 앉아 있을 수……."

그녀가 미처 말을 끝맺기도 전에 키트의 손에 들려 있던 연필이 그녀의 손아귀에서 벗어나 공중에서 요란한 소리를 내며 부러지더니 뾰족한 연필심 쪽이 마치 총알처럼 곧장 방을 가로질러 날아갔다. 샌디가 비명을 지르며 두 손을 들어 얼굴을 가렸다.

키트는 공포에 질린 채 친구의 팔뚝에서 핏줄기가 흘러내리는 것을 보았다.

"샌디! 너 다쳤잖아!" 그녀가 소리쳤다.

빨간 머리의 소녀는 천천히 손을 내리고 가만히 서서 팔 위로 삐죽하게 튀어나와 있는 가느다란 나무 화살을 당황한 눈으로 내려다보고 있었다. 그리고는 멍한 얼굴로 다른 손을 뻗어 연필 조각을 뽑아냈다.

"여기에 앉아." 키트는 허겁지겁 다가가 그녀의 허리에 팔을 두르고 책상 앞 의자로 데려갔다. "수건을 가져올게. 피를 멈춰야 해."

그녀는 욕실로 잽싸게 들어가 세면대 가장자리에 걸쳐둔 수건을 움켜쥐고 찬물을 적셨다. 그리고 꽉 비틀어 짠 다음 침실로 가지고 갔다.

"상처에 대고 눌러. 아니다, 내가 할게. 기다려. 내가 양손으로 하는 게 낫겠어."

샌디는 그녀를 불신이 가득한 눈으로 빤히 쳐다보았다. "왜 그런 짓을 한 거야?" "나 말이야? 내가 그랬다고 생각하는 거야?" 키트는 상처 위에 고정시킨 수건을 붙잡은 채 소리쳤다.

"그럼 아니야? 누군가 그 연필을 부러트린 다음 나한테 던졌어. 네가 안 그랬다면 누가 그런 거야? 방 안에는 아무도 없었……." 그녀의 목소리가 갈라지면서 눈동자에 깨달음의 빛이 서렸다. "미안해, 키트. 그래, 네가 그럴 리가 없지. 그가 여기에 있었구나. 맞지? 음악이랑 같이 나타나는 그 사람?"

"응." 키트가 말했다. 수건을 누르고 있는 그녀의 손이 부들부들 떨리고 속이 울렁거렸다.

"그런데 왜?" 샌디가 속삭였다. "나한테 억하심정을 품을 게 뭐가 있다고?"

"너라서 그런 게 아니야." 키트가 말했다. "그 순간에 내 방에 들어와서 그의 통제를 깨트린 사람이라면 누구에게든 똑같은 짓을 했을 거야. 그가 나를 완전히 손에 넣었었어, 샌디. 그를 위해 음악을 받아 적기 직전이었는데 네가 내 이름을 부르는 소리가 들려서 벗어나게 된 거야."

"그게 누구였어?" 샌디가 목이 메인 듯 울음 섞인 목소리로 말했다. "슈베르트?"

"아니. 슈베르트였던 건 꽤 오래전이야. 음악으로 판단하자면 말이지. 처음에는 사랑스러웠는데 이젠 달라. 훨씬 거칠고 귀에 거슬려. 슈베르트의 음악 같지가 않아."

"나도 마찬가지야." 샌디가 말했다. "그래서 오늘 밤 네 방에 온 거야. 너한테 말해야만 했거든. 엘리스가 사라졌어."

"사라졌다고?" 키트는 별안간 희망이 솟구치는 것을 느꼈다. "넌 이제 자유라는 거야?"

"아니. 이런, 아니야. 엘리스 대신 새로운 사람이 온 것뿐이야. 엘리스 때처럼 눈에 보이지는 않지만 거기에 있어. 내 마음속으로 들어오는 게 느껴져. 연기처럼 잿빛에 아주 칙칙해."

"너한테 자기 이름을 말했어?"

"그는 나한테 아무 얘기도 하지 않아. 나한테 말을 거는 게 아니라 그냥 나를 통해서 말을 할 뿐이야. 외국어를 쓰는데 무슨 말인지 하나도 알아들을 수가 없어."

"우리가 미리 예상했어야만 했어." 키트가 말했다. "다른 영혼들도 있다는 걸 말이야. 루스가 자기한테는 처음부터 수많은 사람들이 한꺼번에 온갖 생각들을 쏟아 넣고 있다고 얘기했잖아. 나도 음악실에서 깨어났던 그 밤에 똑같은 걸 느꼈거든. 내가 마치 공동의 소유물이라도 되는 양 모두가 날 두고 서로 경쟁하고 있었는데 목소리가 하나가 아니라 여럿이었어."

"그렇지만 왜? 처음 시작할 때는 한 사람이었는데 왜 지금에 와서 이러는 거야?"

"아마 이제는 그 길이 완전히 활짝 열렸나 봐. 그래서 아무라도 통과할 수 있게 된 거지."

"그러면 상황이 점점 나빠질 수도 있다는 거야? 더 많은 영혼들이 우리들 마음속으로 기어들어 와서 내 생각이라고는 아무것도 남아 있지 않을 때까지 밖으로 밀어내 버릴 거라고?"

샌디는 이제 울고 있었다. 다친 팔과는 상관없는 낮고 절망에 찬 울음소리였다. 키트는 수건을 들어 올렸다. 피는 완전히 멈춘 상태였다. 고개를 들던 그녀는 자신과 똑같이 비참한 표정을 짓고 있는 친구의 얼굴과 마주쳤다.

"맞서 싸워야 해." 그녀가 말했다. "포기하면 안 돼. 이대로 우리를 차지하도록 내버려 둘 수 없어."

"하지만 어떻게 해야 되는데? 그들은 우리보다 강한 데다 한꺼번에 몰려오면 당해낼 재간이 없어. 우리처럼 잠을 자는 것도 아니니까 마음만 먹으면 언제든 우리에게 손을 뻗칠 수 있다고."

"그렇다면 여기서 나가는 것밖에 방법이 없어. 탈출 계획을 짜자. 어쨌든 우리도 네 명이잖아. 루크레티아까지 합해서 사 대 사야. 바닥까지 충성심으로 똘똘 뭉친 그 여자는 뒤레 부인을 위해서라면 뭐든지 하겠지. 양쪽이 똑같아."

"린다가 우리 편이라고 생각하나 본데 그 애가 우리에게 무슨 도움이 될 수 있겠어? 그리고 루스는 우리보다는 저 사람들 편을 들 거야. 지금 벌어지고 있는 일이 좋다잖아." 샌디가 고개를 내저었다. "꿈 깨, 키트. 방법이 없어. 우리는 여기서 절대로 벗어나지 못할 거야. 유일한 희망은 크리스마스뿐이야. 그때까지 버티다가 방학이 시작되면 가족들이 우리를 기다리는 집으로 가는 거지. 뒤레 부인이 크리스마스가 지나서까지 우리를 여기에 잡아둘 명분은 없을 테니까."

"맞아." 키트가 말했다. "그리고 뒤레 부인도 알고 있지. 바로 그게 내가 무엇보다도 두려운 점이야. 왜냐하면 그 여자는 전혀 상관하지 않는 눈치거든. 우리가 여기를 떠나서 우리를 사랑하는 사람들한테 모든 사실을 털어놓고 다시는 돌아오지 않을 거라는 걸 어떻게 그렇게 담담하게 받아들일 수 있는 거지?"

방 안에는 정적만 맴돌고 있었지만 그 답은 이미 두 사람 사이에 놓여 있었다. 인정하기가 너무나 소름 끼칠 뿐이었다.

"말하지 마." 샌디가 말했다. 그러나 키트는 아랑곳하지 않고 말을 이어갔다.

"크리스마스가 되면," 그녀가 나지막하게 말했다. "더 이상 아무래도 괜찮은 거야. 우리 머릿속에 들어오게 하기 위해 굳이 블랙우드에 붙잡아 놓지 않아도 되는 거지. 그들은 매일같이 우리의 마음을 조금씩 더 깊이 파고들고 있어. 크리스마스 때쯤 되면 그 영혼들은 우리의 일부가 되고 말겠지. 어디를 가든, 남은 인생 동안 무슨 일을 하든, 그것들의 손아귀에서 놀아나게 될 거야. 그들의 노예가 되는 거지."

16장

사랑하는 트레이시,

절대로 네 손에 들어갈 일이 없다는 걸 알면서도 편지를 보낼 생각을 하다니 참 이상하기도 하지. 게다가 이렇게 직접 손으로 써가면서 말이야. 그렇지만 이렇게 종이에다 하고 싶은 말들을 적어 내려가다 보면 어쩐지 컴퓨터로 쓸 때보다 네가 더 가깝게 느껴져. 이렇게 속을 털어놓을 수 있는 네가 있어서 내가 겨우 제정신을 지키며 살고 있는 거야. 하루하루가 어떻게 지나가는지 더 이상 신경 쓰지 않아. 어차피 다 똑같으니까. 이제는 수업도 없어. 내가 음악실에서 깨어나서 뒤쿼 부인에게 모두의 앞에서 블랙우드에 대한 진실을 털어놓게 만들었던 그날 밤 이후로 곧 중단됐거든. 그때부터 정상적인 학교생활이란 게 불가능해졌어.

다른 무언가를 위한 위장이란 걸 서로가 다 알면서 어떻게 계속 교실에 들어가고 공부하고 매일같이 정규 수업을 할 수가 있겠어? 책상 앞에 앉아서 뒤레 부인과 팔리 선생님이 마치 평범한 선생님인 양 역사와 문학, 언어에 대해 가르치는 소리를 가만히 듣고 있을 수는 없지 않겠니? 그들이 진짜로 어떤 사람들인지 이제는 다 알아버렸는데.

그리고 젤! 이름 모를 천재 음악가가 정해준 대로 내 손가락들이 건반 위에서 춤을 추면서 그 누구도 들어본 적이 없는 곡을 연주하는 걸 들었던 사람인데 어떻게 내가 그런 사람 앞에서 고리타분한 초보자용 곡을 치고 앉아 있을 수가 있겠어? 다른 무엇보다도 내가 가장 받아들이기 힘든 것이 그가 이 일에 가담하고 있다는 사실이야. 매일 밤 음악실에서 내가 유령에 홀려서 인사불성인 상태로 피아노 의자에 앉아 있는 동안 그가 옆에서 녹음하고 있는 모습을 상상해봐! 난 그가 나를 좋아한다고 생각했어. 정말 그랬어, 트레이시…… 나를 바라보던 그의 시선, 그리고 그 목소리. 거울 속에 비친 모습을 보고 비명을 질렀던 그날 밤 그의 눈빛에는 특별한 뭔가가 있었어. 다른 사람들보다 먼저 계단을 뛰어 올라왔고 두 팔로 나를 꼭 감싸 안아주었지. 그리고 나를 걱정해줬어. 그땐 정말 맹세코 그런 줄로만 알았어. 내가 얼마나 바보 같았던 거니. 그에게 나는 그저 이 기괴하고 끔찍한 실험의 일부였을 뿐인걸.

이제는 수업도 물 건너갔고 더 이상 가면을 쓸 일도 없어졌어. 뒤레 부인과 팔리 선생님과 젤은 더 이상 우리랑 같이 식당에 앉아 있지 않

아. 식사할 때는 샌더와 루스와 나, 이렇게 셋뿐이야. 거의 허기를 느끼는 일이 없지만 배가 고파질 때는 루크레티아가 준비한 음식을 억지로 삼키느니 주방으로 가서 샌드위치를 만들어 먹는 쪽이 훨씬 편해. 우리는 가능한 한 많은 시간을 정원이나 연못가 같은 야외에서 보내려고 하지. 그렇지만 날씨가 나빠서 금방 바람과 추위에 쫓겨 도로 저택 안으로 들어오곤 해.

린다는 우리랑 완전히 멀어졌어. 전혀 만날 수가 없거든. 그림을 그리고 있다는 건 알겠어. 가끔 팔리 선생님이 그 애 방에 들어가서 캔버스들을 챙겨 뒤레 부인의 사무실로 가지고 내려가니까. 그 후에 그 사람들이 그걸 가지고 무슨 일을 벌이는지는 나도 몰라. 베르메르의 그림을 팔았던 것처럼 그것들도 팔고 있으려나? 뒤레 부인은 그렇게 해서 블랙우드를 구입할 자금을 마련했던 걸까? 헤밍웨이의 새로운 원고나 키플링의 시, 오직 쇼팽만이 만들어낼 수 있는 음악으로? 그 여자가 이제는 젤이 테이프에 녹음해둔 새로운 슈베르트의 작품들을 가지고 장사를 하려고 들지는 않을까?

전화기가 있는 그 사무실에 들어갈 수만 있으면 정말 좋을 텐데. 상상 속에서 네 전화번호를 하도 많이 눌러서 이제는 거의 외웠어. 서랍장 위에 쌓인 먼지에도 손가락으로 써보고 이 편지의 여백에도 몇 번이나 끄적거려놓은걸. 그 망할 유선전화기를 쓸 수만 있다면 잠을 자면서도 너에게 전화할 수 있을 것 같아. 그렇지만 사무실 문은 언제나 잠겨 있지.

그리고 린다의 방문도 마찬가지야. 우리가 들어가서 그녀를 '방해하지' 못하도록 그 사람들이 늘 잠가놓고 있어. 뒤레 부인이 열쇠를 갖고 있는데 음식 쟁반을 올려다 줄 때만 루크레티아에게 주곤 해. 가끔 샌더와 내가 방문 밖에서 말을 걸어보지만 린다는 대답조차 하지 않아. 루스랑은 얘기를 하는 것 같아. 그 애에게 다가갈 수 있는 사람이 있다면 그건 루스뿐이야. 그 애들은 오랫동안 친구였으니까. 그럴지만 루스가 그 애를 찾아가는 일은 없을 거야. 린다가 하고 있는 일이 너무나 중요한 거라서 쓸데없는 수다로 늦춰지면 안 된다고 하더라.

샌더와 나는 가능한 한 루스와 거리를 두려 하고 있어. 루스와 함께 있으면 뒤레 부인과 한방에 있는 것처럼 기분이 좋지 않아. 루스는 더 이상 우리 편이 아니야. 그 애는 이 일을 이미 받아들였고 세상을 다 얻은 사람처럼 즐기고 있어. 신이 나서 눈을 반짝거리면서 언제나 노트를 들고 다니지. 자기한테 '들어오는' 것을 언제든 받아 적을 수 있게 말이야. 나도 그 노트를 본 적이 있는데 숫자와 부호와 기이한 도표들로 이루어진 이상한 암호 같았어. 그래도 나는 받아들이지 않을 거야! 내 눈에 흙이 들어가기 전까지는 절대 안 돼! 끝까지 싸울 거야! 여기서 빠져나가고 말 거야. 트레이시, 어떻게든, 어떤 방법을 써서든 여기를 벗어나고 말겠어!

— 키트

키트는 편지를 접어 청바지 주머니에 넣고 방을 나섰다. 그녀는 방문을 애써 잠그려고 하지 않았다. 그것이 얼마나 무의미한 형식적 절차인지 이제는 잘 알기 때문이었다. 그녀는 복도 끝에 있는 거울에 눈길조차 주지 않았다. 거기에서 누구를 보게 될지 알고 싶지도 않았다.

계단을 내려온 그녀는 조심스럽게 복도 끝에 있는 뒤레 부인의 사무실로 다가가 문손잡이를 돌려보았다. 꼼짝도 하지 않았다. '한 번은,' 그녀는 생각했다. '기회가 올 거야. 이걸 늘 잠가놓지는 못할 거 아냐. 그 여자도 언젠가는 깜빡하는 날이 오겠지. 그러기만 하면 누가 막기 전에 잽싸게 안으로 들어갈 거야. 계속해서 기다리고 지켜보고 시도하다 보면 시간 문제일 거야.'

사무실을 지나자 열려 있는 응접실 문 안으로 벽난로에 장작불이 타오르고 있는 것이 보였다. 루크레티아가 방 안에서 먼지를 털고 있었다. 키트는 잠시 멈칫했지만 안으로 들어가지는 않았다. 루크레티아한테 말을 걸어봐야 소용없는 짓이었다. 루크레티아가 블랙우드의 상황을 얼마나 많이 파악하고 있는지는 알 수 없었지만 그녀는 뒤레 부인 외에는 그 누구의 말도 듣지 않았기에 아무래도 상관없었다.

키트는 계속해서 복도를 지나 음악실 앞에 도착했다. 닫힌 문 너머로 피아노 소리가 들려왔다. 잠시 귀를 기울이고 있던 그녀는 노크도 하지 않고 문을 벌컥 열었다. 쥘이 그녀에게 등을 보인 채 피아노 의자에 앉아 홀로 조용히 연주하고 있었다. 문이 열리자 그는 손가락을 멈추고 안으로 들어선 사람을 확인하기 위해 몸을 돌렸다. 이번에는 무단 침입에도 그다지 화가 난 것 같지 않았다.

그가 입을 열었다. "안녕."

"안녕하세요." 키트는 가만히 선 채로 그를 빤히 바라보고 있었다. 어떻게 이 사람에게 그토록 끌릴 수 있었단 말인가. 그는 그의 어머니와 꼭 닮았고, 그녀는 두 사람 모두를 증오했다.

"뭘 연주하고 있는 거죠?" 그녀가 쌀쌀하게 물었다. "슈베르트의 곡인가요?"

"키트, 제발." 그는 감당하기 힘들다는 듯한 몸짓을 해 보였다. "난 우리가 적이 되지 않았으면 해. 난 널 무척 좋아하거든. 너를 처음 본 순간부터 그랬어. 내 입장을 조금이라도 이해하려고 노력해주면 안 되겠니."

"당신 입장이라는 게 정확히 뭔데요?" 키트가 쌀쌀맞은 목소리로 물었다.

"이거 참. 난 공범 같은 게 아니야. 넌 내게 죄책감을 심어주려고 하지만 그건 공평하지 않아. 어머니는 정말 놀라운 능력을 가지고 있어. 그녀는 너에게 이 세상을 보다 풍요롭게 만들 기회를 줬던 거야. 어째서 그게 너한테는 그렇게 화를 낼 일인 거니?"

"어째서 그렇게 화를 낼 일인 거냐고요?" 키트는 믿을 수 없다는 듯 그를 바라보았다. "만약 당신이 나였다면, 이미 죽은 사람들을 위한 도구 같은 걸로 이용당했다면 기분이 어떨 것 같아요? 말이 나왔으니 하는 얘긴데, 어째서 당신은 이 경험에 적극적으로 동참하고 있지 않은 거예요? 당신 어머니가 필요한 만큼 '젊고 깨끗하고 속세에 물들지 않은' 마음을 갖고 있지는 않나 봐요?"

"그런가 봐." 쥘이 딱딱한 목소리로 말했다. "그게 아니라면 분명 나 역시 수신자로 만들었을 테지만 모든 사람이 이런 일에 맞는 건 아니야. 넌 운이 좋은 사람들 중 하나지."

"그런 소리는 집어치워요." 키트가 그에게 말했다. "이런 일에 운이 좋다는 말은 가당치도 않아요. 쥘, 물어보고 싶은 것이 있어요. 다른 두 학교들 말이에요. 영국이랑 프랑스에서 어머니가 운영했던 그 학교들은 어떻게 됐죠? 거기 다녔던 여학생들은 어떻게 됐어요? 당신의 어머니는 왜 그 학교들을 닫고 미국으로 온 거죠?"

"나도 몰라. 물어본 적이 없거든." 쥘이 말했다.

"어떻게 당신이 모를 수가 있어요? 어머니가 그런 결정을 내렸을 때 당신도 거기에 있었잖아요. 아니에요?"

"아니, 난 거기에 없었어." 쥘이 말했다. "음악 학교에 있었거든. 너한테 이미 얘기했잖니. 어머니가 운영하는 학교에는 학교가 문을 닫는 방학 때만 머물렀다고 말이야. 난 어머니가 하는 일에 그다지 관심이 없었어. 그때는 무슨 일을 하고 계신지도 몰랐고."

"어머니가 영매라는 걸 몰랐다고요?"

"그런 쪽으로 재능이 있다는 건 알고 있었지." 쥘이 인정했다. "그렇지만 학생들을 매개체로 삼고 있다는 건 몰랐어. 그리고 어머니가 세계적으로 유명한 독창적인 천재들을 다시 소환하는 것처럼 흥미진진한 일을 하고 있다는 건 전혀 예상 밖이었어. 프랑스에 있는 학교를 정리하고 이곳으로 올 준비를 마친 다음에야 내게 말씀해주셨지. 어머니는 그래야 내가 같이 올 마음이 생길 거라고 생각하셨나 봐."

"이게 당신이 기대했던 건가요?" 키트가 그에게 물었다. "이게 마음에 들어요, 쥘? 정말로요? 린다와 샌디, 그리고 제가 무슨 일을 당하고 있는지 다 지켜보면서 이게 옳은 거라고 생각하는 거예요?"

"키트, 여기에 적응해야 해." 쥘이 말했다. "네 상태가 그다지 좋지 않다는 것에는 동감한다만 그건 네 잘못이야. 네가 너무나 극렬하게 거부하는 바람에 육체적으로나 정신적으로나 기진맥진하게 된 거잖아. 핏기라고는 하나도 없고 바싹 마른 데다 힘도 하나도 없고. 이런 모습은 정말 보고 싶지 않구나. 걱정되잖니. 그렇지만 해결책은 내가 아니라 네가 쥐고 있어. 만일 네가 이 상황을 받아들이고 동의해준다면 금방 괜찮아질 거다."

"당신은 장님이나 마찬가지예요! 하나도 이해하지 못한다고요!" 키트는 절망 속에서 부르짖었다. 처음으로 뜨거운 눈물이 넘치도록 솟구치는 것이 느껴졌다. "쥘, 만일 절 좋아한다면, 진정으로 제 친구라면 절 도와주세요! 우리를 좀 도와주세요! 여기서 나가게 해줘요!"

쥘이 고개를 저었다. "난 할 수 없어. 알잖아. 모든 걸 망치게 될 거야."

"그게 어렵다면 날 위해 다른 건 해줄 수 있죠? 유럽의 당신 어머니의 학교에 다니던 여학생들이 어떻게 됐는지 알아봐 줄 수 있어요? 사무실에 그 아이들에 대한 파일이 있어요. 당신 어머니가 직접 나한테 말해준 거예요."

"뭘 알아내고 싶은 거야?" 쥘이 물었다. "지금쯤 이미 사방으로 뿔뿔이 흩어졌을 텐데."

"당신이 한번 봐줘요. 그럴 수 있죠? 그게 무슨 해가 되겠어요?"

쥘이 고개를 저었다. "어머니의 개인적인 파일들을 그렇게 마음대로 들춰 볼 수는 없어. 네가 원한다면 어머니에게 물어보고 뭐라고 하시는지 나중에 알려줄게. 아니면 네가 직접 물어봐도 좋고."

"참 많은 도움이 되겠네요." 키트는 폭발하고 말았다.

눈물이 흘러내리기 직전이라 조금이라도 더 지체하다가는 더 이상 참을 수 없을지도 몰랐다. 그녀는 급하게 몸을 돌려 음악실을 떠났다. 등 뒤로 문을 쾅 닫고 다시 복도로 나서자 차가운 기운이 몰려와 그녀의 온몸을 감쌌다. 밖에서부터 들어온 신선하고 축축한 공기였다. 현관문이 열려 있는 것이 눈에 들어왔다. 그 옆에 익숙한 모습의 누군가가 코트 깃을 매만지며 서 있었다.

키트는 깜짝 놀라 소리를 지르며 두 손을 내밀었다. "내털리!"

내털리 컬리가 뒤를 돌아보며 그녀에게 고갯짓으로 알은척을 했다. 그리고 코트 단추를 끝까지 다 채우고는 그대로 밖으로 나가려고 했다.

"내털리, 기다려요! 가지 말아요!" 키트가 서둘러 그녀에게 다가갔다. "여기서 뭐 하는 거예요?"

"돈을 받으러 왔어요." 내털리가 짧게 대답했다. "뒤레 부인이 절 해고했을 때 이 주간 체불된 수당이 있었거든요. 그때는 너무나 화가 나서 그걸 기억도 못하고 그냥 나와 버렸지 뭐예요. 그렇지만 그건 제 돈이잖아요. 마지막 동전 한 푼까지 제가 몸 바쳐 번 돈이란 말이죠. 그래서 오늘 그걸 받으러 온 거예요."

"여기까지 어떻게 왔어요?" 키트가 긴장한 목소리로 물었다.

"차로 왔죠. 아니면 어떻게 왔겠어요? 설마 마을에서 여기까지 걸어왔을까 봐요?"

"정문에서 안으로 들어올 수 있었어요?"

"미리 전화를 했죠." 내털리가 말했다. "뒤레 부인이 문을 열어 주라고 쥘 씨를 보냈더라고요. 제가 그렇게 호락호락 물러설 생각이 없다는 걸 알았나 봐요." 그녀는 잠시 말을 멈추고 키트를 빤히 바라보았다. 그녀의 얼굴에서 분노가 살짝 걷히고 그 대신 걱정의 빛이 서렸다. "실례되는 말이지만 몰골이 이게 뭐예요, 아가씨. 어디 아프기라도 한 거예요?"

"네." 키트가 말했다. "우리 모두가 아파요. 이 저택 전체가 아프다고요! 내털리, 날 좀 함께 데리고 가줘요!"

"저랑 함께요? 마을로 말이에요?"

"어디든지! 마을도 괜찮아요. 전화를 할 수 있는 전화기가 있는 곳이면 돼요. 제발, 내털리!"

"바깥 날씨가 쌀쌀해요. 코트도 입지 않았잖아요."

"상관없어요! 춥지 않아요!"

"뒤레 부인이 엄청나게 화를 낼 텐데요." 내털리가 머뭇거리며 말했다. "납치 죄로 절 체포할지도 몰라요. 그러지 말고 부모님한테 편지를 써서 데리러 오라고 하면 되잖아요? 아가씨가 원하는 게 여기를 떠나는 거라면 그게 제일 좋은 방법인 것 같은데요."

"그럴 수가 없으니까 그러죠." 키트가 필사적인 목소리로 그녀에게 말했다. "우리가 쓴 편지들은 모두……."

뒤쪽 복도에서 문이 열리는 소리가 들리자 그녀는 급하게 말을 멈췄다. 정적이 흘렀다. 굳이 뒤를 돌아볼 필요도 없었다. 키트는 내털리의 얼굴 표정만 봐도 그게 누군지 알 수 있었다.

"내털리!" 뒤레 부인의 얼음장 같은 목소리가 울렸다. "그만 나가 주렴. 수당은 이미 챙겨 줬으니 여기서 더 꾸물거리거나 다시 올 일은 없겠지."

"그러죠, 부인." 내털리의 얼굴에 순수한 증오의 빛이 번득하고 스쳐 지나갔다. 그녀는 일부러 보란 듯 키트에게로 몸을 돌려 말했다.

"안녕히 계세요, 아가씨. 몸조심하시고요. 얼른 건강해지시길 빌게요."

"잠깐만요, 제발!" 키트는 적당한 말을 찾기 위해 애를 썼다. 그러다 최후의 발악처럼 청바지 주머니에 넣어둔 편지를 꺼내어 내털리의 굳은살이 박인 손 안으로 재빨리 밀어 넣었다. "여기," 그녀는 황급히 속삭였다. "이걸 좀 부쳐줘요."

내털리는 어리둥절한 표정으로 꾸깃하게 뭉쳐진 종이를 가만히 내려다보았다.

"부쳐달라고요? 누구한테요?"

"트레이시 로젠블룸." 키트가 말했다. "주소는……."

"캐스린!" 뒤레 부인의 목소리가 바로 그녀의 뒤에서 들려왔다. "그만 문에서 떨어져서 안으로 들어오너라. 오한이라도 나면 어쩌려고 그러니."

내털리는 놀란 눈으로 흘긋 보고는 히둥지둥 밖으로 나가 등 뒤로 문을 닫았다. 편지는 무사히 그녀의 손에 들어갔지만 키트는 승리의 기쁨 따위는 전혀 느낄 수가 없었다.

주소도 적혀 있지 않은 편지를 내털리가 부칠 수 있을 리가 만무했기 때문이었다.

17장

그날 밤 바람이 불었다. 처음에는 멀리서 다투기 좋아하는 꼬마들이 말싸움이라도 벌이는 것처럼 약하고 성긴 바람이던 것이 점점 가까워지면서 울타리 밖 나뭇가지 사이로 귀청을 찢는 새된 비명을 질러대고 울부짖으며 블랙우드의 문 앞까지 몰려와 안으로 들어오려고 애를 썼다.

밤새도록 바람은 저택 주위를 돌며 창문을 두드리고, 모서리마다 윙윙거리며 휘몰아치고, 처마를 붙들고 통곡했다. 아침이 되자 키트는 한숨도 자지 못했다는 것을 깨달았다.

그리고 오른손에 경련이 느껴졌다. 필기를 지나치게 했을 때 오는 그런 통증이었다. 책상 위에는 반쯤 채운 악보집이 놓여 있었다.

"나도 마찬가지야." 샌디가 나중에 그녀에게 말했다. "맞서 싸워보려고 해도 언제까지나 버틸 수는 없잖아. 잠자지 않으려고 마음먹고 있었는데 문득 정신을 차려보니 아침이더라고. 잠을 자버린 거지."

그녀는 미안하며 키트에게 종이 한 장을 내밀었다.

"다른 시야?" 키트는 종이를 훑어보고는 도로 건네주었다. "못 읽겠어. 프랑스어잖아."

"나도 읽을 수 없긴 마찬가지야. 글씨체가 내 거라서 내가 썼구나 하는 거지."

"루스한테 번역해달라고 할까?"

"걔한테 부탁하기 싫어." 샌디가 말했다. "좋아서 해주긴 하겠지만 난 걔가 좋아하는 게 꼴 보기 싫어. 막상 말하고 보니 진짜 못됐다. 그치?"

"그러게." 키트가 동의했다. "그렇지만 무슨 마음인지 알아. 걔가 이 일에 그렇게 열을 올리고 있는 걸 보면 나도 확 때려주고 싶으니까." 그녀는 잠시 말을 멈췄다가 이내 입을 열었다. "우리한테는 선택의 여지가 별로 없어. 루스, 뒤레 부인, 아니면 쥘뿐인데 다른 사람보다는 그나마 루스가 낫잖아. 너도 네가 뭘 썼는지 알고 싶지 않아?"

"그건 그래." 샌디가 종이를 주머니에 집어넣으며 말했다. 그러나 그녀는 루스를 찾으러 나가지 않았고 그건 키트 역시 마찬가지였다. 그녀는 밤새도록 밖에서 마라톤이라도 하고 온 사람처럼 진이 빠져서 꼼짝도 할 수가 없었다. 그들은 하루 종일 샌디의 방에서 책을 읽고 간간이 이야기를 나누고 건성건성 카드 게임을 하며 하루를 보냈다. 오후 늦게 비가 내리기 시작했다. 처음에는 약한 보슬비였다가 점점 강도가 세지더니 저녁이 되자 지붕 위로 부드럽게 빗방울이 후드득거리는 소리가 낮은 포효 소리로 바뀌었다.

여섯시 반에 그들은 식당으로 내려갔다. 배가 고파서라기보다 둘 다 어젯밤 이후로 아무것도 먹지 않았다는 것을 깨달았기 때문이었다. 마침 그날 저녁은 루크레티아가 쉬는 날이어서 식사는 식탁 위에 덩그러니 놓여 있었다. 말라비틀어진 편육 몇 점과 질척한 감자 샐러드가 담긴 그릇이 전부였다. 촛불이 제멋대로 몸을 뒤틀며 깜빡거렸고 기다란 창문 너머 검은 밤하늘 위로 이따금씩 번갯불의 섬광이 이어졌다.

음식을 접시에 담자 입맛은 더욱 뚝 떨어졌다.

"도저히 안 되겠어." 샌디가 말했다. "이걸 목구멍으로 넘길 자신이 없어."

"그래도 뭐든 먹어야만 해." 키트가 그녀에게 말했다. "기운을 차리려면 이것저것 가릴 처지가 아니야." 그러나 억지로 몇 입 먹다 말고 그녀 역시 접시를 멀찍이 밀어놓고 말았다. 그때 엄청난 천둥소리가 식당 안 가득 울려 퍼졌다. 샹들리에가 화려하게 장식된 시계추처럼 앞뒤로 천천히 흔들리기 시작하더니 수백 개의 작은 크리스털 조각들이 촛불 빛을 받아 건너편 벽에 기괴한 무지갯빛 무늬를 드리웠다. 밖에서는 바람이 비명을 질러대고 나뭇가지들이 마치 무언가를 붙잡으려는 손처럼 유리창을 긁어댔다.

"응접실로 가자. 벽난로가 있잖아." 키트가 말했다.

그곳에는 루스가 그들보다 먼저 와 있었다. 그녀는 땅콩버터 샌드위치를 먹으며 늘 가지고 다니는 노트를 들여다보고 있었다.

"주방에 들어가서 내가 직접 만든 거야." 그녀가 마지막 한 조각을 입이 미어지게 밀어 넣고 삼키며 말했다. "식탁 위에 있는 건 쳐다보고 싶지도 않아."

"그거 좋은 생각이네. 우리도 조금 있다가 만들어 먹자." 키트가 방을 가로질러 벽난로 앞에 섰다. 등으로 기분 좋은 열기가 퍼져나갔다. 통나무가 타닥거리며 타오르는 소리는 실로 오랜만에 들어보는 기분 좋은 소리였다.

"얘한테 그 시를 보여주지 그래?" 그녀가 샌디에게 제안했다. "어떻게 생각하는지 한번 들어보자고."

"엘리스가 또 다른 걸 준 거야?" 루스가 노트를 덮으며 물었다.

"아니." 샌디가 말했다. "이번에는 프랑스어고 엘리스의 시는 모두 영어야." 그녀는 주머니에서 종이를 꺼내어 내밀었다.

종이를 받아 든 루스는 한동안 입을 다물고 앉아 있었다. 한줄 한줄 훑어 내려가느라 그녀의 눈동자가 왼쪽에서 오른쪽으로 잽싸게 움직였다. "우아!" 그녀가 낮게 중얼거렸다. "나한테 이걸 읽어달라고 하고 싶진 않을 텐데."

"왜?"

"그냥 내 말을 들어. 이건 네가 그동안 썼던 것들이랑 달라."

"상관없어." 샌디가 말했다. "듣고 싶어. 내가 도대체 뭘 써 온 건지 알고 싶다고."

"음, 좋아." 루스가 살짝 얼굴을 찌푸렸다. "내가 미리 경고했다는 것만 잊지 마." 그녀는 아무런 감정도 실리지 않은 목소리로 천천히 그 시를 읽어 내려가기 시작했다. 단어들이 하나씩 나열되는 동안 키트는 벽난로 앞에 넋을 잃은 표정으로 선 채 자신의 귀를 의심했고 샌디는 얼굴이 새하얗게 핏기를 잃어갔다. 마침내 그녀는 번역을 중단하라는 손짓을 보냈다.

"그만. 더 이상 읽지 마."

"그러게 내가 뭐랬니. 듣고 싶지 않을 거라고 했잖아." 루스가 말했다.

"역겨워." 샌디가 목이 멘 듯 말했다. "난 이제까지 저런 말은 써본 적이 없어. 추잡하기 짝이 없고 구역질이 나려고 해."

"어, 나를 탓하지는 마." 루스가 말했다. "난 그저 네가 원해서 이걸 읽어준 죄밖에 없으니까. 혹시 작가가 누군지 물어봐도 돼?"

"생각도 하고 싶지 않아." 샌디가 비참한 표정으로 키트를 향해 몸을 돌렸다. "저런 쓰레기를 입 밖으로 쏟아내다니 도대체 얼마나 무시무시하고 미친 괴물일지 상상이 가니?" 그녀는 몸을 벌벌 떨었다. "내가 펜을 쥐고 있었다는 것만으로도 기분이 더러워. 애초에 이런 일을 하지 말았어야……."

그녀는 번쩍이는 강한 불빛에 별안간 사방이 하얗게 변하자 말허리를 뚝 끊었다. 그 순간 고막이 찢겨 나갈 것 같은 무시무시한 천둥소리가 들려왔다. 그 충격으로 천장이 들썩이는가 싶더니 창가 벽에 걸린 그림이 덜커덕거리다 바닥으로 툭 떨어졌다. 동시에 전깃불도 깜빡거리다 꺼지고 말았다.

갑작스러운 정적에 휩싸이자 키트는 빗방울 떨어지는 소리와 함께 자신의 심장이 쿵쾅거리며 뛰는 소리를 들을 수 있었다.

"저건……." 그녀는 말을 하기 위해 목구멍 속에서 억지로 목소리를 끄집어내야 했다. "저건 아주 가까운 곳 같은데."

루스가 고개를 끄덕였다. 벽난로의 불빛이 반사되어 그녀의 안경 위에서 불꽃들이 너울거리고 있었다. "굴뚝 위로 떨어진 게 틀림없어."

"그리고 이젠 정전까지. 아주 끝내주네." 샌디가 떨리는 목소리로 말했다. "이 어둠 속에서 계단을 올라가고 방을 찾아 더듬거리는 게 상상이 돼?"

"상상하고 싶지도 않아." 키트가 말했다. "나는 여기서 잘 거야. 누가 소파를 차지할지 제비뽑기라도 할까." 농담처럼 던지고 싶었는데 전혀 뜻대로 되지 않았다. 그때 응접실 문 너머 복도에서 웅성거리는 소리가 들려왔다. 뭔가 지시를 내리는 뒤레 부인의 날카로운 목소리였다. 팔리 선생님도 있었고, 쥘은 뭔가 이의를 제기하느라 목청을 높이고 있었다. 또 다시 천둥소리가 들려왔다. 이번에는 먼 곳인 듯했다. 그리고 문이 열렸다.

"얘들아!" 팔리 선생님이 말했다. "다들 괜찮은 거니?"

"그런 것 같아요." 루스가 말했다. "무슨 일이 일어난 건지 아시나요?"

"식당 창문 밖에 있던 큰 나무에 벼락이 떨어진 것 같아. 쥘이 살펴보러 갔고 뒤레 부인은 양초를 찾으러 주방에 갔단다. 이럴 때를 대비해서 식탁에 비치해놓은 양초들이 분명 있을 거야."

"그래도 우리한테는 벽난로가 있어요." 샌디가 말했다. "캠핑이라도 온 셈치고 마시멜로를 구워 먹으면서 유령 이야기나 하죠, 뭐." 순간 침묵이 흘렀다. 그제야 자신이 뱉은 말의 의미를 완전히 깨달은 그녀가 웃기 시작했다. 높고 기괴한 웃음소리는 한번 터져나오자 멈출 줄을 모르고 이어졌다. 마치 탄산수가 가득 찬 병을 흔들었다가 마개를 뽑은 것처럼 주체할 수 없이 격렬하게 쏟아져나왔다.

"그만해." 루스가 그녀에게 말했다.

그러나 샌디는 멈추지 않았다. 벽난로 앞 바닥에 주저앉아 겁에 질린 눈을 동그랗게 뜨고 그들을 쳐다보며 두 뺨 위로 불빛에 물든 눈물을 줄줄 흘리면서도 여전히 웃음을 그칠 줄 몰랐다. 저택의 모서리에 걸린 바람이 빗소리에 묻히지 않으려는 듯 안간힘을 쓰며 비명을 질러대고 있었다.

"샌드라? 오, 애야." 팔리 선생님이 절름거리는 노인의 걸음으로 천천히 방을 가로질러 다가왔다. 벽난로 불빛에 비친 그의 실루엣은 더없이 기괴해 보였다. 그는 몸을 굽혀 샌디의 얼굴을 내려다보았다. "제발 자제를 좀 해야 하지 않겠니."

"걘 못해요. 히스테리 상태잖아요." 루스가 말했다.

"확실히 그래 보이는구나." 팔리 선생님이 고개를 들었다. "너희 중 한 명이 가서 뒤레 부인을 모시고 오너라. 그녀라면 이럴 때 어떻게 해야 하는지 알고 있을 거다."

"이 어둠 속에서요? 주방은 저택 뒤편의 제일 안쪽에 있다고요." 루스가 이의를 제기했다.

"제가 갈게요." 키트가 말했다.

"코앞도 보이지 않을 정도로 어두운데? 복도에서 길을 잃고 말 거야."

"아니, 그럴 일은 없을 거야." 키트는 자신의 목소리에 실린 간절함이 못마땅했다. 그런데 어찌 된 일인지 그녀의 말을 듣고 눈이 둥그레져서 그녀에게 의혹에 찬 시선을 돌리는 사람이 아무도 없었다. 두 사람은 여전히 나란히 허리를 굽히고 샌디를 보고 있었다. 키트를 보는 이는 아무도 없었고 그녀를 말리는 이도 없었다.

키트는 밖으로 나와 등 뒤로 문을 닫은 다음 어둠이 꽉 찬 복도를 따라 걷기 시작했다. 그녀는 두렵지 않았다. 지난 몇 주 만에 처음으로 그녀 안에 있던 모든 공포가 말끔히 사라진 듯했다.

그녀는 마음먹은 일을 향해 곧장 앞으로 나아갔다. 시간이 많지 않으니 서둘러야 한다. 언제 뒤레 부인이 양손 가득 양초를 들고 복도 저쪽 끝에 있는 문들 중 하나를 열고 나타날지 몰랐다. 키트는 벽에 바싹 붙어서 걸었다. 한 손을 벽 위에 올리고 앞으로 가야할 거리와 지금까지 온 거리를 견주어 측정하려고 애를 쓰며 길잡이를 삼았다. 음악실 문 앞에 도착했다. 그녀의 손이 문틀에 닿는가 싶더니 출입구의 벌어진 빈 공간을 가로질러 건너편 벽으로 옮겨 갔다. 그녀는 걸음 수를 세기 시작했다. 하나, 둘, 셋, 넷. 음악실 문에서 뒤레 부인의 사무실 문까지 몇 걸음이나 될까? 마음속으로 떠올려보려고 했지만 그녀를 둘러싼 깊이를 가늠할 수 없는 어둠 때문에 대낮에 복도가 어떤 모습이었는지에 대한 기억까지 모두 가물가물해졌다.

열, 열하나, 열둘…… 너무 멀리 와버린 건가? 어쩌다가 문틀을 놓쳤나? 설상가상으로 완전히 길을 잃고 식당 입구를 향해 가고 있는 건 아니겠지?

'오, 신이시여, 제발 그것만은 아니기를.' 키트는 생각했다. '만일 이러다 진짜로 식당이 나오면 절대로 다시 뒤돌아 왔던 길을 되돌아가지는 못할 거야.'

열셋, 열넷, 열다섯, 그리고 드디어 그곳에 도착했다. 벽의 판자가 꺾이는가 싶더니 손 밑으로 매끈하고 단단한 나무 문이 느껴졌다. 키트는 안도의 한숨을 내쉬며 조금씩 조심스럽게 문 위를 더듬어 나갔다. 첫 시도에서는 놓쳤지만 두 번째로 문 위를 가로질러 가던 손가락들이 마침내 문손잡이를 찾아냈다. 침묵의 기도와 함께 손잡이를 쥐고 돌리는 순간 어찌나 순순히 움직이던지, 문이 갑자기 벌컥 열리는 바람에 키트는 거의 방 안으로 고꾸라질 뻔했다.

그녀는 사무실 안에 들어와 있었다. 발아래 느껴지는 카펫의 감촉과 안에 보관해놓은 린다의 그림들에서 나는 희미한 물감 냄새로 알 수 있었다. 딱 한 번 와본 것이 전부였지만 구석구석 뭐가 있는지 설명이라도 할 수 있을 정도였기에 그녀는 주저하지 않고 책상을 향해 곧장 돌진했다. 앞으로 내민 손에 의자의 등받이가 닿았다. 그것을 지나자 손바닥 밑에 평평하고 매끄러운 책상 면이 느껴졌다. 그녀는 계속해서 손을 더듬거리며 서류 더미와 컴퓨터를 지나 마침내 목표물을 찾아냈다.

전화기였다.

어둠 속에서 숫자판이 보이지 않았지만 문제없었다. 버튼을 다 누르고 나면 교환수가 나올 것이다.

'일 분만 있으면,' 그녀는 생각했다. '이제 일 분만 있으면 트레이시의 목소리를 듣게 될 거야.' 아니면 트레이시의 어머니나 아버지의 목소리일 수도 있다. 그리고 그녀는 '저 키트인데요, 제가 지금 블랙우드에 갇혀 있어요. 도와주세요! 절 꼭 구해주셔야 해요!'라고 말할 것이다. 부들부들 떨리는 손으로 수화기를 들고 다른 한 손으로 더듬거리며 버튼을 찾아 눌렀다. 한껏 기대에 부푼 그녀는 미리 숨까지 들이마시며 말을 시작할 태세를 갖추었다. 그리고 바로 그때, 그녀는 발신음이 들리지 않는다는 사실을 깨달았다. 귀에 대고 있는 수화기는 죽은 듯 침묵을 지키고 있었다.

한참 동안 그녀는 수화기가 소생하기를 바라며 꼼짝도 하지 않고 멍하니 서 있었다. 그리고 천천히 팔을 내렸다. 수화기가 그녀의 손에서 미끄러져 그대로 책상 위로 떨어졌다. 부딪치는 소리가 요란하게 났지만 아무래도 상관없었다.

"우리에게 유일한 기회였는데." 키트가 중얼거렸다. "유일한 마지막 기회였는데."

모두가 너무나 당황하고 흥분해서 사방팔방으로 급하게 뛰어다니느라 사무실 문을 잠그는 걸 깜빡하는 이런 밤이 다시는 오지 않을 것이다. 어쩌다 한 번 있는 일이었다. 전화선이 수리될 때쯤이면 저택은 다시 평상시의 모습으로 돌아갈 것이고, 사무실은 외부의 침입으로부터 안전한 곳이 될 것이다.

'내가 샌디였다면,' 키트는 비참한 기분으로 생각했다. '히스테리를 일으켰을 거야. 여기 서서 비명을 지르고 미친 듯이 웃으면서 벽에다 머리를 찧고 있겠지. 아니면 통곡을 하거나. 죽을 때까지 운다 해도 영원히 눈물이 마르지 않을 것 같아.'

그러나 그녀는 그녀답게 그 어느 것도 하지 않았다. 그저 어둠 속에서 책상에 기대어 선 채 운명처럼 다가올 다음 일을 기다리고 있을 뿐이었다. 뒤레 부인이 양초를 가지고 응접실로 들어설 것이고, 팔리 선생님은 그녀를 찾아오라고 보낸 키트가 함께 있지 않은 것을 알게 될 것이다. 그리고 어디를 찾아봐야 할지 누구든 금세 생각해낼 것이다. 시간 문제일 뿐이었다. 문 밖으로 복도가 점점 환해지면서 발자국 소리가 가까이 다가왔다. 그리고 별안간 나타난 손전등 불빛이 곧장 그녀의 얼굴로 달려들었다.

쥘의 목소리가 들렸다. "키트! 여기서 뭘 하고 있는 거야?"

이어 책상 위로 옮겨 간 손전등 불빛에 수화기가 내려진 전화기가 드러났다. 쥘이 숨을 삼키는 소리가 들려왔다.

"전화를 건 거야?"

"물론이죠." 키트는 침착한 목소리를 유지하려고 애썼다. "경찰을 불렀어요. 지금 마을에서 여기로 오고 있는 중이에요. 가서 어머니한테 정문을 열어놓으시라고 말씀드리는 게 좋을 거예요, 쥘."

"그런데 전화는 왜 끊지 않고 그냥 둔 거야?" 방 안으로 들어온 쥘은 그녀 앞으로 손을 뻗어 책상 위에서 수화기를 집어 들었다. 그리고 잠시 귀에 대보더니 제자리에 올려놓았다.

"거의 넘어갈 뻔했어." 그가 말했다. 목소리가 기묘하리만치 부드러웠다. "전화선이 고장인가 보군. 자, 키트, 그만 다른 애들이 있는 데로 돌아가야지."

"돌아가고 싶지 않아요." 키트가 말했다. "그 방에서 평범한 사람들처럼 당신 어머니랑 선생님이랑 잡담이나 나누면서 나란히 앉아 있지는 않을 거예요."

"키트, 제발. 네가 그런 식으로 생각하지 않았으면 좋겠구나."
그가 그녀의 어깨 위로 팔을 두르려 했지만 키트는 몸을 비틀어
빠져나온 뒤 잽싸게 의자 주위를 돌아갔다. 이제 두 사람은 의자
를 사이에 두고 마주 보고 서 있었다.

"좋아." 쥘이 딱딱하게 말했다. "그러면 방으로 데려다줄게. 적
어도 이건 따라줘야 할 거야. 손전등 없이는 절대로 길을 못 찾을
테니까."

그가 움직이자 손전등 불빛도 그를 따라 어둠 속에서 카펫을 지
나 반대편 벽으로 길을 내며 움직였다.

한 무더기의 캔버스 위로 흔들리며 지나가던 불빛이 파일을 보
관하는 캐비닛 옆에 기대어 있는 무언가를 발견하고는 갑자기 우
뚝 멈춰 섰다.

두 사람 모두 일순간 말을 잃었다.

그리고 쥘의 나지막한 목소리가 흘러나왔다. "맙소사!"

18장

"누가 한 거야? 누가 저…… 저런 걸 그렸어? 린다일 리가 없어."

"맞아요." 키트가 속삭였다. "달리 누구겠어요?"

그녀는 마치 최면에라도 걸린 듯 그 그림을 뚫어지게 바라보았다. 메스꺼움에 몸서리를 치면서도 눈을 뗄 수가 없었다. 상상조차할 수 없는 끔찍한 고문 장면이 눈앞에 펼쳐지고 있었다. 전경 속여인은 견디기 힘든 극심한 고통에 잔뜩 일그러진 표정으로 그들을 향해 비명을 지르고 있었다. 그 창백한 얼굴이 너무나 생생해서 마치 캔버스를 뚫고 튀어나올 것만 같았다.

"그렇지만 난……" 쥘의 목소리는 충격으로 잔뜩 쉬어 있었다. "난 그 애가 풍경화를 그리고 있다고 생각했는데! 강이나 들판처럼 아름다운 것들 말이야."

"그 손전등 좀 치워요."

키트는 눈을 감아버렸다. 그리고 다시 떴을 때는 불빛이 사라지고 그림은 다시 어둠에 덮여 있었다.

"이제 아시겠어요?" 그녀가 조용히 물었다. "이해되기 시작한 거예요?"

"미쳤어! 이런 걸 만들어낸 작자가 누구인지는 몰라도 추잡하기 짝이 없고 끔찍해!"

"토머스 콜은 아니에요."

"제기랄, 그럴 리가 없지!" 그가 어리둥절한 듯 말했다. "그럼 누구야? 뭐 알고 있는 거라도 있어? 그 애가 얘기한 적이 있니?"

"지난 몇 주 동안 그 애 얼굴조차 보지 못했어요." 키트가 그에게 말했다. "당신 어머니가 위층 방에 그 애를 꼼짝도 못하게 가둬놓고 있다고요. 우리가 문밖에서 아무리 불러도 우리랑은 말도 하지 않아요. 몰랐어요?"

"그 애가 대부분의 시간 동안 방에서 그림을 그리는 데 열중하고 있다는 건 알고 있었지만 난……." 쥘의 목소리가 갈라져 나왔다. "방에서 혼자 이런 걸 그리고 있다는 게 상상이 되니? 붓을 쥐고 눈앞에 놓인 캔버스에 이런 것들이 나타나는 걸 지켜보면서?"

"전 상상이 돼요." 키트가 말했다. "샌디도 그럴 거고요. 일단 저쪽 세상으로 가는 길이 열린 뒤에는 누가 그곳을 드나들든지 통제할 방법 따윈 없어요. 이제 당신 어머니가 왜 당신을 매개체로 쓰고 싶어 하지 않았는지 알겠어요? 당신이 자기 아들이기 때문이에요. 자기 아들에게 이런 짓을 할 어머니는 없을 테니까요."

"어머니는 모르고 계셔." 쥘이 머뭇거리며 말했다. "분명 모르고 계신 거야."

"당신 어머니는 이 그림들을 이미 다 보았어요. 자기 사무실에 보관하고 있잖아요."

"그럼 새 그림이겠지. 팔리 선생님이 오늘 여기로 가지고 내려왔을지도 몰라."

"다른 그림들도 많은데 한번 보실래요?"

키트는 그의 얼굴을 볼 수 없었지만 그의 목소리로 미루어 어떤 표정을 짓고 있을지 짐작이 갔다.

"아니."

"쥘," 그녀는 부드러운 목소리로 말했다. "저번 날 제가 당신 어머니가 유럽에서 운영하던 학교에 다녔던 여학생들이 어떻게 됐냐고 물었죠. 당신은 아는 게 없었고요. 그 파일이 여기에 있어요. 바로 저 금속 캐비닛 안에요. 우린 저걸 열어서 살펴보기만 하면 돼요."

"난 그렇게 할 수 없어." 쥘이 말했다.

"해야 해요! 우리한테 빚진 게 있잖아요!" 키트는 어둠 속에서 손을 뻗어 그의 팔을 잡았다. "제발요, 쥘. 우린 알아야 한다고요! 그 애들한테 일어났던 일이 지금 우리한테 벌어지고 있다는 걸 모르겠어요? 당신한테는 별것 아닌가요? 아무런 상관도 없어요?"

"왜 상관이 없겠어." 그가 캐비닛 쪽으로 손전등을 돌렸다. 비스듬히 스쳐가는 손전등 불빛을 따라 고통에 찬 그림 속 여인의 얼굴이 다시 한 번 모습을 드러냈다. 세밀한 묘사 하나하나가 어찌나 사실적인지 그림에서 흘러내린 피로 바로 밑 카펫에 얼룩이 져 있을 것만 같았다.

키트는 치밀어 오르는 구역질을 누르느라 침을 꿀꺽 삼켰다.

"좋아." 오래지 않아 쥘이 입을 열었다. "찾아보자."

그들은 함께 캐비닛으로 다가갔다. 쥘은 여전히 손전등을 손에 꼭 쥐고 있었다. 캐비닛에는 위아래로 두 개의 서랍이 있었다.

키트는 무릎을 꿇고 위쪽 서랍 손잡이를 잡아당겼다. 손쉽게 열린 서랍 속에 검은 가죽으로 장정한 거래 장부들이 보였다. 그 밑으로는 폐기된 수표들이 고무줄로 한데 묶여 차곡차곡 쌓여 있었고 영수증 파일도 눈에 띄었다.

키트는 찌푸린 얼굴로 그것들을 바라보았다.

"베르메르의 작품을 팔아서 얼마를 챙겼는지에 대한 기록도 여기에 있을지 모르겠네요."

"우리가 찾는 건 학생들에 대한 파일이잖니." 쥘이 말했다. "내가 동의한 건 그거야. 비밀 재무 기록이 아니라. 그 서랍은 그만 닫고 밑의 서랍을 열어봐."

"알았어요." 키트는 떨떠름한 표정으로 마지못해 서랍을 도로 밀어 넣고는 그 밑의 서랍을 쭉 잡아당겼다. 이번에는 서랍 양옆의 홈에 녹이라도 슬기 시작했는지 희미한 마찰음과 함께 저항이 느껴졌다.

"찾았어요!" 키트는 심장이 뛰는 속도가 빨라지는 것을 느끼며 소리쳤다. "이름들이 알파벳순으로 정리되어 있어요. '신시아 앤더슨', '진 보넷', '메리 다시'. 숫자가 많진 않네요."

"다른 학교에서도 학생 수는 적었어." 쥘이 말했다. "여기처럼 말이야. 어디서부터 볼까?"

"그야 맨 앞에서부터 봐야죠." 키트는 '앤더슨'이라는 이름표가 붙은 폴더를 향해 손을 뻗었다. "손전등 좀 이 위로 비춰주시겠어요? 오, 이런!" 그녀는 실망으로 숨이 막혀왔다. "다 프랑스어잖아요!"

"놀랐니? 어머니의 모국어잖아. 그건 나한테도 마찬가지고." 쥘은 그녀의 손에서 파일을 집어 들었다. "이리 줘. 내가 읽어볼게."

"소리 내서 읽어주세요!" 키트가 말했다. 그리고 잠시 후 그녀가 다시 말했다. "큰 소리로 읽어달라고요, 쥘! 내가 알아들을 수 있게요!"

"내가 먼저 한번 훑어보마." 쥘은 서류 위에서 손전등 불빛을 옮기다가 어떤 대목에서는 다시 읽어보는 듯 여기저기에서 잠깐씩 동작을 멈추곤 했다.

"뭐라고 적혀 있어요?" 키트가 졸랐다. "신시아 앤더슨에게 무슨 일이 있었대요?"

"그만 좀 보채, 키트." 쥘이 퉁명스럽게 말했다. "나머지 파일들도 봐야겠다. 하나만 봐가지고 무슨 얘기를 할 수 있겠니."

"알았어요. 서둘러요. 당장이라도 누군가 우릴 찾으러 들이닥칠지 몰라요." 키트는 조바심에 입술을 잘근거리며 말을 멈추었다. 밖에서는 폭풍이 여전히 요란하게 아우성을 치고 있었지만, 사무실 안은 쥘이 폴더 하나를 끝내고 다음 폴더로 넘어가며 이따금씩 바스락거리는 소리를 내는 것 말고는 쥐 죽은 듯 고요했다.

몇 시간은 족히 흐른 것 같았다. 그가 마침내 마지막 폴더를 도로 집어넣고 서랍을 닫았다.

"자, 이제 그만 가자." 쥘이 말했다. "응접실로 돌아가는 거야."

"할 말이 그게 다예요?" 머리 꼭대기까지 화가 치민 키트는 꽥 소리를 질렀다. "스무 개가 넘는 기록들을 다 읽어본 다음에 저한테 해줄 말이 단 하나도 없으시다?"

"할 말이 '단 하나' 있지." 쥘이 말했다. "널 여기서 나가게 해주겠어."

"당신이…… 네?" 키트는 그의 얼굴을 찬찬히 뜯어보며 표정을 읽어내려고 애를 썼다.

"빠를수록 좋아." 쥘이 말했다. "가능하면 오늘 밤 당장. 만약 안 되면 내일 아침이 밝자마자."

"대체 거기에 뭐라고 쓰여 있었는데요? 파일들 속에 뭐가 있었어요? 말해주세요!"

"너한테 굳이 얘기해줄 필요는 없어." 자리에서 일어난 쥘이 몸을 굽혀 그녀의 손을 잡았다. "저 서류들에 뭐라고 쓰여 있는지는 이제 아무 상관없어. 중요한 건 네가 원하는 걸 얻게 될 거라는 거지. 넌 집으로 가는 거야. 너희 네 명 모두. 내가 직접 운전해서 데려다줘야 하는 한이 있더라도 말이야."

그의 목소리가 너무나 단호해서 키트는 더 이상 질문할 수가 없었다. 그녀는 그가 잡아끄는 대로 순순히 자리에서 일어났다. 앞에서 반짝이는 손전등 불빛이 사무실을 나와 아래층 복도를 따라 돌아가는 길을 안내해주었다. 벽난로 덕분에 응접실 문 밑으로 긴 장밋빛 띠가 드리워져 있었다. 쥘은 키트의 손을 잡은 채로 문을 벌컥 열고는 그녀를 이끌고 안으로 들어섰다. 키트가 재빨리 주위를 둘러보았지만 삼십 분 전에 그곳을 나설 때와 크게 달라진 점은 없었다. 샌디는 여전히 벽난로 앞에 몸을 웅크리고 얌전히 앉아서 양손에 얼굴을 파묻고 있었고 팔리 선생님이 옆에서 그녀를 달래고 있었다. 루스는 벽난로 옆으로 의자를 밀어놓고 깜빡거리는 불빛에 책을 읽으려고 애쓰는 중이었다.

뒤레 부인은 문 쪽으로 등을 보인 채 벽난로 선반에 양초 다발을 늘어놓고 있었다. 문이 열리는 소리가 들리자 그녀가 돌아서며 물었다. "쥘? 어디서 개를 찾았니?"

쥘이 나지막한 목소리로 대답했다. "어머니가 의심하신 대로 사무실에서 전화를 걸려고 하더라고요. 전화선이 고장 나긴 했지만요. 완전히 먹통이었어요."

"천만다행이로구나."

뒤레 부인이 키트를 얼음처럼 차가운 눈으로 노려보았다. "그런 식으로 머리를 쓰면 정말로 뭔가 해낼 수 있을 거라고 생각했던 거니? 캐스린, 난 네가 지금쯤이면 크리스마스 때 집으로 돌아가기 전까지는 블랙우드에 남아 있어야 한다는 사실에 적응했을 줄 알았는데 말이지. 네가 무슨 짓을 한들 그건 변하지 않아. 네가 지금의 상황을 있는 그대로 받아들여 준다면 너나 다른 이들이나 생활하기가 한결 수월해질 것 같다만."

"제가 왜 그런 걸 받아들여야 하는데요!" 키트가 반항적으로 소리쳤다. "여기 있는 우리 모두 이젠 그럴 필요가 없어요! 퀼이 우리를 여기서 나가게 해줄 테니까요!"

"말도 안 되는 소리." 뒤레 부인이 단호하게 말했다. "퀼이 그런 짓을 할 리가 없다. 네가 한바탕 난리법석을 부릴까 봐 달래려고 한 소리겠지. 퀼은 불협화음을 아주 싫어하거든."

"그렇지 않아요!" 키트가 그녀에게 말했다. "그는 진심이에요! 약속했다고요!" 그녀는 자신의 손을 잡고 있는 힘찬 손을 더욱 세게 움켜쥐었다. "퀼, 저한테 약속했잖아요. 진심이었던 거 맞죠?"

"맞아." 퀼이 말했다.

마치 연못에 던진 돌멩이처럼 그의 대답이 방 안으로 툭 떨어졌다. 단어 하나에 불과한 그 말은 침묵 속에서 꼬리에 꼬리를 무는 잔물결을 일으키면서 맞은편 벽까지 미끄러지듯 거침없이 나아가 철썩하고 부딪쳤다. 루스는 책을 내려놓고 믿을 수 없다는 듯한 눈으로 그를 쳐다보았다.

샌디는 손에서 얼굴을 떼고 올려다보았고, 몸을 돌린 팔리 선생님은 벌어진 입을 다물지 못했다.

뒤레 부인은 양손에 양초를 든 채 그 자리에서 얼어붙은 듯 꼼짝하지 않았다.

"방금 뭐라고 했니?" 그녀가 아들에게 물었다.

"맞다고 했어요. 이 애들을 여기서 데리고 나갈 거예요. 폭풍이 좀 잠잠해지면 오늘 밤에요." 쥘이 침착하게 말했다. "그 파일들을 읽었어요, 어머니."

"파일들?"

"사무실 캐비닛에 보관해놓으신 유럽에 있던 학교의 여학생들에 관한 것들요. 그 애들이 무엇을 했고 그 후에 무슨 일이 있었는지, 기록이란 기록은 전부 읽었어요."

"그렇다면 지금 어떻게 블랙우드의 학생들을 내보낼 거라는 말을 할 수가 있지?" 뒤레 부인이 못 믿겠다는 듯 말했다. "그 애들이 어떤 걸 이루어냈는지 봤을 거 아니니. 귀여운 진 보넷은 소설을 세 권이나 완성했어. 우린 그걸 필명으로 출판해서 그 인세로 블랙우드를 사들일 수 있었지. 그리고 마르세유에서 온 그 흑인 소녀는, 음, 이름이 뭐였더라, 지지였나? 프랑스 인상파 시대의 유화를 쉰 개도 넘게 그렸다."

"린다 해녀가 최근에 그린 유화 작품도 봤어요." 쥘이 말했다.

"그래? 음, 그 애는 지금 혼란한 시기를 겪는 중이라 아마도 그 작품은 팔 수 없을 거야." 뒤레 부인은 애석한 듯 한숨을 내쉬었다. "어쩌면 린다의 능력이 한계치에 다다르고 있는지도 모르겠구나. 그렇지만 나머지 애들은 이제 시작일 뿐이야! 아직 몇 달 남았으니 좋은 일이 생길 거다! 이 애들이 어떤 걸 만들어낼지 누가 알겠니!"

"어머니한테는 그게 중요한가요?" 쥘이 물었다.

"그럼 너한텐 아니란 말이냐? 믿기지 않는구나. 어제 네가 최근에 녹음한 캐스린의 연주 테이프를 틀어놓은 걸 내가 직접 들었는데."

"그건 어제였죠. 제가 모든 걸 알기 전요." 그는 놀란 눈으로 어머니를 바라보았다. "어머니는 정말로 제가 그 서류들을 다 읽고 나서도 이 일을 계속하고 싶어 할 거라고 생각하시나요? 어떻게 그럴 수가 있으세요?" 쥘은 목소리를 떨지 않으려고 안간힘을 쓰고 있었다. "어머니, 이해가 안 가세요? 그 학생들한테 무슨 일이 있었는지 제가 다 알게 됐다고요!"

"그 서류에 대체 뭐라고 쓰여 있었는데요?" 키트가 애원했다. "제발, 쥘. 당신 어머니는 절대 포기하지 않을 거예요. 당신이 우리한테 말해줘야 해요."

잠시 주저하던 쥘은 이내 결심이 선 듯했다.

"스무 명 중에 네 명이 죽었어."

"죽었다고요!" 키트가 중얼거렸다.

"세 명은 자살을 했고 나머지 한 명은 학교의 삼층 창문을 기어 올라가려다가 추락했어. 그리고 사고로 처리됐지."

"그리고 나머지 애들은요?" 키트는 그 질문을 뱉어내느라 온 힘을 쥐어짜야 했다.

"다른 애들은 다 미쳐버렸어. 한 명도 빠짐없이 전부 정신병원에 있다고!"

여전히 벽난로 앞 바닥에 주저앉은 채로 샌디는 낮은 신음 소리를 냈다.

팔리 선생님은 나무라는 듯 고개를 저었다. "이런 자리에서 하기에는 매우 현명하지 못한 말이로구나, 쥘. 이 애들을 심란하고 불행하게 만들기밖에 더하겠니. 그런 얘기를 하는 건 잔인한 짓이야."

"잔인하다고요!" 키트가 울부짖었다. "쥘이 '잔인하다'고 하셨어요? 선생님은 전부 다 알고 있었어요! 선생님이랑 뒤레 부인, 당신들 둘은 사람도 아니에요! 당신들은 우리 뇌를 파먹고 사는 덩치 큰 콘도르나 다름없어요!" 그녀는 악에 받친 채 쥘 쪽으로 몸을 돌렸다. "당장 여기에서 나가요! 폭풍이 문제가 아니에요. 이 끔찍한 곳에서 하룻밤을 더 눌러앉느니 차라리 떨어지는 나무에 맞고 길바닥에서 홍수에 쓸려 내려가는 편이 낫겠어요!"

"나도 같이 갈 거야." 샌디가 갑자기 벌떡 일어서며 외쳤다.

"루스?"

"나도 갈 거야." 루스가 말했다. 그녀의 얼굴은 분노로 어두워져 있었다. "아무도 이런 얘길 저희에게 해줄 생각이 없었다니 상당히 충격적이네요. 수신자가 되는 게 그만한 가치가 있는 일이란 건 알겠어요. 그렇지만 그게 나를 망가뜨리는 일이란 걸 아는 건 완전히 다른 문제죠."

"자, 얘들아, 그만 진정들 하거라." 뒤레 부인이 강한 어조로 말했다. "쥘, 이런 혼란을 일으키다니 너한테 몹시 실망이구나. 이전 학생들 중에 더러 불안정한 애들이 있긴 했다. 입학시험을 완벽하게 다듬기 전이라 이런 상황에 적응하기에는 지나치게 예민하고 감정적인 성향의 학생들이 의도치 않게 선발됐지. 그렇지만 앞으로 블랙우드에서 벌어질 일과는 아무런 관련이 없어. 너희들도 알다시피 사람은 제각기 다른 법이니까."

"스무 명 중에 스무 명은 저한테 충분한 확률이에요." 루스가 말했다. 그녀는 가슴 위로 노트를 꽉 쥔 채 서 있었다. "만일 제가 운이 아주 좋아서 훌륭하게 이 상황을 헤쳐 나가는 백만 명 중에 한 명이 된다고 해도 그걸 보자고 여기 붙어 있을 생각은 없어요. 네가 옳았어, 키트. 난 이제 나갈 준비가 됐어."

"키트, 가서 린다를 데려와." 쥘이 말했다. "어머니, 린다의 방문 열쇠와 정문 열쇠가 필요해요. 너희들은 짐을 다 싸려면 시간이 얼마나 걸리겠니?"

"시간이 걸리고 말고 할 것도 없어요." 키트가 그에게 말했다. "아빠 사진만 빼고 여기에 가져온 것들은 다 놔두고 갈 거예요. 사진은 일 분이면 가져올 수 있고요."

"전 아무것도 필요 없어요." 샌디가 말했다. "전 얼른 차에 타고 싶어요. 마을에 도착하면 버스 시간표를 알 수 있겠죠."

"너희들이 뭔가를 잊고 있는 것 같은데 말이다," 뒤레 부인이 나지막하게 말했다. "그 열쇠들은 너희가 원한다고 마음대로 쓸 수 있는 게 아니야."

"어머니가 가지고 계시잖아요." 쥘이 말했다.

"물론 내가 가지고 있지. 그렇지만 너에게 그것들을 잠깐이라도 넘겨줄 생각은 조금도 없다. 그리고 어디에 있는지 말해줄 생각도 당연히 없고. 정문에 걸려 있는 자물쇠는 변함없이 잠겨 있을 거고, 너희들도 여기 그대로 남아 있게 될 거야. 한 명도 빠짐없이 전부 다."

"우리를 여기에 잡아놓을 수는 없어요!" 키트가 외쳤다. "쥘이 그렇게 하게 내버려 두지 않을 거예요!"

"쥘이 뭘 할 수 있겠니. 저 애의 이런 비이성적이고 감상에 젖은 태도를 지켜보는 게 마음이 아프긴 하다만 젊은 남자들이란 낭만적인 생각에 빠지기도 하고 그러는 법이지. 이런 경우에 결국은 상식이 승리할 거라고 믿는다. 쥘은 총명한 아이야. 그리고 음악의 진보를 대단히 중요하게 생각하지."

"이 정도로 중요하지는 않아요." 쥘이 말했다. "무고한 목숨과 온전한 분별력이 벼랑 끝에 매달려 있는 이런 때라면 더더군다나요. 어머니, 전 이 상황이 믿어지지가 않아요. 부끄러움을 모르시는 거예요?"

"자네 어머니의 가치 체계는 자네의 것보다 훨씬 견고하다네, 젊은 친구." 팔리 선생님이 화가 난 듯 말했다. "자네라면 그녀의 지식과 경험을 존중해줄 것이라 기대했는데 말이야. 불후의 명성을 지닌 시인의 짤막한 시 한 편이 이 실험으로 얻는 전부라고 해도 흔해빠진 여자애들 네 명의 목숨보다는 훨씬 가치가 있다."

'그런 때가 있었어.' 키트는 깜짝 놀라서 생각했다. '내가 저 노인네를 참 다정한 사람이라고 생각했던 때가 말이지.' 그녀 안에서 점점 차오른 분노가 마침내 폭발 지점에 이르렀다.

"당신이야말로 한 가지 잊고 있는 게 있네요." 키트는 목소리를 진정시키기 위해 애를 쓰며 뒤레 부인에게 말했다. "저 너머의 세계에서 오는 걸 수신하고 있는 건 바로 우리들이라는 걸 말이죠. 그건 우리 거예요. 우리를 통해서 나오는 거니까요. 이제 우린 이 일을 진척시키는 데 더 이상 협조하지 않겠어요."

"협박을 하려는 거라면……." 뒤레 부인이 입을 열었다.

"협박이 아니라 사실을 있는 그대로 말씀드리는 거예요." 키트가 턱을 빳빳하게 치켜들었다. "우리가 순순히 응하지 않으면 당신들이 작품을 손에 넣을 방법은 전혀 없어요. 다음번에 제가 악보를 받아 적고 있다는 걸 깨닫게 되면 어떻게 할지 알려드릴까요? 그 종이를 갈기갈기 찢어서 변기에 쓸어 넣고 물을 내려버릴 거예요."

"네가 감히 그런 짓을 할 수 있을까!" 뒤레 부인의 두 눈이 분노로 이글거렸다.

"그럴 거예요! 그냥 지켜보시든가요!"

"저도 그렇게 할 거예요." 샌디의 목소리에 다시 씩씩한 기운이 돌아왔다. "다시는 제 시를 갖지 못하실 거예요. 이걸 포함해서 말이죠!"

그녀가 무슨 짓을 하려는지 아무도 눈치채지 못한 사이에 그녀는 스웨터 주머니에서 구겨진 종이 뭉치를 꺼내 불 속으로 휙 던져버렸다. 불꽃이 훌쩍 뛰어올라 종이를 삼키는 순간 방 안 구석구석에서 낮은 신음 소리가 동시에 터져 나왔다.

"저게 내가 번역해준 그거니?" 루스가 물었다.

"응. 어차피 있어야 할 곳은 저기야. 잿더미로 돌아가야지." 샌디는 끔찍하다는 듯 얼굴을 일그러트렸다. "더러운 것 같으니. 벌써 기분이 한결 나아졌어."

"저 애들을 말려요!" 팔리 선생님이 외쳤다. "저런 짓을 하게 내버려 두면 안 돼요! 저들이 망가트리고 있는 건 그 무엇으로도 대신할 수가 없다고요!"

"더 이상은 할 수 없을 거예요." 뒤레 부인이 으르렁대는 목소리로 말했다. "우린 이제부터 매일 매 순간마다 이 애들을 감시해야 해요. 필요하다면 사슬로 묶어놓고 옆에서 지켜보다가 작품을 완성하는 순간 손에서 낚아채는 거죠. 우리가 굴복하는 일은 절대로 없어요! 그러기엔 잃는 것이 너무 많아요! 이건 너무나 중요한 일이라고요!" 그녀가 루스를 향해 몸을 돌렸다. "지금 당장 그 노트를 내놓거라."

"와서 뺏어 가 보시죠!" 루스가 외쳤다. 그녀는 노트 표지를 북 찢더니 앞으로 돌진하며 노트 종이를 벽난로 속으로 아무렇게나 던져 넣었다. 곧바로 노트 모서리가 까맣게 타면서 안으로 말려들어 가기 시작했다. 뒤레 부인은 분노에 찬 비명을 내지르며 부젓가락을 집어 들었지만 쥘이 그녀의 앞을 막아섰다.

"너무 늦었어요, 어머니. 아직도 모르시겠어요? 이 실험은 이미 끝장이 났어요. 이 애들은 포기하지 않을 거예요. 그냥 가게 내버려 두세요. 제가 여기서 데리고 나갈게요. 여기 붙잡아놓는다고 해도 할 수 있는 게 없을 거예요. 어차피 소용없는 짓이라고요."

루스의 노트 종이들이 불길에 휩싸여 타닥타닥 소리를 내며 타올랐다. 그러자 깊은 심연에서 터져 나온 것 같은 고통과 분노에 찬 비명이 온 벽을 흔들었다. 목소리는 곧 절규가 되었다. 곧 다른 목소리가 합세하고 거기에 또 다른 목소리가 더해지면서 방 안 전체에 증오로 가득 찬 통곡의 합창이 울려 퍼졌다.

그때 갑자기 눈에 보이지 않는 손이라도 있는 것처럼 불붙은 노트 종이들이 벽난로 속에서 둥실 떠오르더니 아직 사그라들지 않은 불꽃들을 사방에 비처럼 뿌려대며 곧장 방 안으로 날아 들어왔다. 그 치명적인 미사일이 쌩하고 지나가는 순간 키트는 본능적으로 잽싸게 팔을 들어 얼굴을 가렸다. 그러다 그중 하나가 팔을 스쳤고 그녀는 고통에 찬 비명을 내질렀다. 사방에서 괴로운 듯 헐떡이는 숨소리와 울부짖는 소리들이 들려왔다. 마침내 손을 내렸을 때 그녀는 창문 커튼에 불이 붙은 것을 발견하고 공포에 사로잡혔다. 거대한 오렌지색 화염이 호화로운 천을 눈 깜짝할 사이에 게걸스럽게 집어삼켰고 삽시간에 소파와 속을 두툼하게 채워 넣은 의자로 옮겨붙었다.

"이제 네가 무슨 짓을 했는지 똑바로 봐라! 이 진절머리 나는 것들이 저들의 분노를 폭발시키고야 말았어!" 뒤레 부인이 방을 가로질러 가기 시작했다. "소방서에 전화해야겠다."

"그러실 수 없어요!" 쥘이 팔을 불쑥 내밀어 그녀를 가로막았다. "전화기가 먹통이라고요. 기억 안 나요? 우리에게 남은 유일한 방법은 마을까지 차를 몰고 내려가서 도움을 청하는 것뿐이에요. 정문 열쇠를 주세요!"

"네가 무슨 속셈인지 다 안다! 이 애들을 같이 데려가려는 거잖아!"

"물론 그럴 거예요." 쥘이 말했다. "그렇지만 어머니한테는 선택의 여지가 없어요. 이 낡은 저택은 일단 불이 나면 절대 빠져나갈 수가 없다고요! 아주 오래된 건물이잖아요. 목재들이 바싹 말랐어요. 막을 방법이 없어요!"

"이 빌어먹을 자식! 너희들 다 마찬가지야!" 뒤레 부인은 어찌 할 바를 모르고 그들을 무섭게 노려보고만 있었다. 그러더니 스커 트 주머니 속으로 손을 홱 집어넣더니 열쇠 꾸러미를 꺼냈다. "자, 여기 큰 사각형 열쇠야. 서둘러라, 쥘! 서둘러! 얼른 사람들이 오 지 않으면 너무 늦을 거다."

"최대한 빨리 해볼게요." 쥘이 그녀에게 말했다. "자, 어서, 여기 서 나가는 거야!"

그는 응접실 문을 활짝 열고 어두운 복도를 지나 현관까지 앞장 을 섰다. 잠시 후 그들은 얼굴에 세찬 바람을 맞으며 얼음장 같은 빗줄기 속에 서 있었다.

"우린 아파트로 갈 거야." 팔리 선생님이 잔디밭을 가로질러 가 면서 외쳤다. "저택하고는 떨어져 있으니까 바람이 방향을 바꾸지 만 않는다면 그곳은 괜찮을 거다."

팔리 선생님 뒤로 온몸을 검은색으로 휘감은 뒤레 부인이 루크 레티아와 보조를 맞추며 걷고 있었다. 쥘이 키트의 팔을 잡고 진 입로 쪽으로 밀었다.

"너희들은 여기서 기다려. 내가 차를 가져올게."

"드디어 여기서 나가는 거야!" 샌디가 웃음 반 울음 반 섞인 소 리로 말했다. "믿을 수가 없어, 키트. 우리가 진짜로 여기를 나가다 니! 아침이면 우린 집으로 돌아가는 길일 거야. 블랙우드를 생각하면 이 모든 것이 그저 기분 나쁜 꿈처럼 느껴지겠지!"

"마을에서 부모님께 전화를 해야겠어." 루스가 말했다. "그럼 비행기 표 값을 송금해주실 거야. 공항이 있는 가장 가까운 도시까지는 버스를 타고 가면 돼."

"집." 키트가 말했다. "천국이란 소리처럼 들리네."

그 순간 그녀는 가슴이 철렁 내려앉았다. 그녀는 몸을 돌려 아래쪽 창문 너머 화염으로 환해진 저택을 뚫어지게 바라보았다. 그사이 갑자기 나타난 불길이 이층 침실의 창가 모서리에서 사악한 붉은 혀를 날름거리고 있는 것이 눈에 들어왔다.

"샌디! 루스!" 그녀의 목소리가 공포에 질려 있었다. "우리가 린다를 까맣게 잊고 있었어!"

19장

"린다!" 샌디가 깜짝 놀라서 그녀의 이름을 거듭 외쳤다. "이런, 세상에! 너무 들떠서 아무도 그 애를 생각하지 못하고 있었어."

"넌 여기서 기다려." 키트가 그녀에게 말했다. "그리고 쥘한테 우리가 어디로 갔는지 말해줘. 루스와 내가 그 앨 데리러 갈 테니까."

"난 빼줘." 루스가 즉시 대답했다. "난 죽고 싶은 생각 같은 거 없어. 이미 불이 저렇게 번진 거 안 보여? 린다의 방이 저 옆쪽이잖아. 응접실 바로 위라고."

"설마 그 애를 저기 내버려 두고 가자는 소리를 하고 있는 건 아니겠지!" 키트는 믿을 수 없다는 듯 소리쳤다. "그럼 걘 타 죽고 말 거야!"

"그럼 그 애를 데리러 다시 안으로 들어간 우리한텐 무슨 일이 생길 거 같아?" 루스는 고개를 내저었다. "미안해. 정말 끔찍한 일이긴 한데 우리가 할 수 있는 건 아무것도 없어. 혹시 소방관들이 도착하면……."

"한 시간 뒤에?" 키트가 소리쳤다. "마을까지 차를 몰고 가서 의용소방대를 불러 모아 여기로 다시 데리고 오려면 그 정도는 걸릴 거야. 그때쯤이면 이곳은 잿더미로 변해 있을 거라고!"

"그래. 그러니까 나도 그 잿더미 속에 들어가 있고 싶지 않단 말이야." 루스가 말했다. "인정할 건 인정해, 키트. 이미 저택 앞쪽으로는 불이 다 번졌어. 저 창문들을 봐. 완전히 불타고 있잖아! 현관으로는 절대 들어갈 수 없을 거야!"

"주방을 통과하면 돼." 키트가 말했다. "불이 거기까지 갈 만한 시간은 아직 없었어. 루스, 린다잖아. 네 제일 친한 친구!"

"미안." 루스가 다시 말했다. "진심이야. 이층까지 갔다가 다시 내려오는 게 어림도 없는 일이라 그래. 린다를 구해내지도 못할 뿐더러 우리 목숨까지 그냥 무의미하게 내던지는 거라고."

"애 말이 맞는 거 같아, 키트." 샌디가 떨리는 목소리로 말했다. "우리가 할 수 있는 최선의 방법은 린다 방 창문 밑으로 가서 힘껏 소리를 지르는 거야. 걔를 거기서 뛰어내리게 하면 되잖아."

"폭풍우 때문에 우리 목소리가 들릴 리가 없어."

"유리창으로 돌을 던지는 건 어때."

"우리가 방문 너머에서 불러도 대답조차 안 하는 애가 그 소리에 반응을 보일 거라고 생각해?"

"그래도 가능성은 있잖아. 안 그래?" 루스가 말했다. "그냥 손 놓고 있는 거보다는 낫지."

"그다지 크게 나을 건 없는 것 같은데." 키트가 날카롭게 쏘아붙였다. "돌을 던지고 싶으면 너희들 마음대로 해. 난 주방을 통해 안으로 들어가 볼 테니까."

"안 돼! 그러다 안에 갇히고 말 거야!" 샌디가 그녀의 팔을 붙잡았다.

키트는 참을성 없이 그녀를 뿌리쳤다.

"어떻게든 린다를 밖으로 데리고 나올 방법이 있다면 절대 그 애를 저 위에서 죽게 내버려 두지 않을 거야."

두 친구를 뒤에 남겨둔 채 그녀는 저택 옆으로 달리기 시작했다. 모퉁이를 돌자마자 바람이 그녀를 전속력으로 후려치면서 빗방울들이 자잘한 탄환처럼 마구 날아들었다.

왼쪽 어딘가에 연못이 있었지만 어둠과 쏟아지는 빗줄기에 묻혀 보이지 않았다. 발밑으로 익숙한 자갈길이 느껴졌다. 이미 오래전에 죽어버린 정원의 마른 풀들이 발목을 긁어내렸고 가시 박힌 덩굴장미 줄기가 튀어나와 그녀의 뺨에 생채기를 냈다.

"키트! 기다려!" 샌디의 목소리가 뒤에서 아득하게 메아리쳤다.

"기다릴 수 없어." 키트가 소리쳐 대답했다. "기다릴 시간이 없다고!"

저택 뒤쪽에 다다르자 길이 한결 수월해졌다. 심어놓은 풀들도 성글어지고 처마가 빗줄기를 어느 정도 막아주었다. 그녀는 한 치 앞도 보이지 않는 어둠 속을 허우적거리며 나가다 소각장과 마주쳤고, 거기서 뒤로 돌아 마침내 주방으로 향하는 길을 찾아냈다. 그 순간 그녀의 유일한 두려움은 문이 잠겨 있으면 어쩌나 하는 것이었지만 다행히 문은 쉽게 열렸고, 잠시 후 그녀는 더듬거리며 어두운 주방을 가로질러 가고 있었다. 건너편에 도착해서 식당으로 나가는 문을 여는 순간 그녀는 깜짝 놀라서 비틀거리며 뒷걸음질을 쳤다. 순식간에 몰려온 매캐한 연기 때문에 숨이 막혔던 것이다. 문이 저절로 획 닫혔다. 그녀는 조리대 모서리에 힘없이 기대서서 숨을 헐떡거리며 눈에 들러붙은 따가운 연기를 닦아냈다.

얼굴을 가려야 한다. 그렇지만 이 어둠 속에서 무슨 수로? 그녀는 필사적으로 주방의 정확한 배치를 기억해내려고 애썼다. 개수대 옆에 내털리가 행주를 걸어놓곤 하던 건조대가 있었다. 내털리가 그만두고 난 뒤 루크레티아도 그걸 썼던가?

키트는 벽과 나란하도록 한쪽 팔을 앞으로 쭉 뻗은 채 조리대 뒤쪽으로 조금씩 걸어갔다. 그녀의 손이 매끄러운 타일을 지나 개수대와 수도꼭지에 닿더니 부드러운 면직물의 감촉을 찾아냈다.

"다행이다." 키트는 안도의 숨을 내쉬며 행주를 움켜잡고 건조대에서 빼냈다. 그리고 수도꼭지를 틀어 차가운 물에 흠뻑 적신 뒤 얼굴 위로 베일처럼 드리워지게 머리를 감싸고 다시 식당으로 나가는 문으로 돌아갔다. 이제 저 문을 열면 적어도 계단에 닿을 때까지는 연기에 맞서 버틸 수 있을 것이다. 식당을 채 절반도 지나기 전에 그녀는 더 이상 장님처럼 걷고 있지 않다는 사실을 깨달았다. 복도 쪽에서 비쳐 들어오는 희미한 불빛 때문이라는 걸 알았을 때 곧 그곳에서 무엇과 맞닥뜨리게 될지 마음의 준비를 했어야 했다. 식당을 빠져나오자마자 엄청난 위력의 열기가 그녀를 덮쳐 왔던 것이다. 복도 저쪽 끝에 있는 응접실 벽은 완전히 불덩이로 변해 있었다.

복도가 짙은 연기로 가득 차 있었지만 그녀는 이층으로 가는 계단의 곡선을 간신히 분간해낼 수 있었다. 첫 번째 계단에 발을 디딘 그녀는 머뭇거리지 않고 오르기 시작했다. 그러다 활활 타오르는 거대한 두 번째 화염의 벽이 갑자기 눈앞에 나타나자 겁에 질린 채 층계참에서 우뚝 멈춰 섰다.

"이럴 순 없어!" 그녀는 숨을 헐떡거렸다. 그리고 또 한 번 거울의 교묘한 장난에 당했을 뿐이라는 것을 알고 안도감으로 몸을 벌벌 떨었다. 맹렬한 불길에 휩싸인 아래층 복도의 모습이 그대로 반사된 것이었다. 그녀는 계속 앞으로 나아가 마침내 이층 복도에 다다랐다. 아래층보다는 훨씬 시원했고 연기도 심하지 않았다. 조명이라고는 거울에 반사된 흐릿하게 흔들리는 빛이 전부였지만 린다의 방까지 가는 길을 알아보기에는 충분했다. 문손잡이를 잡고 돌리던 그녀가 절망에 찬 외마디 비명을 내질렀다. 어떻게 이

문이 잠겨 있을 거라는 걸 잊고 있을 수 있었단 말인가? 문을 열 방법이 없었다. 뒤레 부인에게서 열쇠를 받으러 마차 차고에 도착할 때쯤이면 아래층 복도를 지나 다시 이곳으로 돌아오는 것은 불가능할 것이다.

그녀는 주먹을 쥐고 있는 힘껏 문을 내리치기 시작했다.

"린다?" 그녀가 소리쳤다. "린다, 깨어 있는 거야? 내 목소리 들려, 린다?"

방 안에서는 아무 소리도 들리지 않았다. 키트는 더욱 요란하게 문을 두드렸다.

"린다, 대답해! 그 안에 있는 거 다 알아. 그래야만 해. 린다, 불이 났어! 블랙우드가 불타고 있다고! 내 말 듣고 있는 거야?"

그녀의 상상이었을까? 아니면 희미하게 부스럭거리는 소리와 움직임, 알아들었다는 듯한 한숨 소리가 진짜로 들린 것일까? 키트는 나무로 된 문짝을 몇 번이고 발이 으스러져라 걷어찼다.

"블랙우드에 불이 났어! 블랙우드가 불타고 있다고!"

"누구?" 막 잠에서 깬 것처럼 가늘고 멍한 목소리가 문 너머에서 머뭇거리며 들려왔다. "거기 누구야?"

"키트야! 키트 고디!" 키트는 문을 두드리는 것을 멈추고 열쇠 구멍 가까이 얼굴을 들이댔다. "린다, 내 말 잘 들어! 거기서 나와야만 해! 문은 잠겨 있고 나한테는 열쇠가 없어. 유일한 길은 창문으로 나가는 거야. 창문에서 뛰어내려야만 해."

"창문에서?" 린다가 멍하니 그녀의 말을 따라했다. "난 못해. 너무 높아."

"루스와 샌디가 그 밑에 서 있을 거야." 키트가 그녀에게 말했다. "그 애들이 네가 떨어질 때 붙잡아줄 거야. 게다가 그 아래는 진입로가 아니라 잔디밭이잖아. 해야만 돼, 린다. 선택의 여지가 없어. 다른 방법이 없다고."

"그렇지만 내 그림들은!" 린다가 외쳤다. "여기 내버려 두고 갈 수는 없어!"

"새로 그리게 될 거야." 아무렇지도 않게 거짓말을 내뱉으면서 그녀는 일말의 가책도 느끼지 않았다. "말하면서 시간 낭비하지 말고 얼른 창가로 가. 지금 당장! 네가 괜찮은지 확인할 때까지 내가 여기 있을게. 거기서 봐봐. 애들이 밑에 있지?"

잠시 침묵의 시간이 흘렀다. 린다의 목소리가 다시 들려왔을 때는 멀어진 거리 때문에 알아듣기가 힘들었다.

"응, 저기 있네. 샌디와 루스와 쥘. 쥘이 애들이랑 같이 있어."

"창문을 열어!" 키트가 소리쳤다. "서둘러. 창틀로 올라가! 거길 붙잡고 몸을 최대한 밑으로 내리면 바닥까지 떨어지는 거리를 좀 줄일 수 있을 거야."

"비가 오고 있어." 린다가 이상하다는 듯 말했다. "비가 오는 줄은 몰랐네. 창문 아래 서 있는 사람들이 보여. 나를 향해 팔을 열심히 흔들고 있어. 밤인데 어떻게 이렇게 다 보일 수가 있지?"

"화재 때문에 창문들이 불빛으로 환해진 거잖아!" 복도의 연기가 짙어지고 있었고 얼굴을 가린 천도 점점 말라갔다. "뛰어내려!" 키트가 소리쳤다. "제발, 린다, 어서! 여기서 더 버티기는 힘들 것 같아!"

대답이 없었다. 그 애가 정말로 뛰어내린 걸까? 아니면 아직도 창가에 선 채 밑에서 그녀를 기다리는 사람들의 불빛에 비친 모습을 내려다보고만 있는 걸까?

키트는 문손잡이를 달가닥거려보았다.

"린다?" 그녀가 다시 한 번 외쳤다.

안에서는 아무런 소리도 들리지 않았다. 정적에 잠긴 블랙우드에는 끊임없이 타닥거리며 타는 소리만 울려 퍼질 뿐이었다. 별안간 키트는 정신이 반쯤 나간 채로 그 소리를 듣고 있은 지가 한참이 지났다는 것을 깨달았다. 숨을 들이마시다가 걷잡을 수 없이 기침이 터져 나왔고 발바닥에는 뜨끈한 열기가 느껴졌다. 허리를 굽혀 딱딱한 마룻바닥에 손을 대보던 그녀는 마치 뜨거운 철판에 닿기라도 한 듯 잽싸게 손을 뗐다.

더는 지체할 시간이 없었다.

"행운을 빌어!" 키트는 린다가 그 말을 듣고 있지 않기를 바라며 그녀를 향해 외쳤다. 그리고 몸을 돌려 복도를 따라 계단으로 돌아가기 시작했다.

복도는 이제 더욱 환해졌고 열기는 더욱 강렬해졌다. 거울 속으

로 어둠을 뚫고 기괴한 유령처럼 서서히 모습을 드러내는 그녀가
비쳤다. 비에 젖은 옷이 몸에 착 달라붙어 있었고 머리에는 행주
를 둘러쓰고 있었다. 계단 꼭대기에 이르러 밑을 내려다본 그녀의
입에서 나지막한 신음 소리가 흘러나왔다.

"불가능해." 그녀가 중얼거렸다. "방법이 없어."

루스가 옳았다. 이것은 불가능한 일이었다. 린다를 구해내려다
가 그녀는 자신의 목숨을 내놓게 된 것이다. 이층에서 밑으로 내
려가는 유일한 길이 계단인데 아래층 복도의 불길이 거의 계단 밑
까지 번져 있었다.

'이제 끝이야.' 키트는 생각했다. 마음속 어딘가에서 누군가 깔
깔대며 웃는 소리가 들려왔다. 악의에 찬 그 웃음소리는 부드럽게
시작되었다가 점점 커지면서 미쳐 날뛰는 광기로 변해갔다.

"네가 우리한테는 과분한 사람이라 이거지?" 꿈속의 남자가 외
쳤다. "우리의 음악을 녹음하는 일 따위에 소중한 삶을 낭비하기
는 너무 아깝다며! 그런데 지금 그 귀한 인생이 너한테 무슨 쓸모
가 있을까?"

"이건 내 거야!" 키트가 그의 말을 되받아쳤다. "마지막 순간까
지 적어도 이건 내 인생이라고!"

그녀는 다시 기침을 하기 시작했다. 자욱한 연기에 반쯤 장님이
된 채로 그녀는 팔에 얼굴을 묻었다. 현실에 대한 공포로 허세를
부릴 힘도 서서히 사라져가고 있었다.

"엄마!" 그녀는 무기력하게 중얼거렸다. "아빠, 저 좀 도와주세요! 전 이제 어떻게 해야 하나요?" 그 두 이름을 떠올린 것은 거의 습관의 힘이었다. 기억 저편에서 수많은 장면들이 그녀의 머릿속에 번쩍하고 떠올랐다가 사라졌다. 그녀의 부모님, 그녀를 향해 내민 강하고 확신에 찬 두 팔, 그녀의 손을 잡으려고 다가오는 손, 걱정 어린 따스한 눈동자, 사랑으로 가득 찬 온화한 얼굴들. 그녀의 어머니는 염려스러운 듯 그녀를 바라보고 있었다. "키트, 내 사랑하는 딸, 여기서 행복할 수 있지? 그렇지? 네가 불행하게 지내고 있을 거라고 생각하면 여행이고 뭐고 일분일초도 즐겁지 않을 거야." 그리고 그 이상한 밤에 마지막으로 그녀를 찾아와 침대 옆에 묵묵히 서서 그녀를 내려다보던 아버지……

"키트, 눈 좀 떠보렴." 낮고 침착하며 결코 잊을 수 없는, 애정이 담뿍 담긴 걸걸한 목소리가 들려왔다. "그렇게 팔에 머리를 묻고 있다가는 이곳을 절대로 빠져나가지 못해."

'난 꿈을 꾸고 있는 거야.' 키트는 생각했다. 그러나 그녀는 꿈이 아니라는 것을 알고 있었다. 그녀는 천천히 고개를 들고 눈을 떴다. 그리고 그녀의 얼굴과 똑 닮은 각지고 다부지게 생긴 얼굴을 올려다보았다.

"아빠!" 키트가 작은 소리로 말했다. "아빠예요?" 눈앞에 나타난 그 모습이 어찌나 진짜 같은지 하마터면 손을 뻗어 햇볕에 탄 그 뺨을 만져볼 뻔했다. 그러나 이내 형체가 흐릿해지더니 그녀가 뜨거운 눈물을 쏟는 사이 사라져버리고 말았다.

'아빠가 여기에 계시다니 정말 기뻐요! 아빠가 함께 있다면 전 무서울 게 없어요. 아빠가 와주실 거라는 걸 제가 왜 몰랐을까요. 여기서 제가 이렇게 혼자 죽도록 내버려 두실 리가 없잖아요.'

크게 소리 내어 말하지 않았지만 그럴 필요가 없었다. 그녀는 아버지의 존재를 마치 그녀의 일부인 양 확연하게 느낄 수 있었다. 대답하는 아버지의 목소리가 눈앞의 복도가 아닌 그녀의 마음 깊숙한 곳 어딘가에서 들려왔다. '넌 죽지 않아!'

'그렇지만 여기서 나갈 방법이 없는걸요.' 키트가 말했다. '사방이 불이에요! 그 누구도 저 복도를 무사히 지나갈 수는 없어요.'

'그래도 시도해보거라.'

어떠한 이의도 용납하지 않는 단호한 목소리였고 순순히 복종할 수밖에 없는 명령이었다.

키트는 어렸을 때 그랬던 것처럼 그 말에, 그리고 그의 목소리에 따라 움직이고 있는 자신을 발견했다.

"알았어요. 알았어요, 아빠. 해볼게요."

그녀는 계단을 내려갔다. 나중에 그녀는 당시 상황이 어땠는지 생각해내려고 애를 쓸 것이다. 양쪽 폐와 머리 위 거대한 둥근 천장까지 블랙우드의 벽 안을 가득 메운 매캐한 연기 속에서 천천히 한 걸음 한 걸음 나아가던 일을. 그러나 그 기억이 딱 들어맞지는 않을 것이다. 기억은 조각조각 난 채 찾아올 것이다. 계단을 내려가던 일. 활활 타오르던 복도. 한때 응접실이었던 검게 그을린 구덩이. 머리에 느껴지던 압박감……

'허리를 숙여라. 최대한 몸을 낮춰. 그편이 숨 쉬기가 좀 나을 거다.'

식당의 불타는 식탁 위로 샹들리에가 미친 듯이 흔들리면서 영롱한 오렌지색 불꽃을 수도 없이 사방에 뿌려대고 있었다. 그녀는 다시 주방으로 들어갔다.

'정문으로 가거라. 중간에 누가 불러도 절대로 멈추지 마라. 곧장 정문으로 가. 그곳에 도착하면 로젠블룸 씨 가족이 기다리고 있을 거다.'

"로젠블룸 씨요? 그렇지만 어떻게……?"

'그 편지.' 그녀는 생각했다. '그렇지! 내가 편지에 로젠블룸 씨 집 전화번호를 썼었지.' 내털리가 그것을 읽은 것이 분명했다. 그리고 그 번호의 의미를 알아차리고 전화를 건 것이다.

그녀는 늘 그래왔던 것처럼 아버지를 믿었다. 그의 손이 그녀의 손을 잡고 주방 문의 손잡이로 이끄는 것이 느껴졌다.

그곳을 어떻게 빠져나왔는지 그녀는 정확하게 기억하지 못했다. 정신을 차려보니 어느새 밖이었고, 우스꽝스러운 행주를 여전히 머리에 두른 채 얼굴을 때리는 빗줄기 속에서 어깨에 부딪치는 차가운 바람을 뚫고 진입로를 달려 내려가고 있었다. 앞쪽으로 철책이 모습을 드러냈다. 그 너머에 늘어선 나무들이 하늘을 등지고 검은 팔을 이리저리 세차게 휘저어대고 있었다. 어둠 때문에 잘 보이지는 않았지만 거기에 나무들이 있다는 건 알 수 있었다.

진입로를 절반쯤 가다 말고 그녀는 멈춰 서서 뒤를 돌아 저택을 바라보았다. 번갯불이 번쩍이는 구름을 인 거대한 뾰족 지붕이 섬광으로 둘러싸여 있었다. 그녀의 악몽 속에 영원히 각인될 것만 같은 모습이었다. 어린아이의 조각 그림 맞추기처럼 잿빛 돌 위에 잿빛 돌을 끊임없이 쌓아올린 블랙우드를 그녀가 처음 보았던 곳도 거의 이 지점이었고, 그때에도 늦은 오후의 태양 빛을 받은 창문들이 마치 안에서 진짜로 불꽃이 넘실거리는 것처럼 보였었다.

"느껴지지 않아요?" 그녀가 그때 어머니에게 말했었다. "이곳에 뭔가가 있어요. 뭔가가……."

이제는 그 대답이 무엇인지 안다.

키트는 건물이 무너지는 것을 보려고 기다리는 대신 몸을 돌려 맑고 차가운 바람을 뚫고 다시 달리기 시작했다.

"저 여기 있어요!" 그녀가 외쳤다. "여기예요!" 앞쪽 커브길에 자동차 헤드라이트가 나타나더니 정문 앞에 멈춰 섰다.

■ **작가와의 Q&A**

청소년 문학 작가 제니 한이 로이스 덩컨과 마주 앉아 『어두운 복도 아래로』에 대해 궁금한 것들을 물어보았다.

제니 제 생각에 『어두운 복도 아래로』는 당신이 쓴 책들 중 제일 무서운 것 같아요. 고립과 밀실 공포증이 큰 부분을 차지하고 있고, 뒤레 부인과 팔리 선생님, 이기적인 새아버지 댄까지 끔찍한 어른들 역시 엄청난 역할을 하고 있죠. 그렇지만 제가 제일 겁을 먹었던 건 유령들이었어요. 로이스, 당신은 유령을 믿으시나요?

로이스 전 할로윈에나 어울리는 그 하얀 천을 뒤집어쓰고 "우우우!" 소리를 내며 다니는 유령은 믿지 않아요. 그렇지만 인간의 의식이 지닌 에너지가 육신이 죽은 다음에도 살아남을 수 있다는 건 믿죠. 강한 의욕을 지녔거나 정신력이 강한 영혼의 에너지 파장이 다른 사람에게 전달되는 것이 불가능할 거라고 생각하지 않아요. 물론 우리의 육신이 지구상에 발을 딛고 살고 있는 한 우리들 중 누구도 확실하게 뭐라고 말할 수는 없죠.

제니 여학생들과 연결되는 예술가들은 어떻게 선정한 거죠?

로이스 훌륭한 예술가들, 작가들, 음악가들 중에서도 세상에 내놓을 것이 참 많았는데 요절하는 바람에 충분한 시간을 갖지 못해 좌절했을지도 모를 사람들을 골랐어요.

제니 제가 정말로 궁금해서 죽을 뻔했던 게 한 가지 있는데요, 샌디가 썼던 그 프랑스어로 된 시는 도대체 무엇에 관한 것이었나요? 그리고 키트와 쥘이 몸서리를 쳤던 그 기괴한 그림을 그린 화가의 진짜 모델로는 누구를 염두에 두셨나요?

로이스 실망시켜드려서 정말로 죄송한데요, 저도 몰라요. 그 부분을 구체적으로 묘사하고 싶지 않았어요. 저조차도 제 마음속에 담아두고 싶지 않았거든요.(전 TV에서 하는 공포 영화도 제대로 못 봐요.) 그래서 적당히 빠져나가고 독자들의 상상에 맡기는 편이 낫겠다고 생각했어요.

제니 보아하니 그림을 위조하는 방법에 대해 조사를 좀 하신 것 같아요. 어떻게 이런 데 관심을 갖게 되신 거죠? 이전에 그림을 그려본 적이 있으신가요?

로이스 전 그림에 대해서는 아무것도 아는 게 없어요. 그렇지만 유명한 화가인 베티 새보가 제 오랜 친구라서 운이 좋았죠. 위조된 그림을 오래된 것처럼 보이게 만드는 방법에 대해 정보가 필요했을 때 베티를 찾아갔어요. 그녀가 전 과정을 자세하게 설명해주었고 제가 제대로 이해했는지 확인하기 위해 원고를 검토해주기도 했죠. 그래서 제가 이 책을 베티와 그녀의 남편인 댄 새보에게 바친 거예요.

제니 블랙우드에 대한 영감을 불어넣어 준 특별한 장소가 있었나요? 그곳에 살았던 가족에 대한 이야기는요?

로이스 순전한 상상이에요. 공포 미스터리물을 한 번 쓴 적이 있어서 그런 분위기를 만들어내려고 최선을 다했어요.

제니 초감각적 지각 능력(ESP)에 대해서 공부하기 위해 어떤 조사를 하셨나요?

로이스 십대였던 제 딸 케이틀린 아켓이 살해당하고 나서 저 스스로 아주 놀라운 초자연적인 체험을 하기 시작했어요. 그리고 제게 무슨 일이 일어나고 있는 건지 알고 싶어서 도움을 청하러 심령연구재단의 기획이사인 윌리엄 롤 박사에게 연락을 했죠. 그분은 저만큼이나 제 경험에 대단히 큰 관심을 가지고 의장을 맡고 있는 컨퍼런스를 위해 보고서를 써달라고 하셨어요. 그리고 전화로(그 당시에는 이메일이 없었어요.) 수많은 이야기들을 나누고 친구가 됐죠. 그때 윌리엄이 기록이 남아 있는 심령 현상 사례들의 역사와 연구 실험을 바탕으로 청소년을 위한 논픽션 책을 같이 써보자고 제안했어요. 그는 초심리학의 국내 최고 권위자들과 연줄이 있었고 그 자신도 그 연구에 깊이 관여하고 있었어요. 그리고 전 청소년들을 위한 책을 써왔으니까 그런 책을 만들어내기에 우리는 완벽한 팀이라고 생각했죠. 그렇게 해서 『초자연적인 연결: 초자연적 현상(PSI)의 불가사의한 세계로의 여행』이 세상에 나오게 됐는데 만족할 만한 책이었어요.

한 가지 문제라면 학교 도서관의 사서들이 그 책을 서가에 꽂아 놓는 걸 망설였다는 것이었죠. 공상과학소설이 아닌 이상 자기 아이들이 그런 유의 주제에 노출되는 것을 원하지 않는 학부모들이 화를 내며 항의할지도 모른다는 두려움 때문에요. 그래서 순식간에 절판되는 바람에 윌리엄과 제게 엄청난 실망을 안겨주었죠. 그래도 방대한 지식으로 저를 이끌어준 사람과 함께 그 책을 쓰면서 많은 것을 배웠어요. 초심리학에 대해 집중 훈련 강좌를 듣는 것 같았거든요.

제니 영혼과의 소통으로 미쳐버렸다는 사람의 이야기를 들은 적이 있나요? 아니면 그저 서스펜스 작가의 감인가요?

로이스 작가의 감이죠.『초자연적인 연결』을 쓰면서 활동 중인 많은 심령술사들을 알게 되었어요. 그중 어떤 이들은 경찰서와 같이 일하고 있더군요. 그런데 그중 누구도 그런 경험으로 피해를 입었다는 얘기를 들어본 적이 없어요. 그 사람들은 그걸 그저 당연하게 받아들여요. 그림이나 글쓰기, 피아노 연주에 재능을 가진 사람들이 그러듯이 말이죠.

제니 『초자연적인 연결』이라니 정말 매력적인 제목인데요! 지금까지 출판되고 있었으면 얼마나 좋았을까요. 그 책을 쓰시면서 새롭게 알게 된 특별히 흥미로운 점이나 놀라운 점이 있다면 어떤 것인가요?

로이스 많은 사람들이 믿기 어려워하는 모든 주제들, 예를 들면 투

시력이나 예지력, 텔레파시, 유체 이탈 같은 것들을 과학자들이 진지하게 받아들이고 있다는 점이오. 실험실을 갖춰놓고 연구하고 종종 긍정적인 결과를 얻기도 해요.

제니 각각의 책들을 개정하시는 데 특별히 어려웠던 점은 무엇이었나요?

로이스 개정판을 만들면서 현재로 그 이야기들을 끌고 오는 데 가장 힘들었던 건 실제로 그것들을 쓴 시점 이래로 과학기술에 급격한 변화가 생겼다는 점이에요. 책들 중에는 1970년대에 나온 것도 있거든요. 많은 제 소설의 줄거리에서 아주 강력한 구성 요소가 여자 주인공이 도움을 요청하기 힘든 위험한 상황에 빠지는 거예요. 그런데 오늘날 대부분의 십대들이 휴대폰을 가지고 있죠. 전화를 할 수 있고, 문자 메시지도 보내고, 노트북도 있고, 아이패드도 있고, 온전히 고립되어 있는 사람을 찾기가 힘들어요. 그래서 책들마다 그런 의사소통용 기기를 배제할 방법을 찾아야 했어요. 그리고 같은 방법을 한 번 이상 쓸 수도 없었어요. 사람들이 개정판들을 연달아 읽을지도 모르잖아요. 제가 반복하면 금세 눈치채고 말 테니까요.

제니 당신의 많은 책들이 초자연적인 요소를 담고 있어요. 이런 유형의 주제에 특히 관심이 있었던 시기가 있었나요?

로이스 초자연적 현상에는 언제나 관심이 있었죠. (1989년 케이틀린이 살해되고 나서 경찰보다 심령술 형사가 더 많은 정보를 줬을 때 그 관심은 새로운 국면에 접어들게 됐어요.) 그렇지만 제가 이 책들을 썼을 때는 개인적으로 아직 초심리학 연구가 뭔지 몰랐을 때예요. 전 아무 확신도 없으면서 무작정 그게 공상의 산물이라고 생각했어요. 그런데도 처음에 그걸 사용한 건 좋은 이야깃거리였기 때문이었어요.

제니 집필 과정에 대해 조금만 말씀해주실 수 있나요?

로이스 사람들이 저에게 종종 이런 질문을 해요. "집필을 시작하기 전에 구성을 미리 하시나요? 아니면 영감이 이끄는 대로 어디든 따라가는 편인가요?" 사실 이런 장르의 소설을 쓸 때는 미리 구성을 짜야 해요. 모든 장르의 소설은 기본적으로 세 부분으로 나뉘죠. 첫째, 독자들이 유대감을 느낄 수 있는 누군가가, 둘째, 중요한 목표에 도달하기 위해 마지막으로 갈수록 더 험난해지는 장애물을 극복하는 거예요. 청소년 문학의 독자들이 주인공에 공감할 수 있도록 주인공은 십대여야 하고, 목표가 중요할수록 이야기는 더 강력해져요. 모든 이들에게 가장 중요한 목표는 생존이죠. 그래서 미스터리나 어드벤처 소설이 인기가 있는 거예요. 그다음으로 중요한 목표가 사랑과 포용인데 로맨스 소설이 특히 소녀들에게 인기가 있는 이유예요. 그리고 십대 주인공들에게는 세 번째로 매우 중요한 목표가 있어요. 바로 성장이죠. 주인공은 책을 읽어 나갈수록 성숙해지는 모습을 보여줘야 해요. 그래서 이야기의 마지막에 가서는 처음보다 훨씬 현명하고 강한 사람이 되어야 하죠. 일단 등장인물들을 발전시키고, 주인공의 목표를 설정하고(제 경우에는 보통 총 세 가지 목표를 세워서 중심 줄거리 하나에 두 개의 하위 줄거리가 한꺼번에 진행되도록 해요.), 주인공 앞에 그, 혹은 그녀가 극복해야만 하는 장애물들을 만들어요. 목표에 도달하기 위해 장애물로 돌진하는 과정을 '페이싱pacing'이라고 불러요. 자리에 앉아 본격적으로 집필에 들어가기 전에 소설을 위해 계획을 짜야 할 게 무척이나 많아요.

제니 당신이 쓴 책들을 전부 몇 번이나 반복해서 읽었어요. 그래서 이번에는 최신 개정판을 읽어봐야겠다고 결심했어요. 어떤 점이 달라졌는지 보려고요. 물론 휴대폰과 문자 메시지, 이메일 같은 것들은 금방 눈치챘죠. 그렇지만 그보다 훨씬 미묘하게 달라진 것들이 있더라고요. 예를 들면 어머니에서 엄마로, 리어돈에서 롤랜드로 호칭이 바뀐 점 같은 거요. 이유를 알 것 같기는 한데 직접 듣고 싶군요.

로이스 거기에는 서로 다른 이유가 있어요. 우선은 소설을 현대화하기 위해서예요. 제 아이들이 자랄 때는 대부분의 젊은이들이 어머니를 '어머니'라고 불렀지만 오늘날에는 '엄마'라고 부르죠. 그리고 저 역시 제 책들을 다시 읽어봤을 때 깨달았는데, 무슨 이유에선지 제가 선호하는 이름이 몇 가지가 있더라고요. 아마도 그런 이름을 가진 사람을 알았던 적이 있어서 유독 편하게 느껴졌나 봐요. 그래서 그렇게 자주 썼던 거고요. 그 소설들 중 어떤 것들은 출판 시기가 서로 십 년 혹은 십오 년 이상 떨어져 있어서 저도 미처 몰랐어요. 그런데 지금 연달아 읽다 보니 리어돈 같은 성이 두 번이나 나와서 제가 그랬다는 걸 의식하게 됐죠. 그래서 바꾸게 된 거예요.

제니 가까운 미래에 로이스 덩컨의 완전히 새로운 소설을 읽게 될 날이 올까요?

로이스 솔직히 말씀드리면 다음에 뭘 쓰게 될지 저도 모르겠어요. 아직은 프로젝트들 사이에서 충전하는 중이에요.

제니 한은 『내가 예뻐진 여름(The Summer I Turned Pretty)』 시리즈, 『네가 없으면 여름이 아니야(It's Not Summer Without You)』, 『슈그(Shug)』 등 청소년을 위한 책과 클라라 리를 주인공으로 한 아동문학 시리즈의 첫 번째 책 『클라라 리와 애플파이 드림(Clara Lee and the Apple Pie Dream)』을 쓴 작가다. 현재 여름 3부작의 마지막 책인 『우리에게는 언제나 여름이 있어(We'll Always Have Summer)』를 집필 중이다.

■ **옮긴이의 글**

무서운 사이다

나에게 스트레스를 푸는 최고의 방법은 집 안의 불을 다 *끄고* *공포* 영화 서너 편을 논스톱으로 보는 것이다. 사람들은 내게 공포 영화가 왜 그렇게 좋으냐고, 무섭지 않느냐고 묻곤 한다. 물론 무섭다. 너무 무서울 때는 소리를 줄이고 보는 트릭을 쓰기도 한다. 그런데도 열광하는 이유는 인간의 본능인 공포심을 자극하기 위해 감독이 현실과 비현실을 넘나드는 이야기를 빈틈없이 이끌어가는 무봉(無縫)의 재주를 어떻게 부리는가, 얼마나 절묘한 장치의 덫을 놓았는가를 보는 것이 너무나 재미있기 때문이다. 두려움은 익숙한 일상에서는 존재하지 않는, 혹은 존재해서는 안 되는 이질적인 것에 대한 감정이다. 그러나 지나친 상상력은 긴장감을 소실시키고, 허술한 상상력은 우스워 보이기 쉽다.

그런 내게 이 책을 번역하는 일은 고문(?)에 가까웠다. 번역을 하려면 원어 문장을 읽고 머릿속에서 굴리며 적절한 단어를 고른 다음 종이 위에 옮기고 다듬는 절차와 시간이 필요한 법인데 문장 하나를 읽고 나면 다음 문장이 궁금해서 도무지 참을 수가 없었기 때문이다. 그래서 나는 데드라인이 코앞에 닥쳐와 발등이 뜨끈뜨끈한 상황에서도 성마른 호기심이 얼추 채워질 때까지 앞질러서 읽은 다음 다시 되돌아와서 번역을 하고 다시 앞질러 읽기를 그만두지 못했다. 그 바람에 다른 책들보다 번역 시간이 엄청나게 더 걸리고 말았지만 책을 통째로 읽어치운 다음 번역을 시작하지 않은 게 어디냐는 것으로 위안을 삼았다. 이건 나의 탓이 아니다. 순전히 이 책 때문이다. 너무나 무섭고 재미있는 걸 어쩌란 말인가.

1997년에 개봉했던 〈나는 네가 지난여름에 한 일을 알고 있다〉는 공포 영화 팬이라면 누구나 알 만한 고전에 속한다. 그 원작자이자 스릴러의 장인으로 불리는 로이스 덩컨의 작품이라는 것 하나만으로도 『어두운 복도 아래로』는 나의 궁금증을 부채질하기에 충분했다. 책을 펼치자마자 나는 어느새 영민하고 고집스러운 소녀 키트 고디에 빙의한 채 불길한 기운을 내뿜는 블랙우드 홀에 발을 들여놓았다. 그리고 저택에 숨겨진 어두운 비밀을 하나씩 파헤쳐나가며 그 촘촘한 이야기의 짜임새와 섬세한 심리 묘사에 셀 수도 없이 마른침을 삼키고 키보드를 두드리던 손을 무릎에 문질러 닦아야 했다.

이 글을 읽고 있는 당신 역시 이미 저주 받은 블랙우드 홀의 은밀한 울타리 안에 들어선 것이다. 그러니 마음을 비우고 키트와 친구들에게 벌어지는 엄청난 사건들에 함께 휘말려 보자. 가슴을 졸이며 책장을 한 장 한 장 넘기다 보면 결국 모든 퍼즐이 맞춰지는 엔딩의 카타르시스를 맛볼 때까지 쭉 달려가지 않고는 못 배길 것이다. 그러다 아침 해가 떠오르는 것을 보고야 말았다면, 몇 날 며칠 동안 불을 켜고 자면서도 '무서운 사이다' 같은 공포 영화를 끊지 못하는 내 마음을 알게 될 것이다.

2017년 1월

김미나

어두운 복도 아래로

© 로이스 덩컨, 2017

초판 1쇄 인쇄일 | 2017년 2월 6일
초판 1쇄 발행일 | 2017년 2월 13일

지은이 | 로이스 덩컨
옮긴이 | 김미나
펴낸이 | 정은영
편   집 | 사태희
마케팅 | 강용구 한승훈 양인종 김범식 최예원
제   작 | 이재욱

펴낸곳 | (주)자음과모음
출판등록 | 2001년 11월 28일 제2001-000259호
주   소 | 04083 서울시 마포구 성지길 54
전   화 | 편집부 (02)324-2347, 경영지원부 (02)325-6047
팩   스 | 편집부 (02)324-2348, 경영지원부 (02)2648-1311
이메일 | jamoteen@jamobook.com

ISBN 978-89-544-3718-9 (03840)

잘못된 책은 교환해드립니다.
저자와의 협의하에 인지는 붙이지 않습니다.

이 도서의 국립중앙도서관 출판예정도서목록(CIP)은 서지정보유통지원시스템
홈페이지(http://seoji.nl.go.kr)와 국가자료공동목록시스템(http://www.nl.go.kr/kolisnet)에서
이용하실 수 있습니다.(CIP제어번호: CIP2017002236)